新 潮

卒業式

－女子

南 条 あ や 著

新 潮 社 版

7380

《CONTENTS》

卒業式まで死にません

女子高生南条あやの日記

はじめに

父より

大袈裟《おおげさ》と思われるかもしれませんが、娘が生まれたときから私の人生は変わりました。それまでは、あまり感心な生き方ではありませんでしたし、物事も子どもの立場からしか考えたことがありませんでした。

ところが、34歳にして初めて父親となり、親の気持ちと立場を知ったのです。

娘が1歳になったばかりの頃、40度の熱を出した我が子を抱いて病院に走りながら、苦しそうな顔を見て涙が止まりませんでした。心配で心配でたまりませんでした。

3歳の時には親の勝手で離婚し、母親のいない寂しい思いをさせることになってしまいました。子育ては大変でしたが、娘がいたおかげで生き甲斐《がい》を実感できましたし、困難に立ち向かう勇気を与えてもらった気がします。

成長を見守りながら、無償の愛とはこういうものかと感じる毎日でした。

しかし、男親の常で、年頃の娘は先行きが楽しみな以上に心配で、時には厳しいことを言ってしまうものです。

言うことをきかないから怒る、怒られるから反抗して言うことをきかない、の繰り返しで、ボタンの掛け違いに気付かぬまま危うい時期を過ごし、娘を失ってしまいました。

「あの時、あんな言い方をしなければ」、「もう少し娘の言葉を真剣に聞いていたら」――。そんなことを考えたりもしますが、もう「たら」も「れば」もありません。
今となっては、人生という梯子《はしご》をのぼりきれなかった我が子に合掌、という気持ちです。

今回出版することが出来ました娘の文章は、あるWebサイトに公開日記として掲載されていたものです。私は、娘の死後に初めて日記の存在を知り、長い時間をかけて全文を読みました。一気に読むことはできませんでした。
娘は、高校の卒業アルバムの寄せ書きに、「南条あやをよろしく」と書いています。本名ではなく、ネット上のハンドルネームを使っているのです。日記が人気を博したり、雑誌に文章が掲載されたりしたことをうけて、卒業後の進路を「南条あや」として踏み出そうと考えていたのでしょう。
この「南条あや」の日記が読まれることを、誰より強く望んでいたのは、娘本人であるはずです。膨大な量の中の一部ではありますが、こうして本の形にすることが出来て、本当に嬉《うれ》しく思います。こんな少女がいたことを、記憶の片隅にでも残していただけるなら、親としてそれ以上の喜びはありません。
生きていれば、娘はこの8月で20歳になります。その節目の月に本書を刊行することが出来て、娘への最後の手助けができたような気がしています。

私はこれを区切りとして、娘の面影を胸に、残りの人生をまっとうします。

この日記を読んで、どなたか一人でもいいから生きる勇気を感じていただけたら、我が子も喜ぶと思います。

そして、自慢げに私に報告してくれたことでしょう。

「パパァー、私の日記が本になったんだよー。すごいでしょー。誉《ほ》めてくれるー」と。

2000年8月　鈴木健司（南条あやの父）

詩

死の前日（1999年３月29日）に書かれた４篇の詩

名前なんかいらない

起きなくてはいけない時間に起きて

しなくてはならない仕事をして

名前を呼ばれるなら

誰にも名前を呼ばれたくない

何もかもを放棄したい

そして私は永遠に眠るために今

沢山の薬を飲んで

サヨウナラをするのです

誰も私の名前を呼ぶことがなくなることが

私の最後の望み

終止符

私はいつでも追いかけられている

この世の中の喧噪《けんそう》とか

義務なんてチンケなものじゃなくて

自分自身に

誰も助けてくれない

助けられない

私の現在は錯乱している

きっと未来も

ならば

終止符をうとう

解放という名の終止符を

頭痛

頭痛の原因は

分かり切っていることで

治そうとも思わない

この痛みは私にかせられた償いの一部

あの子を殺したから

私が殺したから

私は軽くからかっているつもりでも

あの子には自らの命を絶つほどに辛《つら》いことだったんだ

生涯私はこの頭痛と付き合ってゆく

あの子の痛みを一部

ホンの一部

私のことを

私が消えて
私のことを思い出す人は
何人いるのだろう
数えてみた
…
問題は人数じゃなくて
思い出す深さ
そんなことも分からない
私は莫迦《ばか》
鈍い痛みが
身体《からだ》中を駆け巡る

いつでもどこでもリストカッター

編集部注
別冊宝島445『自殺したい人びと』に掲載された文章。
この原稿が書かれたのは1999年３月22日で、その８日後に南条あやは他界している。
日記を書き始めるまでの日々が、彼女自身の言葉で語られる。彼女が最期《さいご》に残した「自分史」とも言える文章である。

出会い

私が初めてリストカットと出会ったのは、中学一年生の頃。

小学校六年生の時に同級生（クラスメイト全員）からイジメを受けて登校拒否になり——あえていじめ「られた」とは言わない。私も悪いところあった。存在自体がむかつくヤツだったのかも知れないから——区立の中学にはいるのがイヤでイヤで塾で猛勉強して私立の中学に合格したあとのことです。塾の月謝、父の苦労を思って「中学では絶対にいじめられる立場にまわってはダメ。失敗することは許されない」と決心して、友達を作って頑張ろうとしていた矢先に、友達と喧嘩《けんか》してしまってオドオドしてしまっていたら、あっという間にクラス中に悪い噂《うわさ》を流されて孤立していました。

私にも多分に悪いところがありました。見栄《みえ》っ張りで、目立ちたがりやで、自慢することが好きだったという点です。家で、悩んで悩んで、明日からどうやって学校で生活しようと窮していたときに「私が自殺したいほど悩んでいるって分かれば、みんなも少しは同情してくれるんじゃないか」という汚い考えのもとに、最初のリストカットが始まりました。最初は本当に浅く、浅く、剃刀《かみそり》をあててゆっくりと横に引いて血がぷくっと出ればそれで終了。バンドエイドに血の染《し》みをつけてわざとらしく学校でクラスメイトに見せつけて、どうにか立場の回復を図ろうとしていたのです。中学一年生にしてこの狡《ずる》さ、現在の私が思いだしても吐き気を催します。

クラスメイトの反応は、うっすらと感じていました。「見た？　南条さんの手首！」「見た！　アレ、血？　切ったのかな？」というような声を耳にしました。見せつけるという点では成功したのです。でも、大きく同情を引くという点では失敗していました。私が考えていたより遥《はる》かに私はクラスの中で嫌われていたのです。

クラスで委員を決めるときに、誰も立候補者がおらず、紙にクラス委員になってもらいたい人間の名前を書いて上位二名がクラス委員になるという行事がありました。こういう場合、大抵クラスの嫌われ者か、本当にクラス委員に適している人間が上位をとるものです。私は勉強もスポーツもできるクラスの優秀な子の名前を書いて投票しました。開票された結果を見て私は愕然《がくぜん》としました。一位は私でした。それだけなら良かったのです。クラス委員をつとめれば文句を言われないのですから。でも私をもっと愕然とさせたのは、二位に選ばれた、私も推薦した優秀な子が、私とセットで当選して、私と一緒にクラス委員をやるのがイヤで、泣かれたのです。私のことを、ソコまで嫌っている人がいるという事実を突きつけられて、目の前が真っ暗になりました。

更に「○○ちゃんはアンタと一緒にクラス委員になっ

たのがイヤで泣いちゃったんだからね！」と元友達に言われて、もっと落ち込みました。それからリストカットは、私にとって「自分の立場を回復する手段」ではなく、何かの儀式になってしまったのです。

自殺未遂1

初めて自殺未遂をしたのはこの頃。何もかもに希望が持てなくなって、どん底をさまよっていました。学校に行くのも辛《つら》い。何より自分があんなにまで嫌われるのは、すごく苦しい。このまま嫌われ続けるなら、私はいなくなってしまった方が良い。常にこんな風に考えていました。『完全自殺マニュアル』を本屋で購入したのもこの時期です。飛び降りたり、首を吊《つ》ったりするのは確実そうだけど、痛そうでイヤだ。とんだ甘えん坊です。

そこで私は、眠るように死ねるのではないかと思って服薬自殺を企てました。トラベルミンシニアとボブスールという薬局で売っている精神安定剤をそれぞれ20錠と30錠。朝日が射《さ》し込む明け方にがたがたと震えながら飲み干しました。そして、眠りにつきました。

起きたのはそれから一時間後。ものすごい吐き気で眠っていられませんでした。トイレで吐いて吐いて、何もかも吐き尽くしました。それでもやや成分が残っていたようで、幻覚などを見たりしました。飼い猫が、押し入れの中でリスを丸飲みしている、カレンダーが一月から十二月、どれをめくっても同じイラストになっている。その時は薬による幻覚だと気付いていなかったのでただただ、驚くばかりでした。

服薬自殺は失敗すると大変気持ち悪いです。父は私が気持ち悪そうにしているのを見て、「食べ過ぎたんじゃないのか？」と言いました。……それから大分長い間胃の不快感に苦しみました。よくもまぁ救急車を呼ばないですんだものでした。

友達は出来たけれど

そんな私にも、一年生の終盤、クラスの中で仲良くしてくれる友人になんとか恵まれました。このまま、見栄っ張りな自分を押さえ込んで、普通の人として生活していけば平穏無事な日々が訪れるはずでした。しかし、私のリストカット癖は何故《なぜ》か治りませんでした。少しでも何か苦しいことがあれば、夜、音楽を聴きながら剃刀で手首の表裏や手の甲を切るという行為が止まりませんでした。血は流れてタオルにしみこみ、それを押し入れの中に放置するという日々でした。

二年生になった頃、剃刀コレクションが始まり、種類の違う剃刀を発見しては購入して大量に貯《た》め込んでいました。タンスの上に置いておいたらイヤでも父にばれます。「何だ、この剃刀は！　何でこんなにあるんだ！捨てろ！」と怒られました。もっともです。いつ頃父が私の手首を切るという異常な癖を発見したのかは分かりませんが、「手首切るのはやめろ」と率直に注意されたこともあります。
　二年生になってクラス替えがあり、私は大分嫌われ者の立場から解放されて、素直に笑ったり喋《しゃべ》ったり出来るようになっていましたが、一度、クラスメイトを驚かせようと思ってちょっとだけ手首を切り、一筋の血を垂れ流して「ネェ、見て♪」と見せたところ「ぎゃぁぁぁぁぁ！！！！！」という悲鳴をあげられて大いに目立ってしまい、「かなりの変わり者」という目で見られることにもなったのです。教室の壁にはその時手首を振って飛び散った私の血が付きました。二年生時の担任先生には私のこの癖はバレており、大変心配していただいたらしく、密《ひそ》かに父と連絡を取り合っていたようでした。

認識

　私が自分を初めてリストカッターだと認識したのは中学三年生の頃、通っていた塾で『イミダス』のメンタルヘルス欄を見ていて、「手首自傷症候群（リストカットシンドローム）」という記事を見つけたときでした。漫画でも「女の人がストレスのはけ口に手首を切るのって、リストカットって言うんだって」という台詞《せりふ》を見て、「私はこの病気なのでは？」と思うようになりました。
　ただ少し本に載っている内容と違うのは、私の場合、血が良く出るように二の腕をひもで縛り、手首だけでなく、手の甲を切っている点です。手の甲にまで傷が及び、クラスメイトに「これはどうしたの？」と聞かれると、「猫が引《ひ》っ掻《か》くの」と答えていました。猫よ、罪をかぶせてごめん。でも、噂で私が自分で手を切っていると言われているのは、把握していました。

デリケートっぽい問題だから、面と向かって私にその事実を聞く者は誰一人としていませんでしたけど。たとえ誰かいたとしても、私が正直に答えるわけもありませんから。

不健康なリストカット

高校一年生の頃でしょうか。私にとって大きな転機が訪れました。静脈と、出会ったのです。いつものように二の腕を縛ってリストカットをしていたところ、びゅわっ！　っと勢いよく血が15センチほど上がりました。びっくらこきました。何が起きたのかと。よーく傷口を見てみると、血管を切ったようでした。……ス・テ・キ・★と思ってしまう私がソコにいました。

ぐぐっと腕に力を込めるとまたまたびゅわっと血が噴き出します。タオルはあっという間に赤黒い血で染まり、それは結構な出血量でした。一瞬このまま死ねないかとも考えてしまいました。しかし、たかが静脈を一本切ったくらいで死ねない程度の知識は、当時、私の頭の中にあったので、湯船を真っ赤に染めては喜ぶということを繰り返していました。今まで比較的健康だったリストカット（なんじゃそりゃ）から、不健康なリストカットに転向しました。更に不健康なことこの上ないのは、学校の保健室からツベルクリン用の注射器を盗んで、見よう見まねで採血するという遊びを繰り返すようになったことです。

高校二年生になってからは、楽しい友達に恵まれしばらくは病的な真似《まね》もしていませんでした。しかし、父親と上手《うま》く行かないとたまに切ったりもしていました。クラスメイトに母親が看護婦をしている子がおり、その子に頼んで注射針をもらってもいました。ツベルクリン用の針よりも遥《はる》かに太い針です。それを使うと、かなりの出血を伴いました。危ないことに、針の消毒はしているものの、何度も使用していました。大変危険なので真似しないように（するか）。

血管は内出血し、青痣《あおあざ》が出来てジャンキーな腕になっていました。その頃は一部の友達には私が限りなく自虐《じぎゃく》的行為をする人間だということをカミングアウトして、「変な人」と公認されていました。

自殺未遂2

（同じ高校二年の）四月半ば、意味もなくまた薬を大量に服用して死のうと思いました。振り返ってみればあの時私は鬱《うつ》で、自分は生きていても価値のない人間だというようなことを延々とノートに書いていました。しかし服薬は、大変難しい。途中で目が覚めて、恐怖に陥り、トイレで喉《のど》に指を突っ込んでげぇげぇ吐くという行為をしました。またしても父に頼ることなく、自力で復活を遂げて翌日はフラフラしながら学校に行くというタフな一面もありました。

人生の転機

高校三年生になった頃、体調の悪さに首を傾《かし》げていました。学校に向かう途中駅の階段を上ると、動悸《どうき》が激しくなってクラクラする。そして耳鳴りが聞こえる。「キーン」というような耳鳴りではなく、自分の心臓の音に合わせた、ドクンドクンという耳鳴りです。最初は耳がおかしいのかと思い、耳掻きで耳をほじくっていましたが、止まない。ならば耳鼻科だ！　というわけで耳鼻科に行って診断を仰ぐと「風邪で鼻が詰まっているんじゃないでしょうか」と言われ、鼻のお掃除をされて気持ち悪くなって帰宅しました。もちろん耳鳴りは止《や》みません。

この耳鳴りは、リストカット＆注射器採血による貧血のため起こったもので、動悸もそのせいだとは、知る由《よし》もありませんでした。

内科に行って耳鳴りを訴えたら、貧血による微熱のお陰で風邪と診断され、風邪薬を処方されました。ああへボ医者め。二度とあの医者には行きません。絶えず聞こえる耳鳴りのお陰で段々不眠が現れてきました。うるさくて気になって眠れないのです。そのうち、幻聴かとも思い始めました。教室で担任の先生に「この頃耳鳴りがうるさくって眠れないんですよ。うふふ」と白い顔で不気味に語りかけたこともありました。

そして決定的な人生の転機。学校行事で、伊豆に一泊旅行に行ったときのこと。山道を散策する行程で、私は途中から友達のペースについて行けなくなり、「さ、先に行ってて……」と友達に言って、一人で歩いていました。タラタラトロトロ歩く他のクラスの人のペースにさえついて行けないのです。わ、私は先頭を歩くのが大好きなのにっ！　とフラフラしながら歩いていると担任の先生が横についてきて、「旅行から帰ったら、病院を紹介するから行ってみましょう」と声を掛けてくれました。まさしくその言葉は私の人生を変えました。

余談ですが、私は自分の布団《ふとん》を人に触られるのが大嫌いで、いつも集団で旅行に行ってみんなで眠るときは誰かが私の布団を踏まないか、常に緊張していましたが、この旅行の時は「私布団を触られると眠れなくなるから、ごめん」と言って、押し入れの上の段に布団を敷いてドラえもんのようになって眠ったので快適に眠ることが出来ました。

内科？

何とか旅行から帰ってきて、担任の先生に「ここはあらゆる方向から検査をしてくれるところだから、行ってらっしゃい」と説明を受けてとあるクリニックに行きました。私は当然内科だと思って受診しました。しかし廊下には「神経科」の文字が……。取り敢《あ》えず診察室に呼ばれたので入って、かくかくしかじかで、とこれまでの耳鳴り、動悸のいきさつを先生に相談しました。その時はリストカットのことは伏せて。内科だと思って診察を受けたので。何故か、先生は白衣を着ていません。それがとても不思議でした。後にここは精神科で、患者から話しやすくするために堅苦しさの象徴である白衣を取り去ったのだと分かりました。

最初は血液検査をして帰ったのですが、二日後にクリニックから電話がかかってきました。何やら、血液検査の結果が悪い。そんじょそこらの貧血とは比べものにならないくらい、悪い。なるべく早くに大きな設備のある病院で内臓からの出血がないかどうか検査をしてきてくれ、という内容でした。父が電話を受け取りこの話を耳にして、「明日朝一で病院に行ってこい」と言われました。とても、ギクリでした。絶対にリストカット＆採血遊びのせいだと一瞬で分かりました。

しかし学校を休めるのです。拒否する理由はどこにありましょうか。おとなしく病院に行って検査を受けてきました。その結果が出る前にクリニックの予約が入っており、私はリストカット癖があることだけを先生に申告しました。採血遊びのことを言わなかったのは、かなり頭がおかしいと思われたくなかったから。リストカットだけで充分だってーの。

こんなに酷《ひど》い貧血に陥っているということが分かっても、私はリストカット＆採血遊びをやめませんでした。当然耳鳴りが治るはずもなく、更に体調は酷くなり体と心はバラバラ。アイロン台を採血遊びのせいで血塗《ちまみ》れにして一台駄目にし、不眠もますます酷くなっていました。

そして高校三年生、七月二日。いつものように静脈まで切る深いリストカットをして、ゴミバケツに溜《た》まった血をトイレにでも捨てに行くかと台所に向かう途中で貧血を起こし、そこら中を血だらけにしながら倒れて、コトの重大さに気付きました。やばい。このまま放っておくと私は死ぬかもしれない。だって、こうして気をしっかり持っていないと、失神しそうになってる。耳鳴りもすごい大きさになってる。怖い。タスケテ。

おかしいものです。あんなに死にたがっていたくせに、死に直面するといつも怖くなる。弱虫。意気地なし。結局私は（仕事場にいる）父に電話をして、「救急車呼んでいい？」と聞いて救急車を呼んでもらい、20針から25針縫うという目に遭いました。縫うだけなら良かったのですが、その後しばらくショック症状で頭痛発熱吐き気にさいなまれ、「丸坊主《まるぼうず》になる方がましだ」と思うような辛い目に遭いました。自業自得《じごうじとく》ですがね。

期末試験に出ないと留年してしまう可能性が高かったので這《は》いつくばるようにして登校し、試験だけは何点でもいい、専《もっぱ》ら名前を書いて提出するという地獄の四日間を送りました。

入院

あまりの貧血の辛さに、そして現実から逃避したいが為《ため》に私は入院を希望するようになりました。取り敢えず、貧血を治療してくれるところだったら何科でもいいからタスケテ……というわけで先生に「入院したいです」と言うと、かなり貧血がすごいので……というわけで入院してもよろしいでしょうという判断がおりました。

早速内科と精神科の二通の紹介状を携えて、入院施設のある大きな病院に行くと精神科の方で入院が決まりました。初診で入院予約をしてきました。夏休みに入り、早く入院させてくれと願ってやまない七月の末、やっとベッドが空いたとの知らせが舞い込んできました。地獄のような家から解放され、入院した精神科はご飯は美味《おい》しいし看護婦は優しいし楽しい人はいるしの天国の様な場所でした。もちろん患者同士のいさかいもありました。同じ部屋のばばぁとクーラーの温度のことでもめて、大変嫌な思いもしましたがそれも今考えれば良き思い出。あの日に帰りたいと今でも思います。

一カ月強の入院予定を駄々をこねて二カ月にして帰ってきた家はあまりに淋《さび》しく、ホスピタルシックに陥ったりもしました。「ここは私のいるべき場所じゃない。私の故郷はあの病院よ！」とまで思い詰めました。そして二度としないと誓ったリストカットに手を出してしまうのでした。

器具＆場所＆時

リストカットをする際は、主に切れ味の良い貝殻印の剃刀《かみそり》を使用していましたが、一風変わったものも使用したりしました。ハンズ（東急ハンズ）で購入できる使い捨てメス。安いし、カタチが格好いいのでお気に入りです。切れ味もなかなか。とがった刃先を手首にぶっ刺して、皮膚を切り裂きながら引き抜くのは剃刀では味わえないオツなもの。そして時と場所。私は主にやり切れないときに怒りを感じて、どこに怒りをぶつけたらいいか分からない時に切りたくなります。

ワースト１は学校での英文法の授業中。どうしようもない、自分が最高に教え方が上手いと思っているクソジジイが時々急に怒る。そのあまりの理不尽な怒り方に腹が立って、気付くと手が血塗れになっていたり。英文法の教科書はお陰で血だらけガビガビ。どうせ勉強なんてしないので一向に構いませんでしたけど。

ワースト2は、のほほんとした公園。診察まで時間がある。待合室にいるのも気が疲れるので公園に行ってベンチに座っていると、いつの間にか切れています。謎《なぞ》。一度は深く切りすぎたらしく、先生に「縫ってきなさい」と言われて外科のある総合病院に直送されたことがあります。5針ほど縫いました。筋肉まで切ってしまったらしく、皮膚に麻痺《まひ》が残っています。因《ちな》みに自分で抜糸をしてしまいました。

番外編として、二つ。バスの中で手のひらを切っていたら後ろの席の人にすごく驚かれました（当たり前）。病院の待合室で、物を無くして動揺し、気がつくと切っていたなんてコトもあります。看護婦さんがすっ飛んできて処置をしてくれました。待合室の廊下にポトリと滴《したた》る私の血。父は「入院したんだから完全に精神が健康になっていて当たり前」と思っているらしく、未《いま》だに私がリストカットをしてしまう精神状態だということを知りません。ばれたら……怒り狂うと思います。

最近も久しぶりに静脈までとどく深いリストカットをしてしまいました。ゴミ箱に溜まった血をトイレに捨てに行くとき、クラリとしたり。血液検査の結果、鉄が10.2。健康だった血から一気に転落しました。更に手の平なんかもさっくりとね。使い捨てメスで。なかなか深く切れて驚きの手応《てごた》え。血、血が止まらない……。

うっふふ。これからの長い人生、リストカットをしたい衝動と上手く付き合っていくにあたって、まだまだ修行と薬は手放せないようです。

日記

1998年5月28日、12月1日〜1999年3月17日

編集部注
この日記は当初、南条あやが町田あかね氏へ電子メールで日記を送り、それが町田氏のホームページに掲載される、といった経緯で発表されていた（詳しくは、巻末の略歴参照）。文中、あかね様、などの表記が多く見られるのはそのためである。

また、日記は1998年5月28日から1999年3月17日まで書き続けられたが、量が膨大ですべてを掲載することが不可能なため、今回は1998年5月28日に南条あやが初めて町田あかね氏に送ったメールと、1998年12月1日から1999年3月17日までの日記を収録した。
5月28日のメールには簡単な自己紹介などが書いてあるので、「いつでもどこでもリストカッター」と合わせて、日記を読む際の予備知識として参考にしていただきたい。

日記そのものに関しては、あきらかな誤字脱字の修正とルビ入れ、いくつかの人名を仮名にするなどの変更は行ったが、それ以外は原文を尊重しほぼそのままの形で掲載している。

●1998年５月28日に南条あやが送ったメール

私は都内の女子高に通う高校三年生です。
通院歴は行き始めたのが４月24日と、一ヶ月弱ですが、もらった薬はちょっとずつ種類も増え始めたので…。
症状は、最初は不眠と耳鳴りでした。「きーーん」という耳鳴りではなく、自分の鼓動に合わせて「どくんどくん」という音が右耳だけで聞こえてくるのです。
階段を少し登っただけで異常に疲れたり、顔色が悪かったりしました。そんな頃、学校の行事で一泊旅行があって、山道をハイキングしたんです。
しかし、友達はゆっくり歩いているにもかかわらず、私は凄《すご》い頭痛とだるさでついていけなくなって、後続の組の人にもばんばん抜かれて一人でとぼとぼと歩いていました。
そうしたら、担任の先生（女・35才）が横に来て、前々から先生は私の体調が悪いということを感じていたらしく、「(旅行から）帰ったら病院紹介するから行ってみなさい」と言われて、紹介してもらって行ったんです。
その病院は内科、眼科、歯科、神経科、精神科、児童精神科、小児科などで構成されている一つのビルでした。
最初、紹介されたのは内科だと思ってたら診察カードのところの「神」というところに○がついていて神経科ということになっていました…。先生さりげないです…(笑)

とりあえず初診はどのような症状が出ているのかということを聞かれて、不眠と耳鳴りということを言って、尿検査と血液検査をして帰りました。
一応不眠だったのでサイレースとレスリンを処方されて帰りました。予約は一週間後だったのですが、二日後にそのクリニックから電話がかかってきて、「血液検査の結果がかなりの貧血状態だったので、早急に大きな施設のある病院で内臓からの出血じゃないかどうかを検査してきて下さい」といわれて、翌日大きな病院で検便検査と検尿検査と血液検査してきました。
検査の結果がでるのは翌週で、その前にまたクリニックがあったのでもちろん行きました。
実はこの時点で、何でこんなにも血液に異常があるのかということはうっすら自分でわかっていたんです。
私はリストカット常習者で、中学一年生の頃からちょっとずつ切り始めて、高校に入ってからは静脈まで切るようになってきて、耳鳴りがするようになる前も静脈を切って血が噴き出すような強烈なリストカットをした後でした。
耳鳴りも気分が悪いのも顔色が悪いのも考えてみれば全部このリストカットのせいだったのです。
クリニックで「何でこんな貧血状態なんでしょうね〜もうすぐで輸血が必要ですよ。」と不思議がられたので、「神経科だし言っちゃおうかな☆」というかんじでリス

トカットのことを言ってみたら実は先生が私に紹介したのは精神科だということが判明しました（笑）
それからは雪崩《なだれ》のように精神科ムード一色になって抑鬱《よくうつ》状態であることや、自殺願望のことを喋《しやべ》ってアビリット（ドグマチールと同じ）とレキソタンを処方されて帰宅。
大きな病院での検査結果では内臓からの出血はないとのことでした。私もそうだとは思っていましたが。
大きな病院では鉄剤を処方されて帰りました。
大きな病院では何故《なぜ》こんなに貧血になったかという原因追及はしないで、薬だけ処方されてます。
「眠れないんですけど。」と言っても「それは我慢してもらうしかないネーハッハッハー」というので腹が立っています。
だから今度「精神科に移りたいんですけど。」と言ってみるつもりです。
クリニックには週に一度、大きな病院には月に一度というペースで通っています。
さて、薬の服用レポートです。
サイレース。まったく眠くなりません。父に取られました。薬事法違反だって言ってるのに…。
レキソタンはリストカットをしたくなったときの頓服薬《とんぷくやく》としてもらっています。不安がなくなるような気がして良いお薬だと思います。
アビリットはなんだかよくわかりません。一週間飲まな

いと効かないからかもしれません。「効かないです」と言ったらあっと言う間に処方箋《しょほうせん》から消え去った悲しい薬です（笑）
レスリンは眠剤としてもらったのですが、眠くならないばかりか、心拍数が上がって余計に眠くなれませんでした。父にも不評でした…。(娘の薬取るなっての)
サイレースが効かないと言ったらもらった薬レンドルミン。
あの記事に書いてあった通りの黄金パターンです。
二錠飲んで、すこーしだけポーーっとするのみで、眠剤としてはあまりに効果がないような…。あかね様はよくお効きになったそうですが…。
五回目の診察でレンドルミンも効かないと言ってもらったのがベンザリンなのですが…まだ飲んでいないのです。
今日まで四日間試験中だったので眠る必要がなかったから…。あと、「壁に頭をぶつけています」と言ったら処方されたホリゾン（セルシンと同じ）これもまだ飲んでいないのです…。これから飲む予定です。デパスは貧血だと判明する前にもらったのですが、効果がいまいち実感できないです…。
私は薬の効きにくい体質みたいです…。
薬を飲んでいるにもかかわらず、未《いま》だにリストカットはしたいし、期末が終わったら自殺しようと考えてるしちょっと散々です。

ホリゾンが効くと良いなぁ。
今のところ、私は医師に「薬のコトなんてまったく知らない普通の娘」として接しています。
頭の中は「リタリン飲んでみたいーー☆バルビツール酸系睡眠剤よこせーーー四環系はイヤじゃーーー」などと好奇心と知識でいっぱいです（笑）
これを利用して医師の前で多重人格でも演じてみたいです（笑）
この頃困ってるのは水をがぶがぶ飲むようになって一日四リットルくらい飲んでいます。多飲症です。
あと、時たま、ホンの少し幻覚が見えます。困ります。
でも楽しく精神科ライフを送ってます。

●12月1日（火）　華奢《きやしや》!?　華奢ですって!?　泣いて喜ぶわよ!!

昨晩の夜は…何だかどうしてだかいきなり鬱の気持ちになりました。ゆるやかな不安発作かも知れないけれど…。
これからの人生のシミュレーションをしてみると、どんなに沢山の良い要素があっても最終的には真っ黒になってしまうんです。
閉塞《へいそく》感に押し込まれて過呼吸。ひぃはぁ。ビニール袋を口にあてて落ち着くと、近所にある高いビルのことが気になり始めて、目の前の机から剃刀《かみそり》を取り出そうとしたり…剃刀…貧血…やだやだ…死後…保険金…という断片的な単語が頭の中をグルグル回り始めて、これは強制睡眠に持っていかなくては…と思い、エリミンを2錠舌下投与したのですが、落ち着きはしたものの、眠れないのでレキソタン10㎎、メレリル、エバミール2錠、リスミー4㎎、で無理矢理眠りました。
この私が、怖くて電気をつけながら眠ったんです。暗闇《くらやみ》が怖かったんです。これは、保育園児以来の出来事です。

今朝は見限った目覚ましに起こされて、もそもそのろのろ学校へ行く支度をしました。ネットにもつなげなかったし、朝御飯はヨーグルトをなんとか。ドツボです。
ドツボ。自殺願望真っ盛りなのに朝のお薬を忘れ、とぼとぼと学校に向かいました。あわよくば交通事故。とか考えていました。すごいダメ思考。
私は精神の方は少し糸が切れていてソレを薬とカウンセリングで今治している最中です。しかし私の身体《からだ》は五体満足で歩くことが出来るんです。「世の中には生きていたくても死んでしまう人、先天的な障害を持って苦しんでいる人達が沢山居るんだよ」という誰かから聞いた言葉を頭の中で反芻《はんすう》していましたが、「それがなんじゃぁぁ！」という黒い思考が、正しいかも知れない論理をかっ飛ばして、臓器カード持ってて正解だった…臓器を損傷なく、かつ新鮮に提供するには脳死がグーやな…電車はダメや、遺族が金で大変…朝のラッシュの人身事故は全くもって迷惑…と黒々としながら歩いていました。
しかしなんとか無事に学校に到着。一時間目の古典は眠ってすごそう。と思ってセパゾン4㎎、レキソタン10㎎、メレリル、ホリゾン2錠、眠剤以外の薬をポイポイと飲んで「明日は医者だ。医者まで我慢。…たーまねぎ目にしみても涙こらえて…♪」とキテレツ大百科のテーマを頭で考えながら眠ろうとしたところ。
一時間目の古典は先生が欠勤のために自習!!　教室中に喜びの渦が巻き起こりました。大袈裟《おおげさ》ではなく。喜びの渦です。
高校三年生にもなって「イェーーーイ!!」ですから。全員古典は嫌いなようです…ははは。
自習中はうるさくて眠れませんでした。と、いうよりも私自身も舌をもつれさせながらお喋《しやべ》りを始めてしまったので「抗不安剤ハイ」になってしまい、鬱が吹っ飛びました。なんかこれでいいのかも知れない…とか思って二時間目の体育はバドミントン。全敗だったウチの班が格上の相手に勝利を収め、その波に乗って二連勝。班員とキーキーぎゃーぎゃー喜んでいたらもう鬱はどこへやら。目出度《めでた》し。多分今日の日中の鬱はこれで終わりでしょう。(天気予報気味)
その後の授業は眠らずに友人に手紙を書き、掃除当番も精力的にこなしました。
さて、今日の放課後は父に頼まれて、宝くじを購入しに行かなければなりません。
しかも渋谷、と場所が限定されています。
それはともかく、友人と二人、帰り道に「あやさんが鼻から薬を吸っている」ということがA組の一部で噂《うわさ》になっているそうです。
あはははは。
爆笑しました。デパスを吸っていたのが目撃されたそうです。完全に覚醒剤《かくせいざい》と勘違いされている様子なので、友人には説明して、手紙に書いて間接的にA組の一部の方に見てもらおうと思います。おかしくて腹がよじれました。
学校で堂々とシャブ吸うかってーの。(笑)
渋谷に着いて、そそくさと宝くじを購入して、献血に行きました。広い方のくつろげる献血ルームです。ここでの私の名前は「明子」ですけど。(笑) 明子さんは血小板の成分がムッチャ濃いぃぃ〜ので、是非とも血小板献血をして下さいと言われました。
しかし自己申告した体重、51kgを怪しまれ、体重計に乗らされました。50kg以上ないと400ミリリットル献血が出来ないんですね。だから51kgと書いてみたのですが…。
看護婦さん（でいいのか？）達曰《いわ》く、「51kgもあるように見えないけどぉ」「そうよねぇ」「なんか華奢だしねぇ」と。実際に51kgはないです。ウソです。しかし「華奢だ」と評価されてしまってはもう喜んで40kg台を認めざるを得ませんでした。(悦…) 華奢だなんて言われたのは小学生の時以来であり、ダイエット中の私には天からの言葉に値します。両腕を固定されて血小板を献血いたしましたが、看護婦さんはなるべく管の中を流れる血が見えないようにタオルで覆《おお》い隠してくれちゃったりします。
ああ私はそれが見たいの…
とは恥ずかしくて口が裂けても言えませんわ。
隙間《すきま》から見える私の血液と機械の横にぶら下がって貯《た》まっていく血小板の成分。ウットリと見ていたら看護婦さんが「これはこうでそっちのはアレで」と説明してくれちゃったりしました。(笑) 50分ほどかけて終了。ミルクココアを飲みながらインターネット。いつもはドーナッツが入っているガラスケースの中には「今日は終了しました」という立て札が上に乗っていて、ちょっとだけ悲しんでみたり、ダイエット中なので安心してみたり。
今日看護婦さんに言われた「華奢」という言葉がお世辞でも、この言葉を胸にダイエット決心をあらたに。
目標体重を30kg台へ。まろやかになだらかに拒食症になっていきましょう。(爆)

今日の夜は不安発作来ないで下さい。お願いします。明日は医者ですから。
薬よ、増量せよ。種類も増えろ。
そして帰りにまた献血だ。

●12月2日（水）　目指せ！　早寝早起き……
昨晩適当にチョイスして眠った眠剤。エバエバレキレキリスミーメレリルホリゾン15㎎ソラナックス5錠セパゾン2錠。
気持ちが鬱になる前にとっとと眠ってしまいましょうってわけで、9時頃には眠っていました。超短期作用型の眠剤しか飲んでいませんから、今朝は気持ちよく目覚めることが出来る予定だったのですが…。
…筋肉痛…！　肩がぁ！　腰がぁ！　二の腕がぁ！　という状態で目覚めも最悪。カーテンは二重で太陽の光は射《さ》し込むことがなく、脳味噌《のうみそ》が反応していないせいか、まだまだ眠り足りないぞこん畜生…状態で取り敢《あ》えずパソコンの電源を入れて明かりを作りました。目は覚めたけど今日は異常に寒い日でしたよね？　台所と電気ストーブの間を行ったり来たりしていました。しかし何でまだ眠いんだ…（泣）
一時間目からずっと眠りっぱなしです。でも二時間目に卓球の試合があったときは起きましたが、流れる玉を呆《ぼう》然《ぜん》と見つめていたりしてかなり負けがこみました。（泣）
三時間目はタオルを敷いて眠っていたんですよ。

そうしたら。
気がつくとお昼休みになっていました。（爆）
四時間目の記憶の欠片《かけら》も断片もなんにもないです。よほど深い眠りに入っていたのでしょうか…。いい加減に五、六時間目は起きて授業を受けました。調理実習だったし…。しかし眠くて眠くて、テーブルに突っ伏して休んでいたりもしました。
元々私のやる仕事なんてないわけですし。（笑）それにしても四時間目の現代文演習の記憶が抜け落ちていて凄《すご》すぎます。

放課後はいつものクリニックへ。凄いことを発見。D組にいる拒食症の女の子が同じクリニックに通っていました。お互いにコートを着ているのでフト見ると分かりませんが、鞄《かばん》が同じなので「おおう」と思いました。あちらもちらりと見ていたので気がついたのではないでしょうか。とにかく明日、声をかけてみます。
楽しみだ。うふふふ。担当の先生は違うみたいだけれど…。

私の診察内容をぶっちゃけると。「この頃死にたい」に尽きます。気分の波が激しくて上がったり下がったり。今日は真ん中でしたが、眠くて仕方がないことを告げました。あと、セパゾン飲んでもソラナックスより不安感が増えたよーと。そうしたらあろう事か、処方箋はトリプタノールが朝夕だったのが朝昼夕になって、ソラナックスが復活。…。ソラナックスはいやなのに…
ああああ…。父にはレンドルミンとエバミールを。次の診察まで10日あるんです。試験の関係で来週の水曜日には行けないものですから。そうして、自殺願望をたっぷりアピールしていたら「次の診察までにどうしても苦しくなったら電話して下さい」とM先生がおっしゃりました。
わーい。精神分裂病患者のように電話掛けるぞ〜（ウソです。）

次の診察までに苦しくなることは必至なんですが、なんとか耐えましょう。頑張りましょう。

今日は本名名義で成分献血をしたかったので、薬局をすっ飛ばして渋谷に行って狭い方の献血ルームで血漿《けつしよう》をとりました。心地よい椅子《いす》に座ってテレビを見ながらココアを飲み、満足です。採血が終わって、ジュース無料機の横の椅子に座って少女漫画を読んでいたら何だかルームで働く人が話しかけてきました。30代の男の人です。
「今高校三年生だよね？」
「進路はどうするの？」
「アルバイトとかするんだぁ」

「学校はどこにあるの？」

「自宅は？」
…そんなにこのセーラー服は魅力的か？　私はうるさかったので適当にハイハイ答えておきました。くつろぎの休憩所なんだから職員が構うなよ…。あんまりしつこいとまた人間不信に陥るんだってば。片手にアクエリアスを持ちながらそう考えていました。
さて、帰宅です。バスに乗って家の近くのバス停で降りて、手近な薬局に入って処方箋を出したところ、レキソタンエバミールホリゾンメレリルが無いそうです。予測はしていた事態です。今ある分だけもらって、明日学校の帰りに寄りますということで話がつきました。っていうかホリゾンもレキソタンもエバミールもメレリルも無くても大して困らない。在庫があるから。(笑)
しかし薬剤師さんは「これはいつも飲んでいる量なの？」と三回くらいしつこく聞いてきて、あまりの量の多さにちょっぴりビックリしていたみたいでした。薬漬けです。

…そして今日は８時半には眠るぞーー!!　ということで、この日記を書く前にメレリル、エバミール２錠、ホリゾン３錠、リスミー、レキソタン10㎎、ソラナックス５錠、セパゾン２錠をガボガボと飲んだのでちょっと眠気が…。

今日で試験一週間前なんですなぁ…。明日の学校の支度もしたし不安発作もでてこないし無事に眠れそうです。さて、ほぼ毎日更新してきた私の日記ですが、試験週間に入ったために不定期日記となることをご了承下さい。たまに送っても滅茶苦茶《めちゃくちゃ》短かったりするので期待しないように～。どうぞこれからもご愛読して下さい。

●12月3日（木）　寒くてどうにもこうにも…

試験一週間以内に入ってしまいましたあわわわ。色々、やらなくては、と思うのですが、何かきっかけがないとやり始めない。つまりタダの怠け者です。今日の朝も一段と冷え込み、8時には眠った私は6時40分に「ねむねむい」とうめいていました。
どんなに眠っても眠いのです。朝は。今日は食べ物を食べたい誘惑に負けないよう、6時前にはお風呂《ふろ》に入って眠剤飲んで眠ります。そういえば昨日、私の学校の拒食症の女の子をクリニックで見掛けて、今日話しかけようと思ったのですが、授業中は眠くてだらけて休み時間も眠っていましたしやっと目が覚めたと思ったら選択授業で教室移動して、放課後にすれ違うかも知れない、と思っていたら私は掃除当番&ゴミ捨て係でそんな暇はなく、結局話すことは出来ませんでした。しかし。明日は話しかけてみます！　何を話すかって？
「Kさん一昨日《おととい》あのクリニックにいたでしょ？　いつか

ら通ってるの？　予約は週に何回？　あの先生どんなカンジ？」等々です。意気投合しそうなタイプではありませんが、もしも、仲良くなれたら何を飲んでいるのか聞きたいです…。ふふ…。

そういえば友人は推薦志望校に受かったとのことです。

やったー！　これでカラオケ友達が出来るーー！

…そういう視点でしか喜べないのかい（泣）

さて、放課後はがちがち凍えながら薬局に昨日欠けていた薬をとりに行かなければなりません。帰り道を３メートルくらい遠回りです。ああサブイ。欠けているのはレキソタンとホリゾンとメレリル、父のエバミールです。レキもホリもメレも余ってるし父のエバミールだって私が横領したヤツが余ってるからいらないけど～もらえる薬はもらっておけ！　であり、寒いながら取りに行きましたよ。

薬剤師さんはとっても親切で、「これが一日２回飲む薬ですね、そしてこれが眠る前に飲む薬で、…」と一々袋から出して説明してきます。

あああああ分かってるってば。早く ぬくい家に帰らせて～ってカンジでしたね。

そして無事に帰ってきた私ですが、部屋には誰も帰っておらず、ホットカーペットも布団《ふとん》も冷たいまま…お風呂がぬるかったので沸かしていたら父に略奪されてがたがた震えながらこの日記を書いています。

そういえば今日の薬事法違反一つ。ホリゾンが余りまくっているのでお友達に３錠プレゼントしてしまいました。ヒヒィッ。

今日の美術の時間には２学期に作成した作品を黒板の前に並べて、生徒の前で先生が批評、という形式だったのですが、
私は大変に良い成績ばかりをいただきました。
卵とピーマンのデッサン　A
トールペイント（缶などに絵を描く）　A
フォトモンタージュ　Aの花マル
自由課題のペン画　Aの花マル

ぎゃひい。ですね。花マルを見たときは倒れそうになりましたから。そのまま友達とお昼ご飯を美術室で食べていたら（私は薬飲み飲み）美術担当の先生がそそそ…と近くに来て、「南条さん進路は決まったの？」と問いかけてきたので「フリーターッす」と元気よく言ったら「あやさんは中学の時から本当によく頑張っているから美術の道に進むのかと思ったわ」と言われて、更に「フリーターになっても趣味として絵を描いたりしていて下さいね、今はCGなんかもあるから頑張って頂戴《ちょうだい》」と言われてしまいました。
先生、買いかぶりすぎです〜。恥ずかしいですわ。嬉《うれ》し

いですけど。
その後、体育館でバドミントン。大学に受かった友人は「くそ2年邪魔～（怒）」と言って、ラケットで邪魔な2年生のお尻《しり》をわざと叩《たた》いていました。すごいです。更に帰り際《ぎわ》に「邪魔だよ馬鹿《ばか》っ」と邪魔な二年生に言い放っていました。気が強いのね…。あ、お風呂に入る順番がやっと回ってきましたわ…
ではみなさんサヨウナラ…。

…今日の眠剤メニュー…
ホリホリホリ、レキレキ、リスミーリスミー、トリプタノール20ミリ、ソラナックス5錠、セパゾン2錠、メレリルメレリル、エバエバ、決め手はサイレース1ミリ…。もう、眠気が来たかも知れません…ううう…。

●12月4日（金） 激ラブ布団＆睡眠
今日緊張したこと。
別冊宝島の人にインタビューされました。
鞄からテープレコーダーを出して、机の上に置いて録音状態にしてから会話いたしました。
こんな経験は初めてです。うっかり舌を滑らせて馬鹿みたいなコトを言わないよう、緊張しました。1対1のインタビューではなくて、2対2です。私の他に、某編集者さんが来るはずです。某編集者さんは遅刻していらっしゃったので、最初は2対1の会話で、セーラー服の私に名刺を渡したり「よろしくお願いします」と言い合ったりしている姿はとっても奇妙な光景だったと自分で思います。(笑)
他にいたお店のお客さんが、じろじろとこちらを見ていましたから。あ、妄想じゃないです。(笑)

帰りに一人でカラオケに行こうと思っていたら、結構長く喋《しゃべ》っていたみたいで、もう6時間目が終わって通常、帰る時間でした。
ああん畜生。です。おとなしく帰りました。(泣) おとなしく帰ってCoccoのビデオを見ました。そして眠りについて8時半に起きました。

今日、とても嬉しかったこと。
水曜日に私の通っているクリニックで見掛けた隣のクラスの拒食症の子に話しかけようと思って、一日経《た》ってしまいました。しかし諦《あきら》めずに掃除当番が終わってから廊下を歩いていたら彼女を発見。もう足の形が記憶されているので後ろ姿でわかります。筋肉のついた足に脂肪の無くなった赤い足です。私は10メートル先に彼女を発見すると、走って「Kさ〜ん!!」と叫んだら彼女は振り向いてくれました。
まぁ、顔には「一体何の用事かしら」という不審げな表情が出ていたのですが、「一昨日あのクリニックにいたでしょう？」と聞いたら「あ、うん」と答えてくれました。彼女もやはり私の担任の先生に紹介されてそのクリニックに行ったそうです。何と。彼女の通院間隔は私が１週間に一回なのに、彼女は２週間に一回から１ヶ月に一回になったということが判明しました。それで今まで鉢合わせなかったワケね…と思いました。担当の先生も違うし…。
ああ。アレが放課後でなかったらば。もっと彼女と話したかった。ちょっとだけ親密度アップ（私の中ではそう思ってます）したけれど、彼女にまともに話しかけられそうな日は試験が始まるまでのあと三日間しかありません。三学期に入ったらもう親密度アップは無理やぁ…。
薬、飲んでいるのかとか、色々聞きたかったんですけどネェ。廊下でさり気なくすれ違ったときにでも聞いてみよう。
ソレはそうと、私は陽気なおばちゃん状態になって、「１ヶ月に一回？　私なんか１週間に一回だよ〜。Ｋさんは良くなってるんだよ！　頑張ってね！」と言って肩をポンッと叩いてしまいました。アノレキシア友達一人ゲット。（ゲットしてどうする）

今日、困ったこと。
結局、私は郵便局のバイトはしないようです。こう、父に決められてしまいました。スノーボードは正月に連れて行かれるみたいで、どうにかこうにか行かないで済み、父も納得するアイディアを練っている最中です。友達との約束じゃ「そんなのいつでもできる」と却下されてしまいます。体調が悪いと言っても問答無用な父ですから。(泣)
ここは一つ、波風立てずにスノーボードに行くことにして、嫌いな車内では睡眠薬でバクスイ。適当にチョロチョロ滑ったフリをしながらそこら辺のレストランでずーーーーーーっとだらけているという手もあります。あわよくば、手首でも骨折して保険金詐取《さしゅ》♪
しかしこの案は寒いという環境と、帰りの車の中での渋滞が問題点として残っています。渋滞は眠剤を使ってもいらいらするモノです。はっぁ。本当にどうしよう。
やはり主治医のM先生に頼るしかないのか…。「お嬢さんはスノーボードに連れて行かれるのを嫌がっています。心理的負担になってまた自傷行為をやりかねませんから連れていかないで下さい」と、言ってもらいたい。ホントにホントに心理的負担になってるんすよ。ほんまに。
あ。ナイスアイディアを思いつきました。体重を30kg台にまで落として、主治医にあからさまに心理的負担を強調する。父もガリガリにやせ細った娘を無理してスノーボードに連れていきたいとは思わないでしょう。多分…。希望的観測…。取り敢《あ》えずこのままダイエットは続けます。
冬はやっぱり寒いから部屋に閉じこもっておくべきだ。と思うんですよね。汝《なんじ》、布団を愛せよ。

●12月6日（日） ヨーグルト論

いやはや。昨日は学校から帰ってメールを書きつつ薬を飲んで、眠って夜に目覚めて日記を書いたりネットサーフィンする予定だったんですよ。その時の眠剤はリスミー2T、メレリル2T、ホリゾン2T、エバミール2T、ソラナックス3T、セパゾン2T、トリプタノール2T、サイレース1mg。ちゃんこ鍋《なべ》状態のメニューでした。これでも夜に起きようと思っていたのが少し馬鹿っぽいです。
気付けば翌日の午前10時。日記もネットサーフィンもあったモンじゃありません。しばらく呆然《ぼうぜん》としていました。確か期末試験前だったような…。日曜日には少しリーダーに手を付けようと思っていたような…今日は日曜日？取り敢えず洗面所に行って顔を洗ってシャキンとしてみました。でも頭の中はホワホワで、「今日は日曜日だったよね？」とか「日曜日の次は月曜日で、今日は日曜日だよね？」などと、どうしようもない頭で考えていました。取り敢えず朝食だけは摂《と》ろう。と思ってアロエヨーグルト3つと菓子パン1つ、ジャガイモパイのようなパンを1つ。ちょっと食べすぎです。菓子パン食べ過ぎです。しかし体重計には現れていなかったのでどーでもいいです。とは思いつつも、あとでリバウンドが来るので、どうでも良くないです。(泣)
そこで私はヨーグルト人生を決意しました。しかし、ちょっと気になっていることは、ヨーグルトを大量はコンビニエンスストアで買ってくると高くて効率が悪いなぁということです。今からサミットに徒歩で行ってきます。凄《すご》く突発的ですが。

サミットに行く道中で私をガラスに映してみると、コートが大きいために「お姉ちゃんのコートを勝手に着てきてしまった小学生」に見えます。身長が、欲しいです。(泣)
サミットでは私の大好物のスィーティーが一つ98円で売っていました。激しくそちらの道へと引き寄せられた私ですが、「果糖だって馬鹿にならないのよ!?　リバウンドしたいの!?」という心の声に引き戻され、まっすぐに乳製品コーナーへ行きました。
今まで乳製品コーナーなんてヨーグルト嫌いの私はじっくり見たことがないので新鮮でした。完全自殺マニュアルで、服毒自殺ならば薬をヨーグルトに混ぜながら食べれば大量摂取が楽…ってなコト、ふと思い出しました。私は７月の手首ザックりピーポー事件の後、Hさんの妹に完全自殺マニュアルをとられて保管されているので確

認することもできませんが…。(泣)
取り敢えず大きな容器に入っているヨーグルトをポイポイとかごに放り込みました。
それと、アロエヨーグルトはやはりコンビニよりも安く売っていたのでアロエヨーグルトと、他種のカップサイズのヨーグルトを適当に放り込んでレジへ。千円ちょっと也。今日からしばらくはヨーグルトの人生が始まります。決めました。菓子パンに惑わされない強い意志を持つには賞味期限を気にしながら食べなければならないヨーグルトだけを食べようと。腐らせたら勿体《もったい》ないという精神を強くしようと。
帰宅してから早速一番賞味期限が近いヨーグルトをお皿に空けて食べました。
う゛。
…なんて不味《まず》さでしょう。小学生の時にヨーグルトを嫌いになったきっかけを彷彿《ほうふつ》とさせるような不味さです。
砂糖が入っていなかったことも理由の一つに入っています。と、いうことは。
私が好んで食べているアロエのヨーグルトには砂糖が入っているワケね!?　そうなのね!?　という結論に至ります。
無知だわ…無知だわ…。
その不味いヨーグルトには顆粒《かりゅう》状になっているグラニュー糖をぱらぱら振りかけて何とか食べることに成功し

ました。
今までの私って一体…。
ああ、そういえば水曜日から試験なんだわ。早くお風呂《ふろ》を沸かさなくっちゃ。(現実逃避)
風呂に入って本を読んで、適当に、寝ます。っていうか、もう既に、リスミーホリゾンレキソタンメレリルエバミール各２錠と、ソラナックス３錠飲んでしまったのであと一時間もしたら眠っていることでしょう。それでも明日の朝、起きると眠いんだろうな…。冬休みに入ったら長期作用型の眠剤を処方して欲しいです。
ぐぅぐぅ眠るの。って前にも書いたっけ??　近頃物忘れが激しいです。

●12月７日（月）　今夜あたりから勉強？　ホントかい。

今日の朝はもう寒くてがちがちです。雨まで降っているし。風は冷たく。去年の私ならコンビニでホッカイロを購入するのですが、倹約家になった私はそんなことはしません。コンビニで売っているカイロなんて定価売りで高いです。薬局などで割引かれているモノを購入するのがベストでしょう。更にその代金は父に出させるのがベストであり、購入するのはスタンプポイントがもらえる薬局。しつこく条件を絞るとスタンプ２倍デーに購入すべし。です。おばさん根性丸出し。

朝御飯はヨーグルトのでっかいパックを一つ、平らげました。少しだけ、砂糖をかけました。ちょっと、食べ過ぎかも知れません。
学校に着くと暖かかった…。エアコン、最高。個人的にはストーブがいいんですけどね…。たまに電気代節約のため、ケチって「集中管理中」という表示でエアコンがつけられないときがあります。
高い授業料ともろもろの金を取っているくせに本当にケチです。うちの学校は。
今日は全校朝礼の予定だったのですが、雨が降っているためにテレビ朝礼ということになりました。テレビ朝礼。これほどむなしい行事は類を見ないです。校長の話なんて誰も聞いていない。お喋《しゃべ》りはするし「起立ー！　礼っ」の合図もシカトしかと。先生も黙認状態です。
二時間目の体育の卓球はクラス全員との勝負が終わりました。24勝６敗です。なかなか良い成績です。負けてしまったのは運動部の方達…。全員と対戦し終わった私は審判役に徹していました。
三、四時間目は世界史で朝飲み忘れたトリプタノールとセパゾン、ついでにホリゾンを飲みました。
…そして眠気が…完全に完全に眠っていました。
気がつくともうお昼ご飯タイムでしたから。(爆)
世界史はノート提出も終わったので何をしていようが私の自由です。だけどテストはやばいかもしれません…世界史の先生は優しい人なので、「ノート提出さえすれば、単位を落とすようなことはしない」…と仄《ほの》めかしていました…はずです。まぁ、なんとか教科書を一部、入念に暗記しておけば良いでしょう…はは…。
お昼休み。みんなで弁当を食べるのも今日と明日で最後なのですが、私は世界史に引き続き、お昼休みになったことも気付かずにスーピョろろと眠っていたことは前述の通り。
あーあーあー。どおして誰も起こしてくれないんだよぉ。(泣)

しかしお弁当といっても私はお弁当持ってきていません。ダイエッターですから。
私はずるずると鞄《かばん》を引きずって友達の机のトコロに行きまして、ダイエットフーズを5粒飲んでサイナラ〜です。明日、最後のお弁当の時間には弁当らしきモノを作ってきて食べようかなぁ…と思います。
5時間目のグラマーはお喋りに終始しました。隣の子とはゲームの話をして、前の席の子とはダイエットや車の教習所の話等々…。前の席の子は、以前拒食症に片足を突っ込んでいて、その時の心境を語ってくれました。食べ物を食べると、その重さがぴったりと身体《からだ》の脂肪になってしまうと思い込んでしまうらしいです。そして、カロリー消費のために朝と夕方に5㎞走っていたそうです。

確かに彼女の頬はこけていました。病識がないところがまさに拒食症だったのです。それから私の体重の話になって、「もうそれ以上痩《や》せなくていい」と言われましたが、目標体重までファイトーーー!!
友達にはよく、「足が細くなったね」といわれます。まだまだです。
私も拒食症??　いや、病識があるよ。(笑)
それから教習所のお話。車の免許をとるために、放課後に教習所に行っているそうです。グラマーの時間も車の教科書を見ていました。熱心です（笑)。私は精神に関わる薬を飲んでいるのであまり車の免許をとらない方がよいようです。そのように、病気友達に聞きました。私は別に免許なくても生きていけるのでいいです…。っていうか私の友達はみんな口をそろえて「あやさんは免許を取らない方が人類のためだ」と言います。うー…
私も幼稚園児とか小学生をひき殺して毎月お金を搾《しぼ》り取られる人生もいやですから、ホントに免許はいらないっす。ふふ。(笑)
今日は5時間で終わりなので友達がトイレ掃除をしている間、教室で待っていました。そうするともう一人、一緒に帰る友達が来て、先生と雑談しました。三学期、進路決定者は週に四回の4時間登校らしいです。一般受験で家にいて勉強していた方が効率の良いと思われる生徒は週に一回の登校らしいです。何故《なぜ》か私は進路決定者のうちにはいるので（進路→フリーター）週に四回の登校ですよ。
友達は私がデパスをスニッフしていることを先生に言いつけました。きゃぁ。「鼻から吸う」という言葉に敏感に反応します。「ちょっとちょっとイケない薬じゃないでしょうねぇ〜」と言われました。
ちゃいますわ。友人に説明した紙を先生に渡しました。
先生は理科系の先生に詳しく聞くそうです。おいおい。
今日は渋谷に献血に行こうかと思っていたのですが、雨も降っているし寒いので、明日にしました。明日は試験前なので午前授業で終わるのです。明日のために、家に帰って電話で成分献血の予約を入れました。今回は「あや」という偽名で献血です。あはは。温かいココアが飲めるワ。
家ではいい加減に寒くてどうしようもなくて台所の電気ストーブを私の部屋に持ってきてつけました。猫が温風の前に立ちふさがっていたりするので私も身を寄せ合って猫をどかします。
父の部屋の電気をつけたら、四つのうちの一つから煙が出てたんです〜！
もわぁ〜って！
ヒィィィ！　と思って電気を消しました。原因はライトの寿命だったのですが、滅茶苦茶《めちゃくちゃ》怖かったです。
今週の試験最終日、土曜日には医者ですが、あの鉄剤、フェログラデュメットを復活させてもらいたいと思います。なんか、献血には鉄の成分が重要なわけでして、ろくなモノを食べていない私はもうそろそろ鉄の成分がやばいので、適当に鉄剤欲しいです。鉄剤欲しいと言ってもM先生は別に何とも思わないでしょう…。ダイエット中なのでプリーズ…と言えばもらえますでしょう。
明日は日記を書くかどうか分かりません。献血するから帰りが遅くなってバタンキューかも知れないので。
っていうかココアって美味《おい》しいよね…。

●12月8日(火) 嘘《うそ》つきは泥棒の始まりなんて誰が言ったんだか

すっかり忘れていました。今日は四時間目で授業が終わるからお弁当のない日。ラスト弁当デーは昨日だったのです…。
ほんの少し、ちょっぴりショック。(泣)
昨日の予約通りに献血をしに行きました。ルームが開くのは2時からなので、時間が余っており、本屋でイミダスを立ち読みして時間を潰《つぶ》しました。イミダスは大きくて立ち読みには向いていないと思いました…。そして献血ルームに行って、偽名の「あや」で献血をしようと思ったのはよかったのですが、看護婦さんが私の顔を覚えていて「一週間前くらいに会わなかった?」と言いだして、他の看護婦さんもうんうんと頷《うなず》きます。

ピーンチ★（大汗）
私は今年最大のはったりをかましました。「私、三つ子なんです…」と。献血するための椅子《いす》に座ってからも何だか看護婦さんの動きがおかしいです…。フロントのパソコンからデーターを引き出しているようなカンジで…メッチャぴんち！　私が一番下の妹という設定で、「明子」は真ん中、本名が一番上の子、という設定です。「お姉さんの名前は？」と聞かれて「明子と○○（本名）です…」などと疑われています。手の甲の傷も同一人物だと物語る証拠になっています。激しく激しく疑われましたが、どうにか平静を装《よそお》って三つ子宣言して、献血には成功しました。
はぁはぁ。ドキドキしたぜぇ…と思いながら休憩所でココアをすすっていたら「南条さんちょっとよろしいですか？」等と男性職員に呼ばれてしまいましたわ!!
ピンチピンチ!!
「よろしくないです…」と思いながら職員の部屋にココアや献血手帳を抱えて職員の休憩所のようなトコロに連れて行かれました。
まぁ。
ソコでも疑われました。激しく疑われました。「本当に三つ子なんですね」と4回聞かれました。疑うのはしょうがありません。一人の人から血を採りすぎるとその人の具合が悪くなってしまうからです。献血する人への配慮です。赤十字の素敵な魂です。
しかし私はしつこく三つ子宣言を繰り返して、「そうですか」という返事を受け取り、何とか帰してくれました。
なんていうんですかね、きっと100パーセント信じてはいないと思うのです。私の腕には針の痕《あと》があり、看護婦さんがそれを見て首をひねっていましたから。おかしいなぁといったカンジで。
相手はプロです。しかしその針の痕も「クリニックで採血検査したっす」と言ってウソにウソを重ねました…。
これはイケナイコトです。重々承知しております。
でもーーーーーーー!!
個人的な意見を言わせてもらうと凄《すご》く我が儘《まま》なんですが、お風呂場でケタケタと笑いながら自分の心と身体をリストカットするよりも人の役に立ちたいんですよぉぉぉぉ。
ただ流れていく血が勿体ないじゃないですかぁ。
だから献血でリストカット衝動を抑えて、ついでに世のため人のために献血してるんですよぉぉ。
マジでワガママやけど…。
でもーー!!（泣）
ほとぼりが冷めるまであの献血ルームには行けません。
っていうか、２週間後になったら「あや」として行きます。
もう一つの渋谷の献血ルームには「明子」で行きます。
新天地開拓で、新宿の献血ルームに行きます。本名で。

っていうかこのこともちゃんと主治医に伝えましょう。献血ルームをかけもちしていることと、「私は血を見ると落ち着くんです」と正直に。M先生はどのような顔をなさるでしょうか。処方変わるでしょうか？　楽しみなんですが明日から試験です。
かなりやばいのですが何も手を付けていません。かはっ(吐血)
今日から試験が終わるまで日記はお休みをいただきたいと思います。でも気まぐれに書くかも知れません。
あかね様にはお世話かけます…。今週の土曜だけは医者なので必ず、日記を書くと思います。
では、苦しい期末試験の勉強へ出発ぅ…。
あああ（泣）

●12月12日（土）　抗鬱剤《こううつざい》、効かないらしい。
やっと、やっと、長かった期末試験期間が終わりました。四日も続きます。一日二教科で。苦しいだけなので二日間くらいで終わらせて欲しいモノです。今日は現代文演習とリーダーの科目で、現代文演習には手を付けず、前日の夜にリーダーを少しだけやって30点はとるつもりだったのです。
ですが。
父のせいでそのプランは破滅。バキューん。(死)
ソレは昨日のこと。私は夜型勉強人間なので二教科で学校を終わってから、12時くらいにそそくさと帰宅すると、ホットカーペットで温めておいたヌクイ布団《ふとん》に入って自然に目が覚めるまで眠ります。7時くらいまでは眠っています。父が起きてくるのは1時なので、かなりすれ違いになるのですが、そんなことを気にしていませんでした。私は。
金曜の昼、いつものように帰宅していたら、4時に父の声で目が覚めました。なんだか、とてつもない勘違いをしていたのです。父は私が眠っているのは父と接触したくないために眠っていると思って、「俺がここを出ていくかぁ！」と怒りだしたのです。鞄、毛布、洋服等々を玄関口まで持っていっている音がします。
ここは引き止めておかないとあとでもっと凄い修羅場になる…と思って眠い目をこすりながら玄関口で「何で出て行くの…」と涙涙で質問して、すったもんだ。改めて父がどうしようもない人間だと確認できました。
あはは。乾いた笑いが漏れそうになりました。父は私の主治医のことを信頼していないそうです。それどころか、「胡散臭《うさんくさ》い」とまでぬかしやがりました。
ナに言ってルノ～？　あタシよくワッカんな～イ。
…頭が崩壊しそうになりました。ヒュルリ～ヒュルリ～ララァ～…今まで父に対して溶けだしていた何かが、またガチガチに固まっていくのを感じました。私が今、先生と父親、どっちに良い感情を持っているかといえばはっきり言って先生です。
一応父から説教垂れ流されて、一段落いたしました。私は絶対に犠牲者だ…と思いました。
変な時間に起こされたためリーダーの勉強にも手が付けられなくなってレキソタン20ミリ飲んでウーガーうなっていました。ホリゾン3錠飲んでまたうなっていました。
と、いうわけでリーダーの試験はほぼ、白紙状態で提出する羽目になりました。和訳問題だけで何も書けない状態でした。点数は絶対一桁《けた》になり、下手したら自宅に電話が来て追試ですワ…。
親のせいにしたくはないですぅ…でも…。
理不尽だ。世の中には理不尽が溢《あふ》れているぅ…。

今日のお医者さんタイム。時間が余っていて公園で腕を骨折したいと思っていたのに、時間は余っていなくて、すぐに待合室に向かいました。Coccoを聴きながら呆然《ぼうぜん》と代わり映えのない壁を見つめていました。診察室に入って最近の調子はどうですかと聞かれれば「かなり悪いです…」と答えて、何故《なぜ》良くないのか、気分の落ち込みの具合などを聞かれました。
「この頃はいつもダメです…」と答えて抗鬱剤が効いていないことを強調するような形になってしまいました。
一昨日《おととい》は泣きながら遺書を書いたことや、飛び降りる屋上はもう決めてある等をかすれた声で伝えました。

本当はもっと伝えたいことが沢山あったのに、伝えそびれました。っていうか5日後にまた医者なのでその時までにまとめておきたいと思います。
処方箋《しょほうせん》を書く段階になって「休みに入ったから長く眠れる薬が欲しいんです…」とボソリと呟《つぶや》きました。エバミールが消えて、そして処方されたのはユーロジン。…なんでダルメートとかソメリンじゃないの…と思いましたが、取り敢《あ》えずユーロジンでもいいかな…と思いました。
トリプタノールが消えて、一日三回ドグマチールとゾロのアビリットと、聞き覚えのない名前の書いてある、ハルシオンとそっくりの包装シートの薬を処方されました。
フラフラします…と答えたら鉄剤復活。そして血液検査と検尿しました。
32条のお陰で何しても無料…嬉《うれ》しい…と思って帰りました。今日からマクドナルドのハンバーガーが半額ですね…と思って一人でマックに行ってチーズバーガー2つとベーコンポテトパイ食べてしまいました…久しぶりに濃い食事です。食べ物を食べないと鉄剤飲めませんから、ダイエット中にも関わらず沢山食べて鉄剤飲みました。

帰宅して、初めて見た薬を調べました。
神経系のお薬のクロナゼパム製剤の「ランドセン」と判明しました。小運動発作、精神運動発作、自律神経発作の治療に使われるらしいです。しかし副作用の欄を見ると、めまい、運動失調、ねむけ、知覚障害、頭痛、だるさ、不眠、食欲不振、悪心、嘔吐《おうと》、舌のもつれ…って凄いてんこ盛りです。まだ飲んでいないので薬効は分からないけど飲むのを怖《お》じ気づくような説明書きです…(泣)
やっと休みが来ました…しばらくはひたすらグウスカ眠りたいです。でもテレホタイムにネットはやります。そしてまた昼夜逆転の生活が始まるのです…。
明日サミットにヨーグルトを山のように買いに行きたいと思います…ダイエットは続行するつもりです…。

●12月13日（日）　外出億劫《おつくう》

試験が終わってその反動。
あれほど眠りたいと祈っても眠れなかった時間帯に眠剤ナシで眠ることが出来ます。
スバラシイです。学校、テストというストレスから解放されたからでしょうか。
とにかく今は睡眠においては快適です。断眠も早朝覚醒《かくせい》もないし。しかしテレホタイムに眠くなるのはとてもいただけません。昨日は座椅子《ざいす》に腰掛けながら足にキーボードを載せて眠ってしまい、父が帰宅して目が覚めると、回線は切れて本体の電源もいじられないまま長い時間が経《た》ったために切れていました。
テレホーダイに入っているからこそ、こんな時間にテレホーダイの時間が設定されているからこそ、NTTに意地悪したい根性悪の私はなるべくなるべく長ぁ〜く回線を繋《つな》げておくのですが…。昨日は睡魔に勝てず、座椅子を麻雀《マージャン》ゲームを始めた父に譲り、眠りました。
そして起きたのは11時。猫を腕枕《うでまくら》させていました。身動きがとれません。可愛《かわい》いから起こすのがかわいそうで。(飼い主バカ)
それでも結局起きました。猫も起きました。(泣)
変な夢を見ました。夢の中で私は一日120錠のアナフラニールを処方されて困っている夢です。とうとう夢の中にまで薬が現れるようになりました。ならばもっと楽しい夢を望みます…。ハルとかリタとか…。しかし無いからこそ薬は輝くのですよね…。私は抗鬱剤には喜びを感じません。マイナーとかメジャーとかに喜びを感じる人です。
台所でパンを食べました。二個も。ヨーグルトがないので暴飲暴食してしまいます。父はまだ眠っているので静かに行動しなければいけません。気がつくと、私にはやるべきコトがありません。試験勉強さえしなかった私ですから…。
静かにを前提としているので本当に何もできません。寒いので布団の中へ。本は読みたくないし漫画もイヤだし…不毛な時間が過ぎていきます。外に出たい気分でもありません。12時に父が目覚め、静かというロックが外れたため父の見ているテレビを見てダラダラしていました。本当に何も、やりたいことがありません。もう試験勉強をしなくてもいいので、燃え尽き状態でしょうか。ダラダラとし続けたあとに、ヨーグルトがないとダメなので父にお金をもらってサミットに行きました。なんとなく、Coccoを聞きながら。思いのままに色々な種類のヨーグルトをかごに放り込んでいきます。きき酒ならぬききヨーグルトです。
あんなにヨーグルトが嫌いだった私がどうして〜。特に好きなのはアロエのヨーグルト。
ふと、入院中の食事に出た美味《おい》しい大学芋を思い出して大学芋を買いました。暇だとろくなコトを思いません。病院のことを思い出すと悲しくなるんだよぅ。また入院したくなっちゃってなるべく車に轢《ひ》かれるように信号をゆっくり渡ったりしてしまいます。(泣)
家で大学芋を食べながら本気で病院を思い出し、涙しながら食べていました。ま、また鬱がやってくる〜(泣)
食後には鉄剤を飲みましょう。あと、アビリットとランドセン。ランドセンの副作用は腎《じん》不全ですって…あははは…。飲んでからの変化は特にありませんでした。無いと言うより自覚していないだけかも知れません。未《いま》だに必要以上に外に出たくないし、運動？　冗談じゃないね。ってカンジです。
暇なのでお風呂《ふろ》に入って湯船につかりながら漫画を読み

ました。泣きました。頭洗いながら泣きました。
明るい内容の漫画を読めば良かった…。私はバカだ…。
でも…私って明るい内容の漫画、持っていなかったような気がする…（死）
今日の夜こそはネット三昧《ざんまい》したいので夕方から仮眠をとります。しかし毎日かかってくる入院中の人物からの電話で目が覚めたり…。楽しい話が聞けるので迷惑だとは思ってません。互いに「生きろよ」「君こそ」と鬱々な会話をしています。
明後日《あさって》からじーさんばーさんに有名な市《いち》が近隣で開かれて、人が溢れます。
ううう…。人が…。しかし美味しい「からみ餅《もち》」が販売されるのでソレは楽しみです。
買いに行かされるのは私です…
対人恐怖に入りつつある私に餅は買えるか!?　というのが明後日のテーマです。（汗）

今日はテレホーダイ三昧のあとに初めてのユーロジンとの夜を過ごします。（笑）
眠いのを我慢すると多幸感に包まれ…げふっ。お薬は正しく服用しましょう。

●12月14日（月）　ユーロジン１錠じゃダメなのか？

夜中の４時半に起きて６時までネットしました。そのあとにユーロジンを飲んで眠ったのですが、寝付きが悪かったです。
トイレに行きたいという妄想が溢れて布団の中でじたばたしていました。トイレには眠る前に行ったのに…。
お昼の12時に起きました。
パンを二つとヨーグルトを食べて食後の薬、ランドセンとアビリット、ついでに鉄剤を飲んで、読書をしました。
っていうかソレくらいしかする事がない！（泣）下手に食べ物を食べたら冷凍庫の中にあるピラフのことが気になって気になって、あんなモノ食べたら太る～というわけで２時頃に寝逃げ。
メニューはソラナックス４錠、ホリゾン、エバミール２錠、サイレース２㎎、ユーロジン、メレリル２錠、トリプタノール２錠、リスミー。20錠もガボボっと飲み干しました。見事に眠りの世界へ旅立ちました。
…５時頃に父が父の部屋の模様替えをする音＆掃除機の音で目が覚めました。
ウルセー…と思いながらも眠いのでまた眠る。７時頃に目が覚めて、父の部屋を見てみたら。
絶句。
模様替えする前より悲鳴を上げたくなるくらい部屋は汚くなっていました。雑誌まみれ。山積み。
まぁー…父の部屋だからいいですけどね…。これを片付けるのを手伝え、とか言われたらキレますけど…。起きて歩いてみたらフラフラよたよたしました。ころぶーと思っていたら既に転んでいたり。アイタタタ。
それにしても、休み中は本当に書くことがないなぁ。鬱《うつ》で暇人なのでどーしようも無いです。7時過ぎに入院友達から電話がかかってきました。相変わらず鬱です。
私は名探偵コナンを見たいと思っていたので「名探偵コナン見るからじゃーねー」と言ってやや強制的に切りました。
ソーリー。だって今回のコナンは黒の組織とか出てきて重要な回なんですもの。
…高校三年生にもなってコナンに夢中になってていいのか？　私よ。
台所で私宛《あて》の封筒を見つけました。アンケートです。
わーい。図書券1000円もらえたー。
らっきー。なにを買おうかしらー。
薬がまだ残ってるので文章もヘラリフラリしていますね～。
またピラフのことが頭から離れなくなってきたのでヨーグルト500ミリリットルを腹に掻《か》き込みました。
ぐぇ～っぷです。もう何も食べたくないです。作戦成功。

明後日はお医者さんですよ。ちょっと周期が早いですが、予約がムチムチに詰まっているのでしょうがありません。予約制で、30分じっくり話を聞いてくれるクリニックなので繁盛《はんじょう》しているみたいです。確かに先生はイイヒトっぽい人が多いです。繁盛しているのも分かります。このクリニックを紹介してくれた担任の先生に感謝。でも、ちょっと処方を変えて、少しでも効いていると言うとその処方がなかなか変更されないのが唯一《ゆいいつ》の不満ですわ。でもやっぱりM先生ラブリ～。

明日は餅購入の日です。ヨタヨタしながら餅買いに行きますわ。
これからテレホタイムまでまた仮眠をとります～。何だか起承転結がない日記でスミマセン～。
ヘロリラしてますからこれ以上書くこと思いつきません～。ついでに鬱だし。（泣）

●12月15日（火）　ネタがなーいー（泣）
夜中の３時までネットをやってユーロジン、メレリル２錠、エバミール２錠、リスミー、サイレース２錠を飲んで眠りました。
…８時半に目が覚めました。早朝覚醒？　中途覚醒？　どちらとも判断がつきませぬ。
長く眠れるように祈っていたのになぁ…。私はユーロジン効かない体質？　うごご…。と思っていたら９時にどでかい爆音が10発以上鳴り響きました。今日と明後日開かれる市の「始まりだよー」の合図です。慣れているので驚きもしません。
ダーラーダーラーと時間が過ぎて行きます。読書。そして餅を買いに行きましたよ。お腹空《なかす》いたからね。始まったばかりの市は人も少なく、余裕であっさり餅を買うことが出来ました。黄粉《きなこ》餅とからみ餅を一つずつ。家に帰って食べました。
んーー美味しい。かなり大きなパックを二つも食べてしまいました。
体重計に乗ると…見事に増量…。あは、あははは…。(泣)
それから家でまた読書です。一冊読み終わりました。図書館の貸出期限はとっくのとうに過ぎているので返さなくてはいけないのですが、あと一冊残っているのでめんどくさがり屋の私は図書館に行きません。図書館よ、御免なさい。
11時20分になったら父が起きて「からみ餅…」というので買いに行ったら凄《すご》い行列です。
からみ餅一つ買うのにこんなに並ぶなんてバカみたいだわ…と思ったら30分並んで受付に行ったらHさんが私を発見して「あやちゃんからみ餅3つとあんこと黄粉買って！」と言われて3千円渡されました。
並ばずして餅を手に入れるなんてずるいわ…と思いましたけど買いましたよ。あはは。(泣)
帰宅して父にからみ餅を渡して読書してたのですが、アロエのヨーグルトが品切れでサミットに買いに行きました。12個購入。家に帰って寝逃げしようと思ったらアクエリアスが品切れ。
わしゃぁアクエリアスじゃないと薬が飲めんのじゃーーー！　と思って近くのコンビニへ行きました。アクエリアスの２リットルを手にしてレジへ行ったら「ファイナルファンタジーⅧ仮予約受付中」と書いてある紙が貼《は》ってあったので仮予約をしました。
ファイナルファンタジーⅧは２月11日発売です。
…私はこのままなし崩しに２月11日までは生きているんでしょうね。きっと。死にたい死にたいと言いながらも…。
３時にユーロジン、サイレース、ホリゾン３錠、メレリル３錠飲みました。眠くなりません。父が帰ってきて模様替えをしていました。
うるさいなぁ…。そのうち眠りに落ちたようです。効果が現れるまでの時間が長すぎますわ…。

７時に起きました。…ユーロジンは本当に中期作用型の眠剤なのか!?　謎《なぞ》は深まるばかりです。
明日は医者です。周期が早いです。電車賃とかを考えると２週間に１度くらいが理想なのですがまぁいいやーー…。ついでに渋谷で献血できるから。前回嘘《うそ》つき三つ子宣言をした方じゃなくて、広い献血ルームの方へ行きます。
起きてからヨーグルトを食べていました。
…？　食べていたらヨーグルトがピンク色…？　あうう？　と思って鏡を見てみたら、蓋《ふた》で口の中を切って流血していました。…取り敢《あ》えず食べました。勿体《もったい》ないし、鉄の味もしないし…。ふふふ…。
休みに入ってからというもの、日記に書くネタが尽きてきましたぁ…。平々凡々な毎日です…。鬱だし…。はぁぁ…。
明日は充実した日記書くように頑張ります。チーズバーガーも食べます。ピクルスは抜きます。

●12月16日（水）　貯《た》まりゆくもの

昨日は11時にユーロジン、サイレース、リスミー、メレリル２錠、ホリゾン３錠で眠って「10時間近くは眠れるかしら♪」などと思っていたら朝６時に目が覚めてまたしても断眠。猫の餌《えさ》をセットし忘れていたのでしばらくしたら猫による箪笥《たんす》の上から落下アタック（しかもみぞおち）を受けて目覚めることは必至だったので幸運とも言えなくもありません…。
ネットにつなげてしくしく。そして９時。市のでかい花火の音が鳴り響きました。
近隣は市で人がごった返しています。大きな声とか聞こえてきてホントにいや〜んです。でも父が「餅…」と呟《つぶや》いたので私は餅を買いに行きました。早朝は割とすいています。家で餅を食べてお薬を服用。反則技でアビリットは一回に２錠飲んでいます。一日三回食事なんかしませんモノ～。こうでもしないと余ります。ランドセンは抗てんかん剤なので何となく２錠服用は気が引けて１錠で飲んでいます。つまり余っています。（泣）処理できません。どうしましょ。
入院していた病院の心理の先生から手紙が来ていてハッピーになりました。
早速返事を書きました。…便せんは…同人便せんです…。

さて、今日は通院日です。ランラララン。バスに乗り込んで椅子《いす》に座ると後ろのジジイがゲフンゲフンせき込んでソレを手で押さえようともしていなかったので殺意が湧《わ》きました。かなり早くに最寄りの駅に着いてしまったのでマクドナルドに寄りました。アビリットのお陰で食欲がわいているんです。多分。アビリットを怨《うら》みます。コーラとチーズバーガー２つを平らげました。もうしばらく朝御飯以外はヨーグルトしか食べない生活をすると誓いました。
誓うのよ。誓うんだったら誓うんだってば！
それでも時間が余っていたので公園に行ってベンチに座ると鳩《はと》が集まってきます。何故《なぜ》か丸々と太っている鳩。ついでにスズメ。しばらくしたら隣のベンチにおばあさんとその娘らしき人が座ってパンをまき散らしていました。鳩食ってました。
ただ身体《からだ》が冷えるだけだと悟った私は病院に向かいました。
待合室は、いつもの時間帯と違うためか結構人がいました。私の隣には「居ても立ってもいられない」女性がいました。居ても立ってもいられないために、私の横で震度2くらいの貧乏ゆすりをしながら上半身をそわそわさせていました。
先生に名前を呼ばれると、オリャーーというカンジで診察室に駆け込んでいました。何の病気か気になります。
それからもう一人。明らかに分裂病の方と思われる若い男の人が母親らしき人に付き添われて椅子に座っていたのですが、
ひたすら「ぎゃく。ぎゃく。ぎゃっく。ぎゃ。ぎゃく。ぎ。ぎやく。ぎゃっく。」という言葉を繰り返していました。
「ぎ」と「や」と「く」に相当の執着をお持ちのようで…。
この方も先生に名前を呼ばれると母親らしき人と共に「ぎ。ぎゃく。ぎゃっく。」と言いながら診察室に入っていきました。診察室から出てきた女性もいましたが、全く普通でどこがおかしいのか分かりませんでした。
私はコーラが胃の中のチーズバーガーを膨らましている

ことに気付き始めていました。
ベルトがきついです…。トイレに行ってゆるめました。
トイレでゆるめるのが乙女の恥じらいです。
もう18歳だから乙女じゃないかもー。
私の診察は結構マンネリ化しています。先生も何を話したらよいのやら困っていることでしょう。多分。私は診察室に入ると寡黙《かもく》な人になってしまいますから。よく喋《しやべ》る人間になれるよう努力したいです。よく喋る人ならば処方箋《しよほうせん》を書いているときに色々口出ししてもおかしくはないでしょう。寡黙な人が処方箋を書いている時だけ口出しするのはやっぱり変だわ、と個人的に思うわけです。
前回の血液検査では鉄にはそれほどの異常が見られないものの、鉄と結びつくタンパク質が少し少ない、と言われました。よく分からないのですが、そのうち治るだろうといわれました。
治ってしまうのかー。ソレは残念だ。(おいおい)
今回の診察ではスノーボードの話で終始しました。
スノボに行きたくない。
理由。行きたくないが為《ため》に左腕にひびでも入れようかと思っていること。ダバダバだらだら。
先生も「さいですか～」といったカンジでさり気なく処方箋を書いています。
処方箋を書く、イコール診察終了です。

何と次回の予約は12月30日の３時です。驚きました。そんな日も休みじゃないのか、と。
先生も大変だ。
私もお喋りにならねば。（違うっちゅーに）
会計で、処方箋が落ちているのを見つけました。無視して踏みにじってもいいのですが（オイオイ）一応会計の人に「落ちてました」と渡したらしばらくしてお婆《ばあ》さんが意味不明の言語を発しながら取りに戻って薬局に行きました。拾ったときに処方箋の内容は見えたのですが、どうやら内科っぽい処方箋だったのであまりよく見ませんでした。そのお婆さんは薬局で鉢合わせしたのですが、私の方が後に来たのに先に名前を呼ばれてお婆さんにはちょっとだけ困惑と憤《いきどお》りの表情がうかがえました。

それにしても５日分だと奇数ですし、貯《た》まりますね。薬止めの輪ゴムが。

渋谷にて。献血ルームに行きました。
…私の手首のサポーターを見るなり「ちょっと待ってて下さい」と言われて看護婦さんは奥の方に引っ込んでしまいました。
…この間の献血ルームの一悶着《ひともんちやく》で手首にサポーターをしている女は怪しいぞ警報が発令されたようです。色々調べているみたいでした。そして。献血を断られてしまいました。
…三つ子説は完全にウソとばれているカンジです。
もう、諦《あきら》めました。素直に今度からは本名でアタックします。
明子とあやには、サヨウナラ。(泣)
帰途にはハンズによってレターセットや薬を入れるパウダー缶や試験管や薬包紙を購入しました。
えへ。今日はゴリゴリするわ～。

●12月17日（木）　先生、アナタは恩師です
今日は登校日でしたー。1時までネットをやっていたので7時に起きるのははっきり言って辛《つら》かったです。1時にパソコンがフリーズしなければもっともっとやっていたのでフリーズして良かったのかも知れません。
しかしですねぇ。やってしまったんですよ。リストカットを。
献血を断られたからなどと理由付けしちゃいたいところですが、これはひとえに私のだらしなさです。
切りたいと思う前にぐっとこらえて薬を飲んでみようという冷静な判断が出来ませんでした。情けないです。シパっシパっと切っていたので血管に達することはありませんでしたが、そのような問題ではなく、切ってしまった私が情けないです。その後もタンスに頭をぶつけたり腕を棚にぶつけたり。そうなった時点でやっとレキソタン、ホリゾン、メレリル２錠…あと忘れた（爆）を飲んで眠ったのです。手当はティッシュペーパーに包帯をグルグル巻き付けた状態です。

翌朝、起きてティッシュペーパーをはがすと、バリバリという音と共に血が滲《にじ》みだしてきました。適当に拭《ふ》いて、新しい包帯を巻いて学校に行きました。朝御飯はパンとアロエヨーグルト２個です。

学校についてコートを脱いで、異変に気付きました。

白いセーターの手首に滲むモノ。マイブラッド。あははん。

包帯を通り越してにじみ出した私の血がセーターにまで滲んでいました。ああ…と思いましたが目立たない部分だったので放っておきました。一時間目は講堂に集合して校長の話や生活指導部の話を聞かなくてはいけないというのでナマケモノ南条さんは「先生具合悪いです。保健室行ってきます」と行って保健室に行きました。先生と話していたら横にいたクラスメイトが「あやさん顔色悪いよ。大丈夫？」と言いました。

朝御飯も食べたし睡眠も一応摂《と》ったのに私顔色悪いですか。謎ですが得です。本当にだるいか疑われずに保健室へ行けます。

しかし。

保健室、養護教諭不在。鍵《かぎ》も閉まってる…（泣）担任の先生のところに行って保健室の鍵を開けてもらいました。

その行程でだるくなりました。（笑）
保健室に一人きり。私がおとなしくしているわけがありません。周囲に人がいないことを音で感知して、動きに入ります。（笑）取り敢えずは健康記録帳などを見て、あの子の体重その子の体重、知ったり（鬼）私の体重は今年の４月に測ったものですが、何とか40kg台にとどまっています。その頃と比べたらダイエットしたから結構減りましたね。というより病院で太ったんですよ（泣）運動しないから。それから心電図検査表を引っぱり出して自分の心電図を探しましたが見つかりませんでした。「異常なし」がだぁーーっと並んでいる中で時たま難しい用語で心臓の病気な人を発見してどきっとしました。クラスメイトでも聞いたことのある名前でもなかったのがよかったです。知り合いだったら腫《は》れ物に触るように接してしまいそうです。
うごうごと怪しげな行動を一通りしたあと、ベッドで眠りました。ソレも10分程度でした。クラスメイトが迎えに来て教室に帰ることとなりました。校長の話は椅子ナシで起立したまま聞いたそうで、私は保健室に来て良かったな…と思いました。多分参加していたらツマラナイ話に退屈して眠くて倒れたか、本当の貧血で倒れていたかも知れません。教室に帰るとまたしても「あやさん顔白い」コールで嬉《うれ》しかったですね。あははは。
テストの返却が始まりました。さあ大公開。

世界史22点。ぶひー。グラマー36点。記号問題が私を救いました。成績面での単位、落とさずに済みました。古典56点。評価は６なのでいいカンジです。日本史、50点満点の18点。評価は４。まぁいいや。
おそるべきリーダー…絶対に一桁《けた》だわ…と思っていたのですが、12点もとれていました。
「も」という言葉を使っちゃいけない点数ですね。ヒヒヒ。
英語演習61点。トリをつとめる現代国語。これは75点でした。得意教科ですからね。一年間の授業を受けての感想を書いて下さいという欄には先生の感想が書かれていて、「その後体調はどうですか？　あやさんの漢字の知識や読書量には感嘆しました」と書いてありました。
誉《ほ》められちゃいましたよ～照れます～（笑）。
漢字変換間違えまくりの日記を乱造していますから～。
そして、終礼をしたら先生に呼ばれました。「あやさんちょっと…」と。私は大いに慌《あわ》てました。単位落としたのかと思って。
先生に「へ？　なに？　何か落とした？」と詰め寄りました。まぁいろいろ、単位以外にもイケナイコトをしてますから先生に呼ばれると基本的に大慌てです。（笑）
「何？　先生??」と私が言っても先生は「ちょっと静かなところで話したい」と言うばかりです。ソレはもう泡を吹くほど大慌てです。

ベランダに出てやっとこさ話を聞き出せば、なんていうことはない話でした。先生は私に卒業後のデイケアを勧めたのです。一安心です。卒業後、いきなり社会に出てアルバイトを始めるよりはデイケアで少しずつ社会に慣れた方が良いと先生は言ってくれました。これをどう父に伝えるのかを悩みましたが、先生には感謝感謝で「父に相談してみます」と伝えました。
本当に生徒のことを考えてくれる良い先生です。
この先生がいなかったらここで日記を書いている私もいなかったことと思います。私の認める第一号の恩師です。
放課後は友人とカラオケ2時間しました。私は2時間では物足りなかったのですが友人の母親が厳しいので2時間です。ワガママ言っちゃぁいけません。充実した2時間でした。Cocco 歌いまくり。カウントダウン3回熱唱。(笑) 昼食の時間には食べていないけど食後の薬を飲みました。食欲の出るアビリットが憎いです。今度副作用を訴えて処方箋から消してやります。ケケケ。
プリクラを撮って駅でサヨウナラをしたら私は忘れ物に気付きました。バカです。クレゾール液を入れたスプレーをカラオケボックスに忘れてしまいました。一人来た道を逆戻り。(泣) 取りに行くのも恥ずかしかったです…。怪しげな液体に見えるから蓋《ふた》を開けないようにとか言われていたことでしょう。(妄想)

帰宅してメールを書いていました。父が帰宅しました。デイケアのことを話そうと思います。機嫌の良いときに話した方が無難です。誉め言葉の書いてある現代国語のテストを見せて、父の餅《もち》論を聞いて、被害妄想の大家のトイレがうるさい響いてくる〜という話を「うんうん」とうなずいて聞いてご機嫌を取りました。彼は聴衆が話を聞いてくれると機嫌が良くなります。
そして。

「先生にね、デイケアをどうかって勧められたんだけど」と私は発しました。父はデイケアが何か知らなかったので説明しました。ふぅ〜んといったカンジで、レストランのランチ営業の話に段々矛先がずれながらもデイケアオッケーというようなカンジだったので結果は良好でした。
その後も機嫌を取るために色々話を聞かなければなりませんでしたけどね…。
今月の23、24、25日はクリスマスディナーのお手伝いで拘束バリバリです。毎年のことですけどね。
今年は父の爆発もなく静かに年を越せそうです。多分。きっと。希望。
年明けのスノーボードが問題です…。年末にかけて思いっきり重い風邪ウイルス、募集中ですがどうにもなりませんな。(泣)

●12月18日（金）　ドラえもんの不思議

朝9時20分に起床。なかなか早起きです。ねこが腕枕《うでまくら》で寝ていて伸びをしたときに私の顔を引っ掻《か》いて痛かったです（泣）

今日はGON！の読者プレゼントになる予定の私の作成したトールペイント（缶に専用の絵の具で絵を描いたモノ）を引き渡しにRさんと会いました。Rさんはこの12月の寒空に一時間も私を放置しました。Rさんは前日のアルコールでラリラリしていて待ち合わせ場所を間違えました。ずっと違うところで待っていたそうです。私は2回もハチ公で待ち合わせと書いたメールを送ったのに…ぐすっ。私も新しい携帯電話の番号を控えるのを忘れて、連絡が上手《うま》く行かなかったのも一因ですけど…寒かった…（愚痴）

来年にはPHSが欲しいと願いました。手に入れたいです。

連絡するためには素直にテレカを買えば良かったのに、寒さで思考能力低下していた私は小銭を作ろうとマニキュアを買ってみたらソレが1500円もして爆死しました。せいぜい500円くらいだと思っていたのですがね。化粧品に疎《うと》いのでそこら辺のことが分かっていませんでした。（泣）

何とか待ち合わせの場所にて会うことが出来ました。トールペイントは私の大好きなカラオケボックスにて引き渡し。そして薬事法違反の宴《うたげ》が繰り広げられました…。（笑）手首切っちゃう人によく処方されるというＰＺＣをいただきました。レボトミンもいただきました。私はホリ、レキ、デパスなどを「可愛《かわい》がってくれよ」と里子に出しました。
歌っている間も昼のお薬は欠かしません。規則正しく飲んでいます。飯は、食べていないですけど。ランドセンとアビリットです。副作用か頻尿と口渇。何度もトイレに行きましたね。トイレ臭かったです。

話は変わりますが、現在テレビではドラえもんとのび太が家の鍵を閉めきられたままママとパパが出掛けてしまったので外に閉め出されてがたがた震えています。…どこでもドア使って家の中に入ればいいのに…とか思ったりします。その前にドラえもんを見ている私も一体何なんでしょう…。

話を戻して、カラオケではみっちり歌ったあと、ハンズの理科学用品コーナーに行ってモノを物色しました。私は取り敢《あ》えずテルモ注射器（針ナシ）５mlを買いました。何に使うんでしょうか。飾りでしょうか。
文具コーナーにも行ってレターセットを買いました。同人便箋《びんせん》で手紙を送れない人のためのモノです。手紙書くの、趣味です。

サヨウナラしたあとはもろもろ父とHさんとの用事を済ませました。

夜7時に、入院中の友達から電話がかかってきました。今日はクリスマス会だったそうです。鬱《うつ》だけどちゃんと思考能力のある電話の主は色々なゲームで得点を稼ぎ、石鹼《せつけん》やタオルをゲットしたそうです。正月には家に帰れるかも知れないので会いませんかとのお誘いがありました。オッケーオッケー。スノボに行かない言い訳に利用できないかしら…模索中。
Bさんの様子も聞くことが出来ました。なんだか…やはり分裂真っ最中で「ずっと前から耳のまわりで蚊がぶんぶん舞っている」とおっしゃっているそうです。
今は冬だとか蚊が舞っていたら他の人が気付くでしょうなんて無粋なことはいいません。生粋の分裂レディに失礼でしょ。
あああ…彼女が回復するのはいつの日でしょうか…。
私は精神障害者手帳欲しいな…と思っています。登録すると市営の乗り物が無料になったり年金が貰《もら》えたりしてお得だそうですが警察のブラックリストに載るそうです。別に載ってもいいですけど…差別とか、あるらしいです。結婚就職 etc…。しかし既に公費負担制度を利用してるあたりでれっきとした精神障害者です。プライバシーに配慮云々《うんぬん》と書いてありますが何かのリストには載っているそうです。公費負担。だから精神障害者の私を受け入れてくれる会社、会社でなくてもアルバイト。そして結婚相手。
ソレさえいればいいのです。結婚できなくても困ることはありませんしねぇ…。年金で生活できるしねぇ…。
乗り物無料は喉《のど》から手です。是非是非欲しいです。
しかし親が猛烈に反対しそうなので親の死後に申請ですね。決定。(笑)

●12月19日（土）　レター。ラブレターを書くよりも難しい（泣）

今日は夜中の3時にレボトミン10mgとデパス4mgで眠って正午に起床しました。
朝の6時くらいにトイレに行きたくなって自分の部屋から父の部屋を経由してトイレに行く途中、ダイレクトに転びました。
よろっ。ずでしゃっ。と。
…レボトミンのせいだと思います。籐《とう》の椅子《いす》に身体《からだ》をぶつけましたが眠くて、早くトイレをすませたくてのたのた起きあがってトイレに行って、再び布団《ふとん》にもぐって正午に起床したわけです。
しかしー。正午に起床したもののまだレボトミン効果が残っているようで布団の中でウゴウゴしていました。何とか起きて朝御飯。パンとヨーグルトを食べて食後の薬。

アビリットとランドセンです。
そして胃の中にモノが入っているときだけ飲める鉄剤フェログラデュメット。
空腹時に飲んだことはありませんが、おそらく他の鉄剤と同じように吐いてしまうことでしょう。うえっ。
それから…レボトミン効果は凄《すさ》まじく二度寝してしまいました。今日は猫の餌《えさ》を病院に取りに行かなくてはいけない日だ…とは思いながらすピョロロろ。3時半に電話で起きるもまだ布団の中に入ってウネウネしていました。
何かをする気力が湧《わ》かない〜。ああああ。
5時頃になってようやく本を読めるくらいに回復して、現在6時過ぎ。メールを書いています。今日はこのようにゴロゴロうねうねダラダラしていたので何も日記に書くことがありません（泣）でも文章をひねり出すのです。

明後日《あさって》はお医者様の日です。この素晴らしいレボトミンを処方してもらえるよう、手紙を書くつもりです。他にも欲しい薬、山ほどあるのですが挙げていたら切りがないので適度に絞り込みます。それでも。書くことはレボトミンのコトはもちろん、メレリル25mg玉にして欲しい、アビリット止めて欲しい（副作用のため）、ＰＺＣ欲しい、ダルメート欲しい、ハルシオン一日２錠にして欲しい等々薬のことばかりです。
薬物に依存しきっている私です。この中からまた絞って手紙に書きます。薬の話ばかりにならないようにデイケア、精神障害者手帳の話もねじ込もうと考えています。下書きしてから推敲《すいこう》に推敲を重ねて、怪しげにならないように更に推敲。エンドレス（泣）
前日に書き出したのでは間に合わないわけです。

父が帰宅しました。猫の餌を買ってきてくれていました。ああ。ごろウネしていて良かったかも…（笑）私は薬を飲むのに欠かせないアクエリアスがないと言って父から千円を貰《もら》い、コンビニでアクエリアス、封筒、パンを買ってきてしまいました。パン。ついつい、お腹《なか》がすいて買ってきてしまいました。レンジで温めて、食べてしまいました。
後悔後悔大後悔。
吐きたいーーと思いますがソレこそ拒食症街道まっしぐら。更に胃酸で歯がもろくなります。タダでさえ虫歯っ子の私にゃ恐ろしい話です。だから間違っても吐きません。一日の摂取カロリーとしてはこのパンを食べたところで1000は越えないよ…と自分を慰め、風呂《ふろ》の湯船で汗をかいて少しでもカロリーを消化いたします。

いざ、手紙を書かん。果たして明後日までに満足の行くモノが完成するのか…不安ですわ…。

●12月20日（日）　申し訳ナッシング（死）

おうおうおう。大変申し訳ありません。今日は諸事情により日記が短いです。
諸事情っていうのはなんていうか、早い話、発作です。自傷行為したい発作。
さっきから何というか瀉血《しやけつ》してまえーーとか頭ゴンゴン壁にぶつけなはれーーとかリストカットしましょよアンさん…等々、そういう自傷行為しようとする発作が頭の中を駆けめぐっているので、寝逃げで現実の世界からグッバイ。です。
薬が効いてくるまでの間何をしていよう、ああそうだ、日記メール書かなくちゃぁぁぁんというわけで３時半にこのメールを書いています。

昨日はですねぇ、ネットで遊ぼうと夜９時半頃にメレリル30㎎を飲んで仮眠のつもりが起きてみたら翌日の11時です。ああああ。12時間テレホを通り過ぎているね。この世は無常さ。メレリルで幻聴体験もしました。幻聴だか夢なのかイマイチはっきりしないんですけどね。
父親に質問されてその答えをなじられるという幻聴でした。イヤ、悪夢か。

昼の11時に起きた私は父を起こさぬように静かに息を潜めて行動するしかありません。朝御飯を食べて、薬を飲んで。あとはひたすらすることが無く、漫画を読んで、うーごろごろ。漫画を読み終わって、あーごろごろ。
父が2時にやっと目覚めて何かができると思ったら「倒産騒動」みたいな番組父が見始めてこういう番組嫌いな私は耳をふさいでズドゴロンチョ。何もできません。
多分この番組が発作を引き起こしたと思うのです。
レボトミン10mg、デパス4mg、ユーロジン2mg、ホリゾン2錠、レキソタン10mgで逃避逃避。
皆様ごめんなさーーーい（泣）
明日は医者で手紙を書かなくちゃいけないのにソレにさえ手を付けていません。
バカバカバカ。取り敢えずエスケープっす。

●12月21日（月）　れ、レボが…
今日は久しぶりにテレホーダイを満喫しました。昨日から眠ってばかりいたので睡眠貯蓄が満タンでした。というわけで徹夜です。掲示板でお喋《しやべ》りしーの、掲示板に書き込みしーの。久々にメンタルサイトをグルグル巡回しました。昨日、一昨日《おととい》とうっかりテレホのための仮眠が完全に入眠してしまい、テレホをするりと逃していました。(泣)
私の薬の選択も間違っていたのですけどね…ちょっと仮眠には強すぎました。メレリル30mgとかデパス4mgとか。
ソレはさておき、11時過ぎから日付が変わって8時ぎりぎりまでフルにテレホを楽しんで、それでも眠くなかった私は友達に手紙を書き始めました。看護婦の卵さんへ。只今《ただいま》卒業試験真っ最中の筈《はず》なので、励ます手紙を同人便せん７枚に綴《つづ》りました。７枚は私も書きすぎだと思います。
でも私は手紙を書き出すと止まらないのです。無理矢理７枚目を締めくくって一枚一枚厚みがでないようにギチギチチ…と折り曲げます。以前手紙を出したら「10円足りないです。厚みありすぎ」という郵便局のメッセージと共に舞い戻ってきたのです。
「10円くらい私の家に送り返す手間考えたら宛先《あてさき》に届けた方が無駄少なくてすむちゃう？　ケチくさ」
と思って50円切手を貼《は》り付けてまたポストにスコーン！と入れてきましたわい。
７枚の便せんは薄い紙を材料にした同人便せんを選んで書いたため、厚みを最小限に抑えて封筒に入れました。
ついでに、いとこの子供に宛てる手紙も書いて。郵便受けに何かが届いたので取りに行くと、入院友達からのクリスマスカード。
そしてプレゼント！　図書券２千円分！　ハピネス！小躍りしました。医者から帰宅したらお礼状を書こう。
気がつけば12時です。父も起きて睡眠薬に対する感想を述べています。感想というか、うんちくです。
ハイハイ。わかりましたよわかりましたよ。といったカンジで適当に返事をして父に頼まれた砂糖とバニラビーンズをサミットに買いに行きました。あまりの時間の狂いように朝御飯も服薬も忘れています。サミットには目の青い男のカラコン店員がいて私が「すいません、バニラビーンズありませんか？」と聞いたら「あー…ちょっとお待ち下さい」と言って５分以上私をケーキデコレーション売場に立ちつくさせました。バニラビーンズというモノが何かを知らないようです。そして結局。
シナモンスティック持ってきて「これですよね？」とか言いやがる始末。「違います」と言って砂糖だけ買って帰りました。
帰りに私の自転車の後ろから追い越しをかけてきた自転車と接触して電気屋の看板を突き飛ばすというアクシデントも発生しましたが、私が下手に「すいません」と謝ったのが功を奏してお咎《とが》めナシでした。っていうか私は普通に走っていただけであって、あっちが悪い。完璧《かんぺき》に。ソレよりもあんなトコロに置いてある電気屋の看板がいけない。歩道でっせ。
それから医者に向かいました。Coccoを聞きながらバスに乗って座っていたら、なんだか気持ち悪くなってきました。
う。徹夜明けの身体《からだ》にバスの振動がアタック。酔いました。バスで酔うなんて初めてや…。
渋谷に出たモノのマツキヨで買い物なんてしゃれ込むこ

とは出来ず、酔った身体を電車に乗せて早いところ医者へ。
…電車でも酔いました。うおぇぇ。
医者には予約より50分くらい早く到着しました。き、気持ち悪いし頭痛もする…。椅子《いす》に座ってじたばたすることも出来ずに丸まって吐き気と頭痛に耐えていました。
予約時間が来て、「南条さ…」と呼びかけたM先生。様子が違うことに気付いて下さりました。
しかーし。「眠いんですか？」とのお言葉。
ちゃうわぁーーーーー！　気持ち悪いんやーーー！（泣）
と叫びたい気持ちを抑えて「バスで酔ったみたいです…うう…」とうめいていたら、今日は使用していない診察室のベッドで休ませて下さる措置を執って下さいました。
あ、ありがとうございます…でも私眠そうに見えるの？（泣）予約時間をすっぽかすカタチになってしまったのに先生は「頭痛薬をさがしてきますから」と言って看護婦さんに解熱《げねつ》鎮痛剤を託して私に飲ませて下さいました。
二錠飲んだんですけど片方名前を忘れてしまいました。もう一つはアタＰでした。
エーと、南条あやは悪い子ですから、具合が良くなると共に室内をグるぅりと見回しました。
ダウン症関係の本、児童心理、青年の病理…等々専門書が並んでいます。

そしてワルガキ南条は引き出しも、そーっと人の気配をうかがって開けたりするのでした。
…！　アナフラニールが飲みかけで机の中に…。
この診察室の先生鬱病《うつびょう》なん？　なぁ。
他に薬はありませんでしたが、判子を押してある、あとは薬の名前を書くだけの処方箋《しょほうせん》発見。
…書き方が分かっていたら…ああ悔しい…（笑)。その他は興味のないモノばかり。
本日の診察終了後に私は診察してもらえることになりました。
あぁ。ありがとうM先生…。嬉《うれ》しゅうございます。私は結局先生宛の手紙を書くことが出来ずに、頭の中で
「ハルシオン増量…メレリルも…あとレボトミンレボトミン…さり気なくデイケアの話…アビリット止めて欲しい…副作用主張…ブツブツ…」
と繰り返しました。しかし診察はバスに酔ってしまったコトが中心となってなかなか言いたいことが言えない…。
ようやくアビリットの副作用の話を出来たと思ったら「ソレはしょうがないんですよね」と言われて再び処方〜。(泣）アビリットは友人に「元気になる薬」と称してプレゼント決定。(悪)
気がつけば処方箋を書き始めている先生。
ああああああ！　診察が終わっちゃう！　これだけは！と思ってレボトミンの話をつたなく話しました。

先生は「今も結構眠剤飲んでるからねぇ。レボトミンを飲むときはリスミーかエリミンを抜いた方が良いと思います」と言いながらレボトミン25㎎と書いて下さいましたーー！
もぉ、今日の収穫はこれだけでいいです〜。あひー。父の処方箋も書いて貰《もら》って、次の次の予約。年明けの6日の3時になりました。「ありがとうございました」と言って診察室を出て、薬を飲ませて下さった看護婦さんにもお礼を言って会計に行きました。父の分590円也《なり》。薬局。父の分740円也。やっぱりなんかスッキリしません。父にも32条を申請して欲しい。（絶対に嫌がるだろうけど）次回はメレリルのことと、ハルシオンのこと、言いたいです。ついでにデイケアのことも。（ついでかい）
9日分のお薬をビニール袋に入れて帰途につきました。レボトミーンと思って袋の中を開けるとソコには!!
ひ・る・な・み・ん・25㎎！
ごぼーん。がぼーん。
薬剤師ぃ！　何で説明せんとぉ？　ロラメットとエバミールの時は説明してくれたやんけー！　ゾロだって。ウチを特に薬に詳しくもない、そこじょのパンピーと一緒にしとっと！
M先生に「ゾロのヒルナミンでよろしいでしょうか？」という電話をした形跡もナシ。私は…私は伝説の赤いレボ包装シートを一目《ひとめ》見たかったのにぃぃぃ（泣）と、いうわけで来週処方箋の表記がまだレボトミンだったら、他の薬局に行ってレボトミンをゲットしたいと思っています。
ゾロでも…ゾロだって、種類を集めたいんだーーー!!(今日の雄叫《おたけ》び)

●12月22日(火) 焦《あせ》りと祈り

昨日も私は夜遅くまでネットをやっていました。3時頃になったところでパソコンの電源を落として、図書券を送って下さった病院友達にお礼状を書いていました。
ソコまでは覚えています。ソコからの記憶が抜け落ちています。ノートに書いている日記に眠剤メニューが書いてありました。
エリミン、ユーロジン、ヒルナミン、デパス、メレリルだそうです。伝聞形なのが情けないです。その他は堂堂巡りな馬鹿《ばか》みたいな文章が書いてありました。
4時頃に寝付いたようです。そして私は午後4時に起きて名探偵コナンをボゲーっとしながら見ていました。高校三年生にもなってコナンです。いいんです。ほっといて下さい。(誰もなじってないでしょう) 12時間も眠りました。ヒルナミン効果ですが敢《あ》えて私はレボトミン効果と呼ばせてもらおう。意地です。5時頃に父が帰宅しました。そして「原稿料って何だ?」と聞いてくるのです。

私はしばらく意味不明でホゲぇぇーーーっとする状態が続いていました。
うぁ！　思い出した！
今日、お昼の何時頃かにＧＯＮ！編集部から電話がかかってきて、原稿料の話をしようとしていたのですが、最初に父が取り、私に替わろうとしたのですが、あまりにも私が無理矢理覚醒《かくせい》させられ、ホワホエボゲェっとしている状態だったためと、父の「娘の素行が気になる気になる」パワーで父に電話を横取りされてしまったのでした。原稿料の振込先のことでナゴナゴ話していたようです。
ＧＯＮ！に載ったことは父には秘密にしているんですぅぅ!!（大汗）
ばれるといろんな信頼関係にひびが入るかも知れないんですぅぅ（滝のような汗）
しかし私は電話があったことも忘れて、そのまま４時まで眠っていたようでした。
レボトミン健忘？　言われるまで思い出さない。言われて思い出すから健忘じゃないのでしょうか。まあ私の中では健忘に設定しておきます。レベル１くらいですね。
「原稿料」。その父の言葉で記憶を巻き戻し、何とかその電話のことを思い出すと「あ、雑誌にね、私の文章が掲載されて、その賞金が振り込まれるらしいの。ほら、あの、漫画家志望のＴちゃんもさ、漫画の、賞金振り込みはぁ、そんなカンジだったでしょー」と誤魔化しました。
焦ると句読点が多くなる私です。
願い。祈り。
誤魔化されてくれぇ…！
ＧＯＮ！とあかね様の関連を思い出さないでぇぇ…！
神よ…神よ…紙でも髪でも何でもイイよ…！
そう念じました。祈りました。ホゲーっとしながら。
…祈りは通じました。薬事法違反並びに窃盗常習犯している娘の祈りでも神は聞いてくれます。(笑)
父は「ふーん。よかったな」と言って結局郵便局振り込みになることを私に教えてくれました。疑いの色、一色もナシ。あかね様とＧＯＮ！の関係もキレイにきれいに夏の空に消えたらしく、忘れています。都合の良い父です…そういうところ、好きよ。(笑)
しかぁし、ＧＯＮ！の事情を知らない編集者の方、(かな？)
南条あやの家に電話を掛けるのは夜にして下さい夜！
しかも父に原稿料振り込み云々《うんぬん》なんて話さないで下さいぃぃ（泣）
焦ります困ります。
家庭崩壊にはつながらないけどいろんな信頼関係がぁぁぁ（泣）あかね様伝言宜《よろ》しくお願いしますっ。(泣)
誤魔化せたのにホッとして、お礼状を書いて、高菜のピラフ、パン、ヨーグルトを食べて鉄剤とランドセンを飲みました。私が抗てんかん剤を抗鬱剤として処方されているのは何を飲んでも自傷行為に走っちゃうからでしょうか。鬱だからでしょうか。でもその前にアナフラニールとかトフラニールとか試してくれよぉ。M先生〜。
トリプタノール増量して続けてみたっていいじゃないかぁ。そんでだめならリタリンくれてもいいじゃないかぁ。(まだ狙《ねら》ってる)
リタリンはともかく、もぉドグマチールは「太るからイヤです!!」とはっきり………手紙に書きます…（やっぱり気弱)
私がお礼状を書き終わって、父が出勤しました。私は手紙を投函《とうかん》しに、自転車に乗ってポストへ行きました。私の家の前にポストがあればいいのに。と考えたことがあります。なぜならソレは便利だから。当たり前です。実際にどこに申請すればポストを設置してくれるんだろうと考えて、資料をあさってその基準を見つけたら、何百メートル間隔に設置する…と書いてあって「あ、じゃあダメだ。」と思って諦《あきら》めたことがあります。中学生の時の話です。
ソレはともかく本屋によって、ねこぢるの本を探しました。ねこぢるのファンになってしまったのですね。…しかしねこぢるの本は置いてありませんでした。明後日《あさって》の学校帰りに大きな本屋に行けるまで我慢するしかないようです。うう。(泣) 苦しいです。

明日は図書館に本を返却しに行かなければいけません。「ぢるぢる日記」は一応文字が書いてある本なので検索サービス絵で検索してみようと思います。ある確率は、無いに等しいですが。(笑)
あぁ、図書館の人を（図書夫を）凝らせていこうかな…なんて考えています。悪い子です…。今日も私はネットの世界へ羽ばたきます。ヒルナミンを飲むのは図書館に行けなくなるからやめておきます。ヒルナミンもヒルナミンなのでしょうが、ユーロジンも長い効果を保つのですね。これも削除。短期作用型眠剤だけで眠りにつきますわ。

●12月23日（水）　轢《ひ》かれりゃよかった

今日は自然にくたばるまでネットしておりました。中途覚醒と早朝覚醒を避けるためにヒルナミン25㎎玉一つだけ飲んで…。
オウノウ！　またしても12時間バクスイ！（泣）しかも起きてもヨロヨロします。
あうげご〜となりながらも台所へ行って朝食…いや昼食です…を食べました。ランドセンを飲んでワイドショーを見ていました。アムロナミエ復帰か…。中学生が殺人ねぇ…お小遣いが少ないから殺したそうです…あ、ちょっと気持ちが分かったりして…（おいおい）
今日は図書館へ行く予定でした。本を返さないと貸し出し停止措置をとられてしまいます。ソレはやばいです。その図書館にある本は黙って持ってくれば借りられますが（おいおい）、リクエストして借りた本はカードがあって正式な手続きを済ませ、家に持って帰ることが出来ます。だから貸し出し停止になると～（泣）今まで何度もその危機にあったことがあるんですけどね…（笑）
色々服装に工夫をしていこうと思っていた図書館もレボトミンでホゲェっとしている私には出来ず、フラフラするがまま自転車に乗って図書館へ向かいました。途中、信号のない道で車に轢かれそうになりました。私は悪くないぞ…歩行者優先でしょう、道は。と思いながらも運転者にぺこりと頭を下げたんです。もちろん「ごめんなさい」の意味を込めて。そしたら。
ブブーー‼　ってクラクション鳴らされました。…人が下手に出ていりゃぁ…ムキーーっときて親指を下に向けて「地獄へ堕《お》ちろ」のサインをして図書館へ向かいました。ムカっ腹が立ちます。わざと轢かれていればスノボに行かなくて済む、保険金、お詫《わ》び…とか想像しました。大体が道で人が車に轢かれたら悪いのは車と断定されるでしょう。信号のない道ですからねぇ。まろやかに轢かれておけば良かった…チッ…です。
図書館へ行ったら。
今日は休館日～。（涙）返却ポストに本を突っ込んでさっさと帰りました。帰宅してからショムニを見てゴロゴロしていました。まだ薬効は残っているんでしょうね。ゴロゴロするしか出来ません。
明日は終業式なのですが今日は９時に父の店のクリスマスディナーの手伝いに行かなければなりません。明日が学校ということもあって今日だけは９時に店に行って後片づけとグラス洗いしたら帰れるのですが、冬休みに入ってしまえば遠慮ナッシング！　日付が変わるまで働かされます。中学生の頃からこんなカンジで、児童福祉法は一体…と考えていたりしました。給料無いですからね。でも今年は自殺未遂したり入院したりして滅茶苦茶《めちやくちや》お世話になったから一生懸命働きます。
あーー。そういえば私のＰＨＳ欲しい発言から一週間弱…その話は化けて携帯電話年明けに購入〜!!　ということになってしまいました。おいおい。ＰＨＳの基本料金と通話料、自腹で払うつもりだったんだよ。ＰＨＳなら基本料金1000円くらいだって言うから払えると思ったんだよぉ。ソレを携帯に変えないで下さいよぉ。本人の承諾無しにぃ。（泣）でも、話はもう本決まり。禁・物欲生活を送る私が来年に見えます…。基本料金だけでもＧＯＮ！の経費で落ちません？　あかね様ぁ…。（大泣）

…そうだ。通知表だ。明日は通知表が返却されます。まぁ減る物ではないので適当に日記メールで大公開。ここぞとばかりに私の英語力のなさを日記の読者様方に確認していただきましょう…。欠席日数がどの様に成績に影響するのか分析したいですね。体育は低いだろうなぁ…。父は通知表のことをよく忘れてくれるのでいいカンジです。３年生になってから通知表、見せていませんもの。私が判子押して先生に返却…（笑）
父と言えば。
何だか風邪を引いたようです。げほげほ言いながらマスクして仕事に出掛けていきます。咳《せき》はともかく、発熱は思い込みパワーでどんどん上昇しているような気がするんですね。私としては。風邪引いた風邪引いたとしつこく私に言うなら病院行けってカンジなのですが、ここでイイ物発見。私が精神科に通う前。内科をハルシオンが欲しくて渡り歩いていた頃、ヘボ医者に処方された総合感冒薬「ＰＬ顆粒《かりゆう》」！
引き出しの中に６包くらい入っていました。他にもユッケで食中毒時の胃腸薬とかも入ってます。（笑）これを父に与えることにしました。「風邪薬だよ～ン」と言って。処方された日付は今年の４月23日…
思い込み力の父だ！　薬に効果が無くてもなんとかなるさ！　という気持ちで飲ませています。少しは効いているのか思いこめているのか症状は軽くなっています。あははは。頑張れ父さん。（笑）
年末にかけて、その風邪を私にうつしてくれるとスノボ行かなくて済むんですが…

発熱は父の風邪判断に欠かせないステイタスなので本当の風邪が欲しいです…。
病み上がりという称号でもいいから…風邪をくれ…。マジで…。
まぁ眠剤で車の中でグウグウ眠って適当に滑ってレストランのラウンジでごろごろして、帰りの渋滞の車の中ではまたしても眠剤でグウグウ眠っている私のスノボ日記を日記連載休み明けに発表するのも悪くはありませんけどね…(笑)
頻尿はオムツはいていけばいいし。(ヤケクソ)

●12月24日(木) いつでも素敵な健忘体験

昨日の夜は9時にお店に手伝いに行って、グラスを洗ったり、ワインの栓を抜いたり、ちょっとだけ手伝って帰ってきました。小学生の頃の同級生がお母さんと一緒にディナーにやってきていて、父が私に「ほら、あいさつしろ」と強要します。もぉやめてよぉ…ってカンジですね。4年生の頃にシンガポールから転校してきた同級生は、最初に声を掛けた私をとても友達友達と思ってくれたようですが、5、6年生になって私がいじめられ始めると何だか素っ気なくなったので所詮《しょせん》はその程度の人間だと私は思っているのであいさつするのもごめんでした…。
でもしょうがなく、あいさつ。お母さんは悪い人じゃないんだよね。っていうか悪い面を見ていないだけですけど。「まぁ大きくなったわね」という枕詞《まくらことば》。あ、身長は伸びていませんけど…（泣）「顔が長くなったわねぇ」と言われました。誉《ほ》められているのか？　そうしたら父は「いやぁ、なんだか大分絶食してねぇ…ダイエットしてるんですよぉ」と言います。そんなこと教えなくても…。適当にあいさつとやらをすませて帰宅しました。
10時半頃にメレリル、デパス４㎎、ホリゾン２錠を飲んで11時過ぎに眠りました。ヒルナミンを飲むと、起きあがれないという事態が予想されますから…飲みませんでした。

目覚ましが鳴る前に目が覚めました。暗すぎて、何時か分かりません。目覚ましが鳴るまで眠ろう…と思って目を閉じたら目覚ましが鳴りました。目覚ましが鳴るのを予兆して起きたのか〜と思い込んで感動いたしました。
台所でパンを食べました。朝食を多く食べることが健康によいといいます。お昼、夕食との割合は５：３：２だったでしょうか？　多分正確じゃないです。
健康にいいとかどういうことよりも、私の何をどれだけ食べてもイイ時間帯は朝しかありませんから、満腹中枢《ちゅうすう》がイカれそうになるまで食べます。小さなパンと特大のパンを食べて服薬して、ピラフを食べました。父は特大のパンを一個食べるだけでも「本当に食べられるのか？」と言う位なので、かなり食べまくっています。割合としては８：２：０くらいですね…。たまにお昼食べてしまいます。軽くヨーグルト。
ソレはさておき、登校しました。机の中に忘れていた友達から借りた漫画を読んで、ありがとうの手紙を書いて、ノヘ〜っとしていました。私のグループに所属するお友達は、一学期にあれほど嫌って悪口を言っていたあの子に声を掛けて喋《しゃべ》っています。
いよぉ、八方美人。と思いました。三学期になったら弁当を一緒に食べるわけでもないので今学期でＳＡ・ＹＯ・ＮＡ・ＲＡ。
ハハハハ〜。
さて、終業式なのですが、何回も具合が悪いといって保健室で校長の話を聞いているのも担任の先生に心配かけるだろうと思って普通に参加することにしました。何となくヒルナミンを飲んでいきました。久しぶりに人がうじゃうじゃいるところに出ますから…。外は寒いです。偉そうに「並べっ」とか「うるさいっ」とか「顔を上げろっ」とか「フラフラするなっ」と説教たれながら怒鳴っている体育教師がうるさいです。一番うるさいのはオミャ〜だがや。それにフラフラするなって、具合悪くてもフラフラしちゃいけないんですか？　と腹が立ちました。
…ヒルナミンが私をフラフラさせ始めました。しかし何とか終業式が終わるまでは耐えて、通知表を受け取り、帰途につきました。一緒に帰る友達の都合で職員室に行ったら、友人に二の腕を摑《つか》まれて「ぎゃあっ!!　細いっ」と叫ばれました。えええ。体重的にはそんな変わりがないので細いと言われても困るですわ…と思っていたら担任の先生も来て細い細いコールが始まって「もう、本当に病気になっちゃうよ！」と激しく何かを食べるように説得されました。いつも心配かけてスミマセン…でも目標体重まで達するまでやめません…うう。
帰りの道ではねこぢるの本を買いました。やっと満足できました。家に帰って読んでいたら…ヒルナミンが…眠りの世界へ連れ込まれました。
そして。
５時過ぎに、父が私をぎゃーぎゃーわめいて起こすのです。あ、ぎゃーぎゃーは失礼かな。（笑）まだお店を手伝う時間じゃないじゃないよー…とボケボケしながら「あーうー」とか唸《うな》っていたんですが、何だか話をよく聞くと、電話がかかってきているらしいです。私に。入院友達からでした。入院友達は私のあまりの眠り起き声に、「また目が覚めていそうな時間に電話するから」と言って切って下さいました。
す、すいません。
父の出勤後に学校の友人から電話がかかってきて明日は吉祥寺《きちじょうじ》で遊ぶことになりました。また、カラオケです。

嬉《うれ》しいです。明後日も予定が入っています。そして更に。入院友達が電話を掛けてきて、明々後日《しあさって》も遊ぶことになりました。三日間連続で外に遊びに行きます。遊びすぎですがこの楽しい日程が終わったら滅茶苦茶イヤなスノボに行かなくてはいけないですから
…遊んでもイイでしょ…ねぇ…はぁ…（ため息）。

入院友達の話によると、私は電話がかかってきていると父が何回も言っているのにうーあー言って寝ぼけていたそうです。「出るか出ないかはっきりしろ！」とも父は言っていたそうです。そんなこと全然記憶にありません。（笑）そばでは猫が夕食の餌《えさ》を求めてニャーニャーと泣き叫んでいたそうです。私は電話のベルの音はおろか、電話が来ている、と聞いた記憶が一回しかありません。５回か６回は父は電話が来ていると私に言ったそうです。ずぇんずぇん覚えていません…。
ちょっとだけ、ヒルナミン効果に尊厳を抱いた冬の夕方…（何故《なにゆえ》に）入院友達は明々後日どこに行くかと聞いたら「取り敢《あ》えずご飯食べに行きたい」とおっしゃりました。朝御飯代わりに、おごりだというのでガバガバ食べます。入院友達はこの日記を外泊中に読んでいることは確実です。
27日はよろしくなっ！　懐《ふところ》あったかくしてきてね！（笑）

今日は少し明るいモード入っていますね。躁《そう》ほどではないにしても。このまま、鬱《うつ》に入るなよ〜。明日は、11時起きです。ネットは少々、たしなみます。

●12月25日（金）　私は進路決定者なんです

今日は友人とカラオケに行きました。友人は推薦で大学に受かった子で、進路決定者というレッテルを貼《は》られます。私は卒業後はフリーターという極めてフラリ〜んとしている進路なのに進路決定者です。学校側の判断は極めて明快でいて曖昧《あいまい》です。校長の性格を反映させていますわ。
昨日はテレホネットを少々たしなみ、適当に薬を飲んで就寝。そして今日のお昼の11時に起床しました。
改めて私の持っている薬を眺めてみると、
ホリゾン５㎎、ＰＺＣ、ランドセン、ヒルナミン25㎎、レボトミン５㎎、エリミン、レキソタン５㎎、ユーロジン２㎎、リスミー２㎎、エバミール、ハルシオン0.25㎎、デパス１㎎、メレリル10㎎、メイラックス２㎎、サイレース１㎎、アビリット50㎎、チロシン（スマドラ）、カラン（スマドラ）、アミネプチン（スマドラ）、フェログラデュメット（鉄剤）等。
高校三年生にしては少しだけ薬長者？　ココロの薬よく知ってるカンジみタイナー？　等とふんぞり返ってしまいたくなります。威張る事柄じゃありませんが（むしろ悲しめ）少しだけ嬉しいです。多分全部飲み干したら死ねます。死にませんけど。

今年を振り返ると（あー振り返らんでいいわい）３月頃にＧＯＮ！で素敵な精神薬特集を読み、ココロの薬に憧《あこが》れ、内科をハシゴしてハルシオンゲットをもくろむが風邪薬や降圧剤を処方され何とか勝ち取ったデパス…。そこで満足していたら今の私はいなかったでありましょう。なんていうか、自覚のない、リストカットやりすぎによる大量出血で耳鳴りを起こし不眠発症。ソレを幻聴か何かだと勘違いしたかもしれない担任の先生が精神科を紹介してくれたお陰で４月に精神科デビュー！
ひゅー！　これで人生変わりましたわ。
どこからの出血か分からないという理由で検尿検便したりしてちょっと遠回りしますが主治医にリストカッターだと打ち明け、心も体も精神科デビュー完了。処方される睡眠薬を片っ端から「効きません」とろくに飲みもしないで蹴《け》っ飛ばして処方箋《しよほうせん》に残ったのがレンドルミンというクソ薬…というアクシデントもありましたがあかね様と５、６月に交信開始。バラ色の世界が開けてきました。
日記を連載させていただけるようになって、妄想を昇華。７月には遂《つい》に憧れの入院を果たしました。二ヶ月の入院で家のお金が底をつき、貧乏に。卒業後の進路がフリーターという方向にぐにょんと曲がりましたが、勉強嫌いの私には専門学校に進んでまた勉強の日々より、のんびりダラランちょっぴり無職で親のすねをかじる生活…これで良かったんだ…という思いが駆け巡ります。父のことも今のところ、許せる存在に変わりましたし。
今年は私の人生が大きく変わった年でした。陳腐な言葉で表すなら「怒濤《どとう》の年」。
怒濤という言葉くらいじゃ表しきれません。
人生は良い方向に変わったと自分では思います。この先何が待ち受けていても。
きっと良い方向に変わったと思います。
ねこぢるとも出会えたし。(笑)
シミュレーション。入院することなく医療秘書系専門学校に進学したとして。
入学金～授業料～教科書代～定期代だぁ～…。か、金がない～という父の毎日のような愚痴と根っからの勉強嫌いが重なって学校でも成績悪し。自殺…しなくても、ろくな病院に就職できず。段々とストレスの蓄積で天然本物分裂系人間になり、社会に適応出来なくなる。
こんなカンジかしら。ですわ。とりあえずフリーター大歓迎。
来年も力を抜いてちょっとずつ前に進め！　ソレが私にはお似合いだ！　7月にラッキーイベントが待っているかもよ！　といったカンジです。

今年を振り返るのはこれくらいにして、今日の話に戻りますと、友人と落ち合う前に郵便局でお金をおろしたらＧＯＮ！の原稿料の振り込みが!!
ハッピー…。そのお金で自分へのご褒美《ほうび》…指輪買ってしまいました。（笑）1000円のヤツです。友人とのカラオケは最初は２時間半だったのですが、私が「ルーム代出すから（といっても100円）一時間延長して〜」と巻き付いて喉《のど》がかれてもう歌えない友人を一時間拉致《らち》監禁しました。ジョイサウンドではなかったのでCoccoが入っていなかったらどうしよう。泣ける。と思いながらも入ったら「裸体」というレアな曲が入っていて絶叫熱唱しました。
その後プリクラを撮って、私は発売最終日なので年末ジャンボ宝くじを10枚購入です。もちろん父のお金ですが。
駅ビルをウロウロしてバイバイしました。
現実的な、願い事一つだけ叶《かな》えてくれるなら…宝くじ当たって欲しいです。いや、５万円とか10万円とかじゃなくて３桁《けた》４桁級の高額当選。「アチキが買ってきた売場で当たったんじゃぁぁ」と恩を父にきせ、また入院したいと思っていたりして…。（笑）
入院は私の生きる目標だ！（おいおい）
ああ…何だか頭痛がしてきました。何ででしょう。セデス飲みます。10時半からまた父のお店のお手伝の予定が入っているというのに…。あたたた…頭痛なんて小さい頃からそんなに体験していないので弱かったりします…。父に与えた有効期限切れていそうな風邪薬ＰＬ顆粒《かりゅう》。父には効いたみたいです…いやー思い込む体質もここら辺は便利だね。私にもその血が駆け巡っているのでしょうが思い込ませてくれる人が周りに存在しないのと、ある程度、薬の知識を持ってしまったが故《ゆえ》にその血は利用できません。
残念です。うう。

●12月26日（土）　らりぱぱ。
今日はオフ会でございました。
オフ会のことを詳しく語ると参加者の方に迷惑がかかるかも知れないので、詳しくは書きませんね。和やかな５人オフ会でした。ポーぜんとしながら喫茶店でお話をしたり、一次会解散後は二次会でカラオケだったのですが無理矢理セットメニューをとらされて「暴利だなぁ…」とか思いました。
エーと未成年の主張…ではなく未成年の飲酒をやってしまいました。はたまた薬事法違反もちょっぴり。ハルシオン４錠、ランドセン、エリミン３錠をがりがり噛《か》んだりもしましたお陰でフラフラしていました。お酒で相乗効果もありますし。
で、今もフラフラしているわけです。

まともな日記が書けるとは思いませんので今日は短めながらここで終わらせていただきます…エライ短いですが…。
その分、明日の入院友達とのオフ会は色々詳しく楽しい話題を提供できると思います。
事細かに書きます。約束しますわ。明日は久しぶりに10時半という早朝に起床です。
しかし今日もまたネットをたしなんだりします。
眠剤を飲まないと５時以降まで眠れないことが判明…。
生活リズムはもう既にメタメタな南条でした。

●12月27日（日）　奈落《ならく》に落とされた。だから薄着。
ちょいとだんな。聞いて下さいよ。この日記、書き直しですよ。帰宅後に意気揚々と書いてたらいきなり作成中の日記がわけが分からない状態になって再起動もできなくて大分書き終わってたのに書き直しですよ。
なんつーか…この世の無常を感じたのでエスタロンモカ１錠を飲んで書き直します。(泣)

今日は入院中に友達になった年齢秘密のＡちゃんと遊びました。Ａちゃんは鬱病です。２泊３日の外泊中です。今日病院に帰るそうです。
11時に新宿東口交番前で待ち合わせです。私は10時に起きようと思っていたので早寝しなくてわ。と思っていました。
午前3時くらいまでネットを楽しんで、ソロソロ眠るか、と思い、リスミー2錠とホリゾン2錠、レキソタン2錠を飲んで床に就いたのですが…眠れません。眠気も何にもやってきません。何でじゃ。と思いながらエリミン2錠舌下投与。メレリル1錠。台所の机に置いてあった父のレンドルミンも意味がないとは思いながら飲みました。
…眠れません。
ヒルナミンやレボトミン、ユーロジンを飲めば眠れるでしょう。しかしそれでは朝に残ってボーっとしていたり、フラフラしたり、無口。そんな状態で行ったら折角外泊中のスケジュールの合間をぬって私と遊んでくれるAちゃんに失礼でしょう。だからなるべく朝に残らないのを飲んで努力しました。眠ろうと。
でも…眠くならない…。うがーーーと布団《ふとん》の中でじたばたして、スズメがちゅんちゅん鳴く6時頃になってなんとか眠れました。(涙)
そういえば父が帰ってこないなぁ…と思ってみて午前3時頃にお店に電話したら営業とは別の、かにパーティーをしていたそうです。趣旨は。かにを食べてお酒を飲んでワイワイがやがや。私も開催前に来ないかと誘われたのですが、知らない大人がうじゃうじゃいるところには行きたくないよ～と思って「ダイエット中だから行かん」と断っていました。

さて、６時に眠って10時に起きた私はフラフラしていました。睡眠時間が足りない…（泣）それでも朝食を食べず、荷物を抱えて家を出発しました。Ａちゃんには父に携帯を持たされると伝えてあったのですが、父と接触することがなかったので携帯を持たずに出ました。新宿東口の交番の前で待ち合わせです。時間的にはぴったり到着の予定だったのですが、駅構内の私の方向音痴は酷《ひど》いものでした。新宿駅に来るのは３回目なのに東口が見つけられません。階段を上がったり下がったり。
中央東口と東口は違うのか!?
うろうろ。やっと東口らしきものを見つけてみたら電車の線によって改札口が違う。来た道を戻って東口を目指したら方向が分からなくなりました。と、いうわけで10分、遅刻してしまいました。ごめんよ。Ａちゃんは私が携帯を持っているとの情報を信じていたために家に電源を切って置いてある携帯に２回メッセージを入れてしまったらしいです。
「Ａなんですけど…待ってるんですけど～」と、「寒いんですけど～」と。
これは後ほど父に聞かれることとなりました。しかし新宿駅構内の複雑さは何でしょう。今もってまた東口交番前に行け！　と言われたら迷わずたどり着ける自信はありません。

何とか東口交番前にたどり着きました。「あ、Ａちゃんだぁー」と思って、ヨオヨオといったカンジで近づいたら私に気付かず素通り。オイオイといったカンジで声を掛けたら「ああ！」と言って気付いてくれました。そして嬉しい一言《ひとこと》。
「瘦《や》せたねーー！」と。入院中は私のお顔はぷくぷくぽっちゃりだったのですが、７kg減って顔にも少し変化が現れたようです。かく言うＡちゃんも瘦せていました。ダイエットするために食事を小さいサイズにしたり、食事が食べられなくなったり、色々あったようです。入院してから10kg瘦せたそうです。
さて、早速朝食として池袋にチーズフォンデュを食べに行こうということになったのですが、Ａちゃんはそのお店が入っているビルを間違えるわ、たどり着いたらチーズフォンデュは今の時間帯やっていないということで、焼き肉を食べに行くこととなりました。ビルを間違えたのは久々に外に出掛けたからだよぉと言っていました。退院後、初めての焼き肉…食べ放題ですって…。「朝食は何を食べてもいいんだから…」とカロリーの高い物を食べる罪悪感を封印して肉を焼き、喰らいました。Ａちゃんはビールを２杯飲んでいました。肉はもういいよモードになったところでフルーツにターゲットを変更。オレンジ、ライチをむさぼり食いました。
そして食後は二人揃《そろ》ってお薬ターイム。(笑)

私はランドセンと鉄剤。Aちゃんは私にとってとても懐《なつ》かしい、病院薬ビニールパックを取りだして破き、飲んでいました。
あー。病院に戻りたくなってしまいます。
古参メンバーはまだ残っていて、話を聞くと楽しそうです。異常にピアノの上手《うま》い男性や、拒食症の女の子が3人いるそうです。Aちゃんはちょいといけないコトをやらかしてしまったそうで、家にあったアモキサンやデパスを親に捨てられてしまったそうです。アモキサンはともかく、デパスがゴミとして燃えていくのを想像すると眩暈《めまい》がします。

食後はカラオケにGO！　ドリンクはワタクシ、メロンダイキリ（笑）Aちゃんはアイスティー。
そこでAちゃんはあらたに処方されるようになった（羨《うらや》ましい…）というリタリンを無造作に飲もうとしました。
ちょっとまったーーーー!!
楽しいことを教えてあげるわよぉ。おほほほ。ということでリタリンを奪い取ってクラッシュ！　砕いて粉！　ストローで鼻から吸え！　と命じました。（無茶苦茶な女子高生やな…）Aちゃん、2錠分をストローで吸いました。吸わせたという方が正しいかな…。初めてのスニッフ体験。ちょっとむせてました。（笑）…エスタロンモカを一錠ブレンド。そしてビールを飲んでいたこともあってか、段々Ａちゃんの人格が変わってきました。
「むひょひょっ」とか「プヒー！」などと叫び、「アナタ本当に鬱病ですか？」という状態になっていました。
私が歌っているとします。「教室で誰かが笑ってた」という歌詞のところで「おひゃひゃひゃ〜！」と笑って効果音を付けたり、まじまじと私の顔を見て「か・わ・い・い・★！」とおっしゃったり、私の手を取ってぶんぶん振り回しながら歌ったり、私のリストカット痕《あと》にキスはするわ「色っぽいよあやさぁぁぁん」と叫ぶわ凄《すご》い状態になっていました。エリミンをかじらせて更にわけ分からなくして楽しんだ私も私ですが。(笑)
２時間半歌って、何とか落ち着きを取り戻しました。いやぁ、見ていて面白かったです。(笑)
カラオケを出ると、駅まで送ってくれてサヨウナラしました。Ａちゃんは某駅でお母さんと待ち合わせして、病院に今日戻るそうです。因《ちな》みに退院した人間と接触することは禁じられているのでお母さんにも「本を買いに行ってくる」と言って出掛けたそうです。お母さんは寛容な人なので文句は言わないと思いますけど。
Ａちゃんは実際に本を買っていました。栗本《くりもと》薫のシリーズ物です。ふと本を見ていたら、私の好きな本が文庫化されていました。「黒い家」という本なのですが、怖いから読んで！　面白いから！　とＡちゃんに勧めたら

「怖いのイヤ」と却下されました。(泣) そこの本屋にはねこぢるのプリクラフレームを作れるＰＣソフトがあったのですが、金のない私には買えません。(泣)
とうとうCoccoのクムイウタを購入してしまったので貧乏です。年末スッカラカン。
お年玉も期待できない上にパソコンの立て替えてもらっている借金を父に返さなければいけません。ああ。(涙)
更にはねこぢるのＦＣにも入会しようとしているので銭が必要です。郵便局に少々の貯金はありますが、来年の携帯電話代金のことを考えるとそうそう使ってしまうわけにもいきません。
バイトしろって？　したいと思います。友人がホテルオークラなどのベッドメイキング&掃除のバイトをしているのでちょっと聞きたいと思います。まぁラブホテルのベッドメイキングでも構わないんですけどね…。
接客業は怖いです。ウェイトレスになった私を想像すると、注文を間違えた、料理を運んでいたら落っことした、お釣りを間違えた…等々の怖い失敗が頭の中を駆け巡ってとても出来やしそうにありません。レジ打ちも同じく、言葉使い、釣り銭の間違い、人間関係。想像するだに恐ろしいです。

「病院に戻りたいナー」と私が呟《つぶや》くと、「あやさんはあの病院（入院していた病院）じゃ治らないよ。○△×病院に入りな。あそこなら治るから」とＡちゃんに言われてしまいました。ふんがー。Ａちゃんは１月中には退院するぞと言っていました。
また、お正月に外泊するそうなのですが、スノボに行かなくてすんだらまた遊ぼうね！　と約束しました。昨日、降雪量が足りなくてスノーボードに行けないかもしれないという父の発言があったのです。この言葉を聞いて、表面上は普通にしてましたが心で小人達がランバダを踊って祝杯を挙げていました。スキー場に向かってドライヤーを吹かす日々も今日で終わりだと思いました。（うそ）
しかし。
今日、帰宅したら、雪があるところを探して行こう、と父が言いました。
…絶望。小人達はうなだれてドナドナを歌っています。
残るチャンスは…風邪…風邪を引くんだ！
…というわけで現在薄着真っ最中。Ｏ型の風邪を引いている方、採血させて下さい。私に注射します。マジで。（泣）

●12月28日（月）　鬱《うつ》突入

昨日は入院している友達と遊んだ為《ため》、病院での楽しい思い出を思い出して、夜になるにつれて段々鬱になってきました。

取り敢《あ》えず自傷行為が始まって身体《からだ》の色々なところが痣《あざ》だらけです。寝逃げすればいいもののお風呂《ふろ》に入らないと気持ち悪い。でも何だかややどうなってもいい…と思ってレボトミン30mg、メレリル30mg、ハルシオン１mg、ユーロジン４mgを飲んでからお風呂に入りました。湯船の中で、眠気が襲ってきて溺《おぼ》れ死ねたら…なんてコトを10パーセントほど考えていました。しかしそんな期待もむなしく、早風呂の私は眠気が来ないうちに風呂からあがり、パジャマなどを着ているうちに眠くなって眠ってしまったのでした。
ちょっと風邪引き計画の一環としてわざと湯冷めしたりもしました…。(笑)
しかしどうやってパジャマに着替えたか、髪の毛は乾かさずに眠ったのか、覚えていないところがあります。健忘ですね。４時くらいには眠ったと思います。

起きたら。夕方の５時でした。
一瞬目を疑いました。否《いな》、時計を疑いました。お昼過ぎには起きているだろうとたかをくくっていたので。え？夕方？　ウソっしょ？　と。そしてレボトミンは約束がある日の前日には絶対に飲んではいけないなぁと学びました。30mgはちょっといきなりきつかったせいもありますが。明後日《あさって》の医者ではヒルナミンを５mgに小分けして欲しいなと思いました。でも減らされると困るので万が一のことを考え、25㎎のままにして、自分で割ろうかな、とも考えます。
起きても少々鬱っぽく、水分補給をしてまた眠ってしまい、起きて、現在9時5分でございます。また布団《ふとん》の中に入ったら眠ってしまうことでしょう。エスタロンモカ錠を飲もうか迷っています。

そういえばベッドメイキングのアルバイトをやっている友達に昨日電話してみたら、上の人に聞いてみてくれるとのこと。嬉《うれ》しいです。時給720円ですけど。(泣) 一年働くと20円時給が上がるそうです。焼け石に水…(笑)
しかし接客しなくて済み、なんか制服のような物が着られると考えたらこれでいいです。それに、ボーナスが年に二回と正月手当とかが付くそうです。私が働く頃には正月なんか過ぎていそうですけど。場所が遠いのがネックですけど、定期があるうちは帰宅時のみキセル乗車オッケーでその分500円くらい交通費としてせしめられます。みみっちいですけど。(笑)
渋谷のラブホテルだったら近くて良いんですけどね…。
しかし私はAちゃんに言われたのですが、電車の繋《つな》がりが全然分かっていないようです。私のテリトリーは学校付近と渋谷くらい。いつも父が車で色々な場所に連れていくせいでしょう。電車には疎《うと》いです。新宿渋谷池袋。電車で行くと案外近いんだ…とか思っていますし…。小田急線沿線がやや、わかるかな…。
あーだめですね。鬱に入ったからって死んじゃいけない。アルバイトして貯金して自腹で再入院っつー不毛な目的を達成していないし、取り敢えず学校は卒業しなくちゃ…。1999年７月にあるかもしれないノストラダムスの予言したラッキーイベントに思いを馳《は》せつつエスタロンモカ錠を飲む南条あやでした…。19歳になれないまま、死ねたらどんなにか幸せだろう…。８月が誕生日ですから。みんなで死ねば、怖くない。こんなコトを言っているとまた誰かに怒られそうです…。

●12月29日（火）　あぁー散財。
今日は一人張り切って渋谷に出掛けて参りましたーー!!
本当の今日の予定はＨさんの妹、親戚《しんせき》さんとカラオケの予定だったのですが、親戚さんから連絡来なくてぶっつぶれーーー!!（泣）
というわけでヤケになって12時に渋谷にいました。今日の目的は、一人カラオケと、ねこぢるグッズ購入。明日も医者に行くので渋谷に出るけど我慢という言葉を知らない私は行きました。

まずは一人カラオケ。カラオケ館に入って、３時間と書いて適当に脚色。名前の欄に「二階堂」とか書いて23歳になってみました。店員さんはやや不審な顔。オイオイ一人で３時間かよ…というような顔をしているように私には見えました。被害妄想ですかね。
モカを飲んで、歌って歌って歌って。40曲ほど歌いました。
３時間が経過しました。歌の合間には落書き帳に眠剤の名前を書いたりしました。（笑）渋谷のカラオケ館（沢山あるけど）の41号室の落書き帳に眠剤の名前と三つ編みの女の子の絵が描いてあったら南条あやが書いたものです。笑って下さい。
３時間歌いましたが、まだ…歌い足りない!!
というわけで電話を取って「すいません一時間延長したいんですけど」と言ったら「お待ちのお客様がいらっしゃるので…」と没られてしまいました。でも明日も医者に行くついでにカラオケに行くからイイヤ。（笑）朝早く起きて、カラオケ館開店（10時）と同時に突入して４時間歌おう。そうすれば私の喉《のど》も満足することでしょう。一人で行くと安いしね。
そしてカラオケ館を追い出された私はねこぢるグッズ散策の旅へと出掛けたのでした。某人によってねこぢるの魅力の虜《とりこ》となってしまった私は渋谷に出発する前に郵便局で３万円おろしてきました。３万円ですよ。サンマン。アルバイトもエンコウ（笑）もしていない女子高生の３万円。ねこぢるに魂捧《ささ》げてますね。ネットによってねこぢるグッズの置いてあるお店は検索済みです。ＧＯ！

まず、タワーレコード渋谷店。おひゃおひゃおひゃ。置いてある置いてあるねこぢるグッズ。
嬉しいな〜ラリラリラ〜というわけでトレーナー4900円、ピンズバッジが入っているカプセル。金に糸目を付けずに買いあさりました。さすがににゃーこの16000円位する縫いぐるみには手を出しませんでしたが（糸目付けているじゃないか…）。
欲しいけど、むちゃくちゃ大きいので置く場所が無く、更に汚してしまったらねこぢるさんに申し訳ないというわけの分からない理由もくっついています。
ピンズバッジのカプセルは一つ300円。最初に４個購入しました。何が入っているか分からないので、階段の踊り場で開けてみました。…ダブっている物はないものの、私は「啓一と直子」という種類のピンズバッジがどぉぉぉしても欲しかったので更に４個購入。…やったーーー!!
啓一と直子のピンズバッジがありました。幸せです。ホクホクしながらタワレコの階段を下りました。
さて次のねこぢるグッズコーナー!!（まだ行くのかよ）
渋谷ハチ公の交差点を大和銀行側に渡った角にあるナンタラ（名前忘れました）っつーお店にグッズが置いてあるようなのですが、大和銀行ってどこ？ というカンジで迷いました。しかしどでかい縫いぐるみが目印と書いてあったので目を凝らして探してみたところ、発見。突入です。
にゃーこの2800円の縫いぐるみ。携帯電話ストラップ。キーホルダー。今日、福沢さんが漱石《そうせき》さんに変わる２回目の瞬間です。(泣) その後、本屋にてねこぢるまんじゅう購入。
あー。今日はお金をいくら使ったのか恐ろしくて計算できません。ファンになったらとことんグッズを集めるタチなので、お金がかかります。昔、幽遊白書というアニメのファンになったときは10万円あった貯金が全《すべ》て無くなりましたから。これはもう買い物依存症状態。(笑)
明日も渋谷に出て、ピンズバッジをあさることは必至です…。
明日で今年最後の日記です。医者です。締めくくるにはもってこいですね。
というよりも、毎日更新して下さっているあかね様にお休みをささげませんとタダでさえ忙しいあかね様が壊れます。
というわけで、明日でしばらく皆様とお別れです…っていうよりも年が明けるその瞬間にもネットをやっていて掲示板に参上する可能性大です。(笑)

●12月30日（水）　ラスト・ワルツ

昨晩、父とＨさんが帰宅。…何だか30日、つまり今日にカラオケに行くことが決まったらしいです。…まじかい。

というわけで喉を温存。カラオケ館で一人4時間歌うという馬鹿《ばか》な行為はしませんでした。
午後3時に医者の予定が入っているので12時頃に起床でしょう。というわけで眠剤メニューはデパス3㎎メレリル30㎎リスミー2㎎ユーロジン2㎎レボトミン10㎎ホリゾン10㎎エバミール、エリミンで眠りました。
目覚ましが12時に鳴ります。…起きられません。…メレリルかレボトミンのせいです…多分。それでもカーテンを開けて光浴び、徐々に身体を朝モードに切り替えました。でもネムネム。ふらふら。朝御飯はコッペパンとラザニアです。冷凍ラザニアに手がくっついて痛い思いするわオーブンで焼いてやけどするわで少々散々でした。
さあ！　いざ今年最後の医者へユカン！
バスに乗ってボーっとしていたら渋谷に着いて、そのままボーっとしていたら医者のある最寄りの駅でした。(笑) 誰かが私を最寄り駅まで運んでくれたカンジ…(オイオイ) 待合室には、残念ながら面白い人はいませんでした。(←不謹慎) ただ、以前に休ませてもらった診察室の先生のアナフラニールが頭の中をグルグル回っていて、「この人鬱病？」とその先生が廊下を通る度にドキドキしました。南条さんと呼ばれて診察室へ。
今年最後の診察です。何か、手紙にしなくても色々どかどかモノを言ってしまいたいと気合いを込めていました。
さて。今年の懺悔《ざんげ》です。ＦＣの方には会報などでご存知とは思いますが、南条あやは注射器で採血するわソレや生理食塩水を手の甲に注入するわといった頭がアレやソレになったとしか思えない自傷行為をしていました。ソレを、先生に申告しました。本当のことを言わなければ治らないぞ…と思って。
先生は「うーんそれは細菌が入って敗血症になったりするかも知れませんねぇ。やめたほうがいいですよ」とおっしゃりました。
そりゃそうです。自分でもやりたくないけどその衝動が抑えられない、医療行為されてると何か楽しい。点滴ラブ。など、とメディカルフェチのような発言を一気に話しました。
先生は唸《うな》っていましたね。私は病気じゃなくてタダの変態の域に入っているのかと汗が出ました。はぁはぁ。この注射器自傷行為についてはかなり長いこと色々聞かれました。やっぱり変態なのか私？（汗）
そして私の大嫌いな、食欲増進太り薬であるドグマチールのゾロ、アビリットを処方箋《しよほうせん》から抹殺するために処方薬変更プロジェクト１に入りました。
「あのう。母乳が出るんです」
大ウソこいてみました。そうすると先生は「ああー、それは…ちょっと薬を変えなければいけませんネェ…」とおっしゃりました。
やっぴーーー！（死語）

処方箋を書く時間となりました。私は今年最大の勇気を振り絞って、「メレリルを25㎎にしていただきたいんですけど」と発言。「あ、それは眠るためですよね？」ときかれて「はいそうです」と言ったら「じゃ、25㎎にしておきましょう」と言って処方箋に書いて下さいました！！！
調子こいた私は今年最後の第２弾（何だそりゃ）を発動。
「リスミーを削って、ハルシオンを２錠にしていただきたいんですけど…」と。
今年…一番…M先生に言いたかったこと…手紙にも書かずに…言えました…勇気が…ついたんだね…ラララ〜。
しかしその計画はボッチャン。
「ハルシオンはあんまり増やしたくないんですよ…だからちょっとソレは…」と言って断られてしまいました。
あああああ〜ソレもそうですね…ハルシオンはぼけるし健忘起こすし…
でもこつこつため込むからいいわ…
さようならハルシオン２錠計画…。
そして削られたアビリットの替わりにアモキサンを出されそうになりました。
えぁううぉぉ！　アモキサンは入院中、Ｃさんがフラフラするし最悪の薬だっちギュにューれりれり〜とおっしゃっていたので怖いです。
その事を正直に言ったら先生は唸られて、「とり…」と言いかけてストップしました。多分トリプタノールのことを言おうとしたけど以前処方していたのを思い出してやめたのでしょう（笑）
そして、最終的に出た結論は。アナフラニール～。
喜んでいいのかどうかは分かりません。先生は副作用の説明に個人差によりますが何とも言えないけだるさを感じることがあるかも知れませんとおっしゃっていました。ああそんなことを言われたら思い込みの王者の血が私の体内を駆け巡っているので先入観でダルダルになってしまいますわぁっ…と思いながらも取り敢えず処方箋には書かれたので飲んでみます。そして。次回の予約は再来週の水曜日、12時半です。三学期に入ると学校が早く終わるのですね。だからこんな時間でも大丈夫なのです。
予約表その他もろもろを抱えて受付へ行く前に、「お世話になりました」と先生に言って診察室を出ました。
本当はもっと喋《しゃべ》れたならば「今年は大変お世話になりました。本当に感謝しております。来年もよろしくお願いします」と言いたいんですよ。でもダメなのです。口べただから。（泣）

薬局へ行ったらクリニックの休日と同じ日が休みだとカレンダーに書いてあって、更には薬剤師さんが蛍光灯を換えたり洗ったりと大掃除していました。（笑）薬剤師の仕事にゃそんなことも含まれるのね。（笑）そして薬を受け取り、薬剤師の方に同じくお世話になりましたと言って薬局を出ました。
帰宅して、6時半からカラオケです。

今年は、色々な方にお世話になりました。
本当に、本当にあかね様にもネットで出会った方達にも筆舌につくしがたいくらいお世話になりました。
本当にどうもありがとうございます。そして、来年もどうか、南条あやをよろしくお願いします。
それではよいお年を…。

12月31日（木）
レキソタン20mg粉、デパス15mg粉、エバミール、ユーロジン、レボトミン5mg、メレリル30mg、リスミー4mg、ホリゾン10mg、
…追加メレリル20mg、ヒルナミン25mg、ホリゾン70mg、エリミン、リスミー2mg、ハルシオン2mg、レキソタン20mg、メレリル50mg、…追加エリミン、アナフラニール、ホリゾン30mg…を飲んだとメモに書き残してありました。
…飲み過ぎです。記憶はとんでいます
お陰で元旦《がんたん》の記憶が…あ、でも外泊中のAちゃんとカラオケに行ったような…（笑）今年のお年玉は合計1万円。二人からしかもらえませんでした。父からは「今年はお年玉が苦しい」と言われてしまって何にももらえません

でした。(泣)。
でも、病院入院で得たモノは大きいので文句は言えませーん。ふぅ。

1999年1月2日（土）
どうしてもスノボを嫌がった私、本当に軽い風邪を引いたらしく風邪薬を飲んで一日中ぼけーっとしていました。パブロン効きますねぇ。

1月3日（日）
Ａちゃんの家に遊びに行きました。お部屋でだらだらしました。死なないという約束の指切りげんましました。約束します。
帰宅後、祖父が死んだとのお知らせが。
あー祖父って誰？　とかすっとぼけたことを一瞬考えましたが思い出して親族茨城に大集結！　との号令に従い、４日に茨城へ出発することになりました。私は喪服を持っていないので制服を着ることになりました。

1月4日（月）
早朝、茨城へ出発しました。車、苦手。酔い止めを飲んで、リスミー飲んで寝逃げしました。田舎では、いとこの子供と会えて楽しかったです。(おいおい葬式だろう)
死因は老衰みたいなモノですから田舎の大人達は殆《ほとん》ど宴

会状態でした。寿司《すし》とかつまんで。帰宅時の車でも酔い止めとリスミーで寝逃げです。左ハンドルの車ですから料金所で起こされたりするのが苦しかったです。うう。

1月5日（火）

疲れ気味の身体《からだ》と思いきや、車でバクスイしていたので疲れておらず、外泊中のＡちゃんと一緒に踊る大捜査線を見に行きました。前から観《み》たい観たいと思っていたのでラッキーでした。小泉今日子が出てくるのですが、素敵すぎ。もうすっかり虜《とりこ》になりました。スカルペルナイフっちゅーナイフをもっていたりするんですが、欲しいと思いましたね。そしてすっかり影響された私は髪型を小泉今日子にしようと家に帰ってから美容院へＧＯ！
…小泉今日子にはなれませんでした。（当たり前だ）しかし、まぁまぁ気に入る髪型になったので良しとします。
Ａちゃんは映画を見たあと、即病院へ収監（←本人談）されるということですぐサヨナラしました。退院に向けて頑張るらしいです。頑張って！
踊る大捜査線の感想。青島刑事、安らかに眠って下さい…（泣笑）映画を観ると笑えます。泣けます。

1月6日（水）

本日は医者日です。３時に予約が入っています。
11時に起床して、12時に献血ルームに行って血漿《けつしよう》献血をしてきました。…三つ子説は、完全にばれている模様です。(汗) それでも何とか献血して、2時近くまで献血ルームでうだうだしていました。Aちゃんに手紙を書いていました。あ、ハンズに行ってスカルペルナイフを見学したい！　と思ってハンズに行きました。しかし、スカルペルナイフ発見ならず。探しているうちに時間が差し迫り、ハンズを飛び出しました。…慌《あわ》てて気付かなかったのですが、父に携帯電話で連絡を取ったときに手に持っていた商品を鞄《かばん》の中に入れてしまって代金を払わないままハンズを出てしまっていたのでした！　駅で鞄を開けてビックリ。
ああああごめんなさいハンズ。
代金、そのまま払わずにすましてしまいました。ヘラ、ゴム。600円也《なり》。
気を取り直して (取り直すなよ) 医者へ向かいました。かなり時間が迫って走っていました。走りました。熱いです。待合室では青いインクで指先が染まったうつろな目をしたぼさぼさの髪の毛の女の人が父親らしき人に付き添われて椅子《いす》に座っていました。
ぶ、分裂かな？ (汗)
精神科では見た目で人を判断してオッケー。と思う今日この頃でした。
3分ほど遅刻してゼイハァいいながら診察室に入りました。「遅れてすいません…はぁ…」と言いながら診察室の椅子に座って、この頃は鬱《うつ》はあるけど死にたい願望がないことを伝えました。死なない約束指切りげんまんしましたから。まぁ、全体的に調子がよいかな、と。時々偏頭痛がするので頭痛薬を処方してもらいました。
ブルフェンという解熱《げねつ》鎮痛剤です。それから父がユーロジンを飲ましたら病みつきになったらしく、欲しいといっていたので父の処方箋にはエバミールとユーロジンを書いてもらって医者を出ました。会計で「南条さん今日は保険証お持ちですか？」と聞かれました。あ、新年だから？　でも持っていないのでそう答えると「では来週必ず持ってきて下さい」と言われました。はいはい。薬局では50歳くらいのおじさんが名前を呼ばれて「はーい♪」とハッピーなカンジで薬を受け取っていたのにびびりました。
帰りは一人渋谷にてプリクラ撮影をしました。恐怖プリクラです。新学期に友達に渡すのが楽しみです。
そして、今日は初めて医師の処方通りに就眠時の薬を飲みました。デパス１mg、エリミン、ハルシオン０.25mg、メレリル25mg、ヒルナミン25mg。12時20分に服用して、一時間後に眠りました。

そして、今日。
３時20分に起きました。14時間眠りました。猫を腕まくらしていたので大変腕が痛かったです。アニメのコナンを観て、ぼーっとしつつ今このようにして日記を書いています。
…5時45分。父が、ランチをやって稼がないと生きていけないと言います。さらに「新宿で暮らすわけにはいかねぇしなぁ」と言います。ホームレス寸前ってコトですか。ソレは私が入院してお金が無くなったからですか。あ。もうダメ…。
メイラックス4mg投入。頭痛も来ました。ブルフェン投入。
このようにして父の愚痴が私の病気の一因となっていることを、彼は理解していません。アクジュンカン。
明日は新学期です。心機一転。どうにか頑張っていきましょう。

●1月8日（金）　ビバラブAちゃん！

昨日は8時に就寝。リスミー3錠とデパス2錠とメレリル25mgで眠りました。
明日は新学期です。遅刻してはいけません。早寝早起き。

…と思いきや、おおう11時過ぎに突然の電話。ビックリ。あかね様でした。お体の調子が悪いそうで…私は力になれませんでした。スミマセン。ボルタレン欲しいな…頭痛時にボルタレン。グッドな処方です。私、来週アタックしてみようかしら…先生に…。

その後、不眠になってしまい、ネットをしながらリスミー３錠、デパス３錠、メレリル25㎎。そしてフェードアウトするようにネットを落ちて眠りました。
目覚ましは７時に掛けてあります。第２弾の目覚ましは７時20分に。絶対に起きられるように第１弾の目覚ましは高い棚の上に。その目覚ましが鳴りました。うあおわうぃ～といったカンジでよろけながら目覚ましをとったら見事に落としました。
あがあがが。落ちてもなり続ける目覚まし。暗闇《くらやみ》の中で音を頼りに目覚ましを探す私。滑稽《こっけい》です。何とか発見。スイッチを切って第２弾の目覚ましのスイッチも切って台所にて学校へ行く準備をしました。
朝御飯はヨーグルトとアナフラニールとランドセン２錠。ランドセンは一回一錠ですが、時々飲み忘れて余るので勝手に２錠飲んでいます。食欲がありません。何だか風邪を引いているようです。
今日の私は茶髪です。髪を柔らかくするために脱色しました。何となくそのままでもいいかなぁと思って学校に行きました。案の定先生に叱《しか》られました。マニキュアも塗らず化粧もしない私がいきなり茶髪で来たので驚いたようです。「これちゃんと染めなくちゃダメよ～」と言われ、「えーだって髪の毛を染めたりしちゃいけないって校則じゃないですか～」と小学生のような屁理屈《へりくつ》を持ち出しました。ま、ちゃんと染めますけど。
始業式ははっきり言って「かったるい&寒い」ので保健室に行ってベッドで眠りました。生活指導の先生の声が聞こえます。髪の毛が赤い者が多いと。髪の毛が赤くて勉学に差《さ》し支《つか》えがあるのでしょうか。謎《なぞ》です。
保健室での注射針窃盗計画は失敗に終わりました。人がいたから。(泣)
教室に戻って提出物を集めます。課題の読書感想文…私は「ホーキングの最新宇宙論」を読みませんでした。
ネットで検索してソレを写しました。ホホ。友人一人も頼みますわということだったので他の本を検索して手紙で送りました。
ネットって…いいねぇ…♪（著作権はいずこ）
帰りは友人を無理矢理カラオケにさそってカラオケに行きました。その子は煙草《たばこ》を吸うということでラークを買っていました。
わぁーラークの臭《にお》い大嫌い～と思っていたらライターやマッチが無くて着火マンまで探しましたが発見ならず。
ちょっと安心（笑）カラオケは2時間しか歌えませんでしたが少しはカラオケ熱がおさまりました。カラオケ狂ですから。
明日から3時間の授業が始まります。11時半という半端《はんぱ》な時間でどーにもこーにも。時間の使い方が分かりませんね。アルバイトをしたいのですが口が見つからなくて

〜。とにかく、何かを探そうとは思います。フロムＡ買って。コンビニ、ファーストフードダメで残り何があるでしょう…途方に暮れます。
１時半に帰宅した私はうたた寝していました。そうしたら窓をぎしぎしと開けようとする音がして心臓が止まりました。更に無言電話。「あー私殺されるのかしら。きっと包丁か絞殺ね。やだやだ」と瞬《また》く間に考えていました。被害妄想の血を引いていますね。短い日本刀を構えてドキドキしていました。「でもこういう場合って正当防衛になるから人をさせる滅多にないチャンスだわ」と。(←鬼)
ドアをノックする音がして、声が聞こえました。父でした。お店の中に鍵《かぎ》を忘れてしまったので自宅に入れなかったとのこと。それで窓ぎしぎし。無言電話は電源の切れかけた携帯電話による電波最悪状態の電話だったようです。
凄《すご》く怖かったです。最初からドアをノックすればいいのに…。
その後、私は髪の毛を青に染めました。父が手伝ってくれました。黒と青って、見た目区別つかないじゃないですか。と思っております。風呂《ふろ》に入って青色の水を流して、今日はネットを少々たしなんで眠りたいと思います。
入院中のＡちゃんから電話があって、「また外泊があるから遊ぼうね♪」とのことでした。

ぇぇそりゃもう喜んで。Aちゃんとは波長が合うんです。無言が続こうが、下らないギャグでしらけようが面白いのです。
ビバラブAちゃん。早く退院して遊ぼうぜぇぇ！

●1月9日（土）　悪事を働けどもいいことがある。

例年バカは風邪引かないといいますが、少しは頭が良くなったのでしょうか。私も風邪を引いています。
パブロン、アナフラ、ランドセンを飲んで学校に行ったら、1時間目が始まったばかりで、もうリタイヤでした。気持ち悪い。
漢字検定に向けて勉強する授業だったのですが私は既に2級を持っています。受ける必要はないと思いますが、他の選択授業にろくなモノがなかったので、漢字でもたたき込んでおくか。と思って選択しました。
保健室に行って。「せんせぇ気持ち悪いんです…」というとベッドに案内されました。ベッドは最初は冷たくて泣けます。そのうちパブロンの眠気が来たのか眠っていました。1時間目が終わって、先生に様子を聞かれました。もちろん答えは「まだ眠ります～」で2、3時間目も眠って過ごしました。そして今日は保健室づくしの一日でした。
そして職員室にて見る見る細くなっていく私を心配している担任の先生に「食べる物食べてる!?　死んじゃうわ

よ！　まさか吐いているンじゃないでしょうね！」と心配されました。それからデイケアの書類を渡されました。本当に心配かけてすいません。担任の先生。(汗)

帰りの本屋でねこぢるの本を買って、友人にプリクラを渡しました。流血プリクラです。
「ぼけっかすっ!!」
と言われて返却されてしまいました。あーあー。(笑)
帰宅したら。
献血センターから葉書が来ていて。何と三つ子説をうち立てたうちの一枚の献血リレーカードが当たって、本名と明子さんにディズニーランドの一日フリーパスポートが当選していました。
わぉ！　ラッキー！　と思って友人に電話して、2月頃になったら一緒に行くことになりました。今日の幸運です。
それから私は風邪を治すために太るから嫌がっていたパンを食べて食後薬とパブロンを飲んで眠りました。4時頃に父が「おい、あやー灯油の缶もってこーい！」と一回言われれば分かることを大声で三回以上叫んだので目覚めました。
あー恥ずかしいから叫ばないで～（泣）ってカンジでした。ご近所に恥ずかしい。

ああ、そういえば明日は学校無いのですね。ゆったりゆるゆる眠れるわ。と安心する南条でした。
どっぷり眠れるM先生に処方されたとおりの処方で眠りたいと思います。
例の昏睡《こんすい》強盗事件と一緒の処方なわけで、くふふふ。です。なんとなく。

●1月11日（月）　頼るものはいつでも…
こんばんわ。風邪引き南条あやです。
偉いことに学校に行ってきました。パブロンを飲んだので行けたようなモノです。鼻の下にリップクリームぬったのが良かったらしく、それほど痛くありません。リップクリームと言えば以前満員電車で座ってお化粧中の女性が急停車した拍子に鼻に口紅を突っ込んでボキリと折っていました。…あの女性は今…なんて気になりません。
１時間目はＨＲです。ボーゼン漠然としていて何をしたのか覚えていません。鞄の中を見ても何をやったのか思い出せません。風邪でぼーーーっとしてただ机に突っ伏していただけだと思います。今日のためにタオルを用意してきましたから…。
２、３時間目は先生の録画した世界不思議発見を見て、世紀末に関する講義をしていました。
今一番世紀末に向けて何が心配か。
これをあてられた生徒は伝言ダイヤル薬物事件のことを

挙げて私の心の失笑を買っていました。
もう一人は元気よく「ノストラダムス！」と言っていました。
ああ…確かに世紀末のお話だけど君、ノス君の予言を信じていると公表して失笑買ってもいいのかい？　と思いました。
人の意見に文句付けてばかりの私は何を考えていたかといいますと、「オゾンホールの修復が遅れていること」です。日焼けそばかすイヤンイヤンです。
放課後、友人をカラオケに誘うもむなしく砕け散り、郵便局でねこぢるファンクラブの入会手続きをしてきました。えへ。ボーっとしながらもやることはやっています。
そして私は一人…カラオケボックスへと向かうのでした(笑)
喉《のど》もかれていない痛くない。では日頃歌わない歌を一挙練習。と思いながら最初にはこっこの曲を連発で入れていたりします。ウーロン茶を頼みましたが、全然口を付けませんでした。お昼ご飯くらいの時にランドセンとアナフラニールを飲んでついでにモカ！　三時間歌いました。まだ歌えますけど、父に帰りが遅いと言われるのがイヤで帰ります。歌は歌い極めたい貪欲《どんよく》なタチなので、早くテープレコーダー直るといいんですけどねぇ。自分の歌を録音して下手くそなところを直すですよ。
帰り道、一人プリクラを撮影しました。淋《さび》しげです。

(泣) 特異なプリクラ撮影を目指しているので眼帯や包帯やナイフや注射器は必須《ひっす》アイテムです。(笑) 2種類撮って帰りました。受け取り拒否の友人が出るのは必至です。そんなに大した絵じゃありませんけど。ナイフを持って「わくわく」というメッセージを背負っているのはチト危ないですが。

左手が、凄いことになっています。
私の自傷行為のせいです。注射器でちゅーちゅー生理食塩水とかを注入しているんですね。自傷の衝動がおさまるまで。
…この衝動を抑えてくれる言葉でも、薬でも何でもイイから欲しいです。
握り拳《こぶし》を作ると、関節が浮き出ない。腫《は》れ上がっている皮膚に埋もれています。かさかさの肌。不気味に腫れ上がる指。
自分で見ても明らかにおかしいです。色、紫だし。
明後日《あさって》のお医者さんで、衝動が抑えられないことを伝えたいと思います。
何で自分を虐《しいた》げるのか。マゾヒストじゃありません。どうしたら治るの？　どうしたら痛いことをイヤだと思えるようになるの？
でも一番の疑問は。
どうして自分を虐げるのか、という理由です。考えているとわけが分からなくなって、涙が出ます。
今の私は、好きだけど、まだ嫌いな部分が沢山です。

明日は学校が休みです。いえい。予定も入っているし…
風邪を治さないといけません。暖かくして、たっぷりの睡眠と水分を。
お肌のキレイになる薬でも飲みましょうかね～（笑）。
薬に頼っているなぁ。依存？

●1月12日（火）　金欠でもハルシオンは売りません。多分。

かっか　きんきん　かーきんきん♪
火曜日と金曜日は学校が休みの日です。大変嬉《うれ》しい日です。平日に遊べることはとても楽しいことです。というわけでお友達のNちゃんと街へ（渋谷）繰り出し、遊んできました。
前日の睡眠時間は16時間を超えています。夕方6時半に医者の処方通りにお薬を飲んで、明日の10時に目覚ましを掛けて置いたのに、目覚まし鳴らず。この目覚ましは何なのですか!?　私に怨《うら》みありますとですか!?
11時にあわてて起きて支度して渋谷に向かいましたよ。
因《ちな》みにうちの猫がテーブルの上に置いてあったパンを囓《かじ》り食っていました。
…食べるならまだしも一口食べてああ不味《まず》いってなこと

で、あとは残しています。丸々と。
父に怒られろ猫め！　と思いました。ほほ。

バスで渋谷に到着した私は時間に大分余裕があったので、葉書と献血手帳を持ってディズニーランドのチケットを貰《もら》いに行きました。当選者は「明子」さん（笑）本名の方はもう一つの献血ルームで交換する予定です。献血ついでに。エレベーターで献血ルームに入ると、血を欲する献血ルーム職員が献血だと思い込んでそそくさと用意するのが痛くて苦しくてもどかしくて申し訳ないです。「あ、今日は献血じゃなくてパスポートが当たったので引き替えに…」といったら過剰な笑みをもってして対応してくれました。すいません。何だかすいません。（泣）用意に時間がかかるとのことで、そういわれた私はまだ三つ子説に関する話が残っていて受け渡し拒否されるのかとビビリましたが、10分ほどして無事、渡されました。ジュースをどうぞと勧めて下さっちゃったり。あああええ人達ですわ。

約束の場所にちょうど12時。５分経《た》っても来ない。10分経つと私は携帯に連絡しようとしたのですが、アドレス帳家に忘れてやんの。バカです。うろ覚えで電話してみれば「この電話は現在使われておりません」です。30分過ぎたら帰ろうと思いつつ待っていたら、来ましたよ。

13分の遅れです。ケリ入れました。弁慶の泣き所にケリが入って私が痛かったです。（泣）Nちゃんとはその後、ハンズに行って「みーてーるーだーけー」をやったりお昼ご飯を食べたりしました。
ハンズというところは面白いです。そのフロアの商品のエキスパートが店員としてその階にいますから、何か聞いてもすぐ答えてくれます。サミットとは違うね。はん。（笑）
その後はカラオケに突入。入ったら「セガカラ」だとわかって愕然《がくぜん》としました。セガカラはCoccoが三曲しか入っていないのです。ちっ。と思いながらも楽しく歌って踊って、三時間になろうとしたところ、無料採点機能を発見して30分延長して採点機能を楽しみました。Nちゃんは、99点を得点しました。
「す！　すごい！」とお思いの方。セガカラは1000点満点です。まぁ、ここまで下げられるのも一種凄《すご》いですけどね…。
プリクラを撮ってバイバイ♪　今日も楽しい一日でした。

さて。
私は本当に金欠です。そして時間を持て余しています。貧乏暇あり。ベッドメイキングのバイトは不況の嵐《あらし》が襲ってきたらしく、なんかダメのようです。場所も遠いので諦《あきら》めました。そこで手元にあるのがフロムA。貧乏人はアルバイトを捜します。
ではっ！　んご！
明日は学校の帰りに医者です。また渋谷へ出るようです。ハンズでみーてーるーだーけーを実行しようかな、と思っています。

●1月14日（木）　もーしわけ

ナッシングです。申し訳ありません。
昨日は水曜日、医者から帰ってきたあと、布団《ふとん》でうとうとしていたら眠っていました。いや、その前にヒルナミン25mg、リスミー、デパス、飲んでいたせいもあるんですけどね。そのまま日記も書かずバクスイ。目覚ましもかけずバクスイ。
起きてみれば翌朝の7時半で、うガフ！　学校に行かなくては！　と思ったのですが、何か体調が最悪…頭が重いよ…鼻の下がヒリヒリするよ…。体中だるいよ…と思って学校に電話して「やずみまず（休みます)」と連絡しました。
担任の先生に「食べる物を食べなくちゃ治らないんだからちゃんと食べなさい！」と叱咤《しった》激励されました。
この台詞《せりふ》で…。
ダイエットモード解除。風邪が治るまでは滅茶苦茶《めちゃくちゃ》甘いモノ以外は食べてもいいよ。と私に合図しました。
学校を休むことはオッケーになりましたが。明日は色々と出掛ける用事があるんです。今日休んで、明日元気に出掛けたらまた絶対に「学校辞めちまえ！」と怒られそうなので、仮面登校しました…。少し体調も良くなっていたので。パブロンの効果をひしひしと感じます。制服を着て11時頃家を出発…。
11時半に学校は終わりですから学校に行く気はさらさらありませんでした。取り敢《あ》えず学校の地元に行って…。なんかカラオケ（笑）一人で行けばドリンク代と一時間100円という格安休憩所にも変化するんですよ。３時間とりました。
私はコーラとお昼ご飯に若鶏《わかどり》の唐揚げを頼みました。唐揚げが好物だったりして…。皮の部分のカリカリとした部分が好きです…。適当に好きな曲を入力して流しながら鞄《かばん》を枕《まくら》にして寝転がっていました。
えーと、Ａちゃんの歌っていた戸川純の歌を思い出しました。戸川純は素敵な歌を歌う人ですね。なんか気に入りました。よくメールを下さる人の中にも戸川純はいいというメールもありますし。今度レンタル屋で借りようと思います。食後にはちゃんとお薬。アナフラ、ランドセン、鉄剤。モカも飲んでみました。
12時頃。何か廊下で聞き覚えのある声が聞こえたので扉を開けたら学校の友達でした！　あははうふふな状態で、時々その部屋に行ってリクエストされたもののけ姫を歌ったりしました。自分の部屋では相変わらずぐったり…。

でもやっぱりカラオケは友達と一緒に行った方が楽しいなぁと思いました。ある友達：K・Eちゃん。素敵な電話を鞄から取りだしたので「ピッチ？　ケータイ？」と聞いたら「ケェタイ。」と答えました。あ、因みに私、月曜日に携帯電話が届きます。これでやっと名刺が作れるってモノです。
「月の基本料金は？」と私が聞くと「5000円強…」「たっっっ高い！　バイトしてるの？」「してないよぉ。」「親が払ってくれてるの？」「オネエチャ。」と言います。お姉ちゃんのようですが…「何でお姉ちゃんが？」「洋服も靴も化粧品もぜぇぇぇんぶオネエチャ。」とおっしゃいます。「お姉ちゃんって何者？」「オネエチャ。」
…謎《なぞ》のお姉ちゃんです。羨《うらや》ましい限りです。もう一人の友人は「聖母」歌ってます。女子高生です。
私の携帯電話の基本料金は父の口座から引き落とされるので、月のお小遣いから2000円引いてもらって、通話料は明細が来てから払う。という方式になりました。受け身なので関係者のみなさん電話して下さい…きっと喜びますよ…。
でも。やっぱり不安な経済状態。バイトだバイトだ。というわけで昨日ピックアップしていたバイト先に電話を掛けてみました。
最優先していたバイトは某病院での清掃消毒作業のバイト…時給安いけど…だって病院好きだから…ふふふ。

電話したら。「もういっぱいになっちゃっています」
がいーん。
第2弾。ティッシュ等の配布、時給1100円から1200円。
電話でもじもじ喋《しゃべ》りながら、わーい。何とか20日に面接というところまで持ち込めました。20日に面接行ってきます！　ひひぃ！
調子こいて第3弾目。デパートのクリーン業務。電話したら。これ締め切っていました。（泣）取り敢えず20日に面接に行きます。落ちたらまたフロムA買います。
とにかく20日ですね。履歴書を作らなければいけません。
証明写真。暗く写りませんように。
カラオケの3時間が終わってから、友達の部屋に押し掛けて3人でメドレーを歌って楽しい時を過ごしました。
帰宅して、父に帰ったと電話したら「遅刻したのか？」と素敵な勘違い解釈をしてくれていたので「うん」と答えました。
ホホホ。でも携帯の11桁《けた》化は面倒臭いです。ふんがーです。父が帰宅すると、私がアポを取ったティッシュ配りは胡散《うさん》臭い。胡散臭くなくてもティッシュ配りは大変だ大変だと繰り返すので「ああもぉ面接に行く前からしつこく大変だ大変だとか言わないでよ！」とちょっとうなってみました。

さて。昨日は医者の日だったのに日記を書き忘れるというとんでもない醜態をさらした南条あやです。昨日の医者でのことをお話しいたします。
テディベアに関する授業を受けていましたが、眠れると思ったのに気心が知れている先生で眠れないということに気付きました…（泣）しかしビデオを観《み》ていたらいつの間にか11時半で学校は終わりになりました。レッツゴーホスピタル！
一緒に帰っている友人は未《いま》だに私のことを気狂《きちが》い呼ばわりします。でも友達でいてくれます。若い世代には、精神病であるから偏見を持つ、ということは浸透していないみたいです。喜ばしい事実です。ダイエットをしている私に対して「痩《や》せすぎじゃ！　太れ！　食べろ！」と的を得た発言をしています。「いえどぇす」と私は答えています。折角少しは細くなったのに元に戻ったら太ったねとか言われます。
きっと。この押し問答は卒業まで続くことと思われます。
さて、まっすぐ医者に行って待合室の椅子《いす》に座っている私。滅茶苦茶眠いです。人前で寝顔を見られるのは恥ずかしいという私の信念をも無視して瞼《まぶた》は重く、…スピィ。
眠っていました。今日は珍しく予約時間を10分過ぎても先生に呼ばれませんでした。何だか先生と話さないとどうしようもなく不安になっちゃう患者さんとお話をしているようです。15分を過ぎてやっと診察室に呼ばれました。

落ち着いている。困ったことに最近平均的には落ち着いているんですね。リストカットもしていないし、学校も楽だし、時間は余っているし。将来のことに関しても不安はないし。のほほんと落ち着いているという会話をしていました。えっと、馬鹿《ばか》なことが、一つ。
注射器遊びで自傷をしているということを言い忘れました。
バカですバカですバカです。いろんな人に、医者でこの自傷行為を言うと約束したのに。ぼけーーっとしていました。
眠くて欠伸《あくび》ばかりしていたら「薬が強いのかなぁ。」と言われて眠剤減らされたらシヌ！　と思って「あ、午前中は眠くないです」と慌《あわ》てて言ってみたりしていました。
一番大事なことを言い忘れたまま処方箋《しょほうせん》を書く時間がやってきました。私は大分処方されているお薬の量が多いようです。なるべく何か処方箋から消せる薬はないモノかと先生は思い始めたようです。
「レキソタンは、飲んでますか？」
「はい」
「どんなときに？」
「え…手首切りたくなったときに…」（ウソです。ため込んでいます。軽く眠りたいときに使用していたりします。）
「寝る前のお薬で何か削れるモノはないかなぁ…？」

「今は…ナイデス…」(ため込めるモノはため込めの精神が私にそう言わせる)
以前と同じ処方箋をゲット。ゼロ円ゼロ円。保険証を持ってきて下さいと言われたので持ってきたのに会計で何も言われませんでした。?? 多分父の関係で使うのでしょう。来週は父の処方箋を書いてもらうので持ってきます。
薬局へ行きます。未だにヒルナミンが不眠時の頓服《とんぷく》の袋に入って出てきます。いつも飲んでいるんですけど。お肌がきれいになるお薬ですから（笑）飲んでおきましょう。
えーとお茶目なM先生は次の医者は9日後なのに一週間分の処方しかしてくれませんでした。
きっちり7錠と14錠。あーあー。帰ってから気付いたので時既に遅し！
ストック沢山あるから困りません。(笑）けど。ハルシオン2錠～（泣）ハルちゃーん（泣）
そして、この後眠りこけて日記を書くのを忘れてしまった次第です。どうもすみませんでした。
明日はお仕事です。イェイ。風邪薬で症状を抑えてGO！です。明日今年で一番寒い日らしいです。
おいおい。夏の制服着ていく私はどーするの。うう。
父がまた経済的に苦しいということをネチネチ愚痴るので頭痛が来たのでブルフェンを飲む冬の夕方…。

経済的に苦しくてソレをブチブチ愚痴るんだったら私にエンコーでもさせろよ。
その方が遥《はる》かに私の心の負担が少なくてすむよ。と思います。
週休二日で一月200万稼いでやるよ。けっ。ってカンジです。荒《すさ》む心。

●1月16日（土） 焦点が合わないんだよ…
今日を要約して言うと。
学校に行って授業を受けて12時にAちゃんと会って遊んでサヨナラをした、です。
ええと、この間には食事をした薬を飲んだカラオケをしたプリクラを撮った…等の細かいエピソードがあります。
いつもはここでソレをだらだらと書き流すのですが。
今日はソレは書きません。
…なぜかって？
………ヒルナミン25㎎を２錠、５時に飲んだらメールを書いている今頃効いてきて。
へろへろネムネム。目の焦点が合わせられません。ぶひ。

私は眠りの世界へ旅立ちます。無理矢理引きずり込まれます。
あああ…みなさんさようなら…ひゅるる…

たまにはこんな短い日記もいいじゃないかの会発足。

●1月17日（日）　Aちゃんの色はパープルグレイ（謎）

ちゃんとした日記を書くのであるならば、さかのぼることは一昨日《おととい》ですね。一昨日はGON！の撮影で楽しみ凍えました。（笑）私はロングコートの下にセーラー服だったので足が冷えました。撮影時は脱いだり着たり。色々な場所をウロウロして撮影、経費でご飯をご馳走《ちそう》になって念願のGON！編集部に遊びに行きました。あかね様も私も疲れ切り、一昨日の日記は休載となったわけです。
編集長に初めてお会いしました。イス眠りとかしている人がいて面白かったです。編集長にハルシオンを一錠プレゼント。あ、ソレはもちろんフィクションです。（笑）バックナンバーを読みあさり、所持している薬の撮影をしました。父に帰るのが遅れるという連絡をして、放っておけば何時まででも遊んでいたかったのですが、一応高校生。帰さなければという強い責任感によって車で沿線の駅に送っていただきました。そして、日記を書くこともないので土曜日の学校の用意をして眠りました。

そして昨日の土曜日は。
学校でのエピソードを紹介いたしますと、音楽の時間にこそこそ後ろの席でデパスっちをスニッフいたしておりまして、手紙を書いていました。音楽だけを聴いて、何をしててもいいという講習です。ステキです。お喋りしていても、踊っていても席を移動していても。良い選択をした、と自分で思いました。ああ、それでスニッフは確実に鞄で隠して誰にも見つかっていないと思ったらD組の知らない人に「あやさーん、お薬見せてー」と呼ばれたので、タッパと缶を持っていったら爆笑されました。自惚《うぬぼ》れではないんですが。私は学年で有名人らしいです。中学から進学した内部生であるということもありますが、外部生の人によく声を掛けられます。「切れ者」として有名な様です。人によってどこが切れているかの認識の違いはあると思いますが。(笑) そして、お薬を見せました。4人に取り囲まれて。
「何の薬？」
「睡眠薬」
「こんなに？」
「うん」
「眠れないの？」
「飲まないと朝まで眠れないんですわ」
「えぇぇ！」
精神科に通っていることもこの際暴露して、楽しんでもらいました。もう殆《ほとん》どの人達が知っていることなので。私のプリクラは大人気です。ホホホ。流血プリクラに始

まり。ナイフと注射器を持って「よいこ」と書いてある全身プリクラは奪い合いになりました。(笑)
そして勘違いを修正しました。
「さっき鼻から吸ってたのって…シャ…」
「ち・が・い・ます・!」
「注射とか…」
「(違法な薬物の) 注射はし・ま・せ・ん!」
私の無実は自分の弁護によって証明されました。(笑)
その後、渋谷へ。Aちゃんと遊びに。
12時にモアイ。5分前に到着。
Aちゃん発見！　ワーイです。久しぶりです。
Aちゃんはかなりの美少女です。と書けとAちゃんに命令されました。(笑) ね、年齢的には「美女」の方が…ああ、明日叩《たた》かれそ…っていうか、シャープなカンジの美人であることは保証いたします。もんじゃ焼きが食べたいというAちゃんの要請に従い、もんじゃ焼き屋さんへ行きました。二人で大量に食べました。私ももうダイエットはやめます。ちょうどそのくらいのスタイルが良いよ、とAちゃんが言うので。風邪もなかなか治らないので体力付けましょうです。二人はその後、カラオケボックスに5時間という長時間、いました。二人ともカラオケは嫌いではないのでかなりキます。私の喉《のど》もかれるくらい。
未成年の飲酒は法律で禁止されています。だからライムサワーを飲んだとかライチサワーを飲んだなんてコトはフィクションです。ええ。
Ａちゃんは成人しているからお酒を飲んでも構いません。盛り上がりに盛り上がってイスの上に立って歌っている私ですが、廊下を歩いているお客さんと目があったときは恥ずかしくて身が縮みました。(泣)
その後、プリクラを撮影してバイバイです。
帰宅したら。昨日の日記の通り、ヒルナミンが…ばたん。といきたいところですがヨロヨロしながら風呂《ふろ》だけは入りました。

そして今日。
またしてもＡちゃんと遊ぶ私です。外泊中なので遊べる日は遊び倒せ！　というＡちゃんと私の信念です。９時に新宿駅に集合。まだヒルナミンの残っていた私は電車の中で眠ってしまい、知らないおじさんに「終点だよ！」と起こされました。
恐るべしヒルナミン。50㎎飲むとこうなるのね。流石《さすが》肌のキレイになる薬だわ…です。(笑)
新宿東口交番に集合。Ａちゃんに引きずられるようにしてヨタヨタ、Ａちゃんのお家にお邪魔しました。ご家族とは会ったこともあります。病院の面会室でね。(笑)
取り敢《あ》えず私は「眠る眠る」と言ってＡちゃんが買ってくれたパンを食べて風邪薬を飲んで本当に眠りました。

Ａちゃんのベッドで。本気で眠りました。その間Ａちゃんは一人淋《さび》しくパソコンをいじったりしていたそうです。あ、トイレから水が溢《あふ》れて弟さん、お父様と大騒ぎしていたこともありました。(笑) 文句言われました。そう言っている割には、リラックスミュージックをかけて電気を消してくれているＡちゃんです。(笑)
それにしても、ヒルナミンの恐ろしさを知りました。２度目です。車でＴＳＵＴＡＹＡまで行ってビデオを借りてきました。バウンズでコギャルと、コールドアイとかいう三流映画です。ピザを食べながら観《み》たコギャルの方は中の中位の出来でしたが、もうコールドアイは三流中の三流。
見せ場も緊張感も何にもナシ。
「ダメだね。この映画」
「うん。サイテーだ。でもあやちゃんが選んだんだぞ」
「へい。申し訳ないっす。(泣)」
そういえばＡちゃんはモダフィニール60錠を注文していて、ちょうど私がいるときに届いて、ひっくり返らんばかりに大喜び、キャピキャピしていました。私がモダフィニールを20錠戴《いただ》いたなんてコトはそれはもう、フィクションです。ええ。
私が教えたスニッフィングをモダに応用してホワホワヘレヘレしていました。私も明日の朝、学校に飲んで行こうと思います。

掌《てのひら》の架空のモダをね。（笑）架空のモダを粉にしたりもしちゃいますよ。はい。（笑）
三流映画を観て、「クソだったね」「うん」と言いながら、帰り支度をしました。もう門限だったので。Aちゃんが車で送ってくれます。ついでなので父にAちゃんを紹介しにお店に行きました。父は「お世話になってます」でAちゃんも「お世話になってます」。二人とも腰低すぎ。（笑）お店から私が家に帰る際にも徒歩でAちゃんが送ってくれると言うので送ってもらいました。ついでに家に上げて私の汚い部屋を見せたり、人見知りする猫を無理矢理見せたりして、ホンのちょっとで帰ってしまわれました。
そおして。
明日も学校のあとにAちゃんと遊ぶ約束が入っているのです。明後日《あさって》もね。Aちゃん一色です。病院に戻ったらまた外泊をして、そして退院するそうです。その外泊中も私達は、遊ぶつもりです。
Aちゃん、禁煙頑張って。ラブだよ。（笑）
BGM　戸川純　東京の野蛮

●1月18日（月）　買い物依存症気味。

まず私におめでとう。ペン習字検定3級合格。ツマラナイ授業をモダフィニールで眠らずに乗り切ったことを。

さて。私は今日もAちゃんと遊びました。遊び倒しました。
渋谷での待ち合わせでは、私が「はい。まず私は一つ、怒っています。何か分かりますか？」と質問しました。
Aちゃんは「え？　何？　わかんない？」と答えました。
昨日、夜テレホタイムになったらチャットをしようね、と約束していたのにAちゃんが来なかったのです。私は30分以上待ちました。まめにリロードして。でも来ませんでした。
「正解は、チャット来なかっただろテメーーー！」と言うと、「あ、え？　あ、ごめん。ウワ、すっかり忘れてた。本当にごめん。許して」と謝りました。ウヌ。それでよろしい。しかし次の瞬間には
「あや！　わたしは美少女だ！　断じて美女ではない！このやろうぅぅ」
と昨日の日記の記述について早速文句が入り、軽く頭をポコン。殴打《おうだ》されました。(笑)
はいはい、美女じゃなくて美少女ね。みなさん？　Aちゃんは美女じゃなくて美少女です。
わかりましたか？　これでいいのかい？　Aちゃんよう。
(また明日の朝殴打されそうな予感がしつつも書く私。)
まず。最初にカラオケボックスで5時間歌い喉殺し。コードレスマイクでノリノリです。モダフィニールが入っていますから。(どちらに、とは言えないひ・み・つ★

会員の方にはあとで会報が。(笑)) 覚えたての戸川純の歌を熱唱する私に、広末涼子乱舞攻撃のAちゃん。Aちゃんの「Majiで Koiする5秒前」は、よろしいです。
勝手に私が思っていることですが、広末涼子より2ランク以下のルックスの娘が歌ってはいけないと。普通に歌う分には誰だって歌っていいんですよ。ただ、なりきって歌うのは、禁止、厳禁です。
広末涼子になりきって「ずっとまっえからぁ♪」と歌うAちゃんにはウットリします。危ない道を踏み出しそうです。(笑)「大スキ」も熱唱。私はモスコミュールを飲んだかな？　飲まないかな？(笑) ついでにライチサワーを飲んだかな？　飲まないかな？(笑) 会計は割り勘で。Aちゃんも職に就いているワケじゃありませんから、お世話になってばかりはいられないのです。あの濃厚な5時間を一体どう表現すればいいのか。酒池肉林？　天真爛漫《らんまん》？　なんてゆーか。
黄緑色の時間でした。はい。
5時からはプリクラ撮影です。ゲーセンの中では、ドリームキャストで格闘ゲームが出来るようになっていて、コントローラーを持ってAちゃんと対戦しました。最初に私が一勝挙げました。
正直、私はゲーマーです。格闘ゲームは苦手ですが、Aちゃんになら三連勝軽いと思っていました。ぐあ。
次の試合から、一気に三連敗しました。何故《なぜ》？　どうして？　Aちゃんったら何でも出来るのね…と唇をかみしめた一時です。本当に、何故負けたのだろう。気を取り直して、プリクラコーナーに行きました。ストリートスナップという全身が写るプリクラ、300円入れたのに、200円しか入れたコトになっていないのです。フンガァ。むかついた私は店員を呼ぼうとしましたが、Aちゃんは「イイ、イイ」とクールに100円投入。計400円。ああAちゃん…。大人だよ、君は大人だ。って美少女ですね、ハイハイ。(笑)
またしてもバッドな事態発生。プリクラ撮影、大失敗。画面をよく見ていなかったせいで私の顔背景に隠れていました。なんとか出ている一枚は、凄《すご》い間抜けづら。悲しかったので落書きで目を潰《つぶ》しました。余計変です。誰か助けて下さい。(泣)
もう一枚、プリクラ撮ろう撮ろうというわけで、400円のプリクラに突入。そ・お・し・た・ら！
400円入れたのに300円だって機械に表示されました。私はキレました。
こなくそ。うがぁぁぁ。
店員がカウンターにいない。バッキャロー店員どこだ！ってなもんで気の弱そうな男の店員をかっさらって来て、「かくかくしかじかでこうなんじゃ！」とストリートスナップからのいきさつを説明しました。私は般若《はんにゃ》の面をかぶっていたかも知れません。そうしたら。

無事に顔だけのプリクラ撮影完了。更に勘違いした店員さんのお陰で、無料でストリートスナップ一枚撮影できました。つまり、100円でストリートスナップ撮影が出来たと言うことです。イエーイ‼　とAちゃんぼそぼそ喜びました。店員にばれないように。(笑)
次はハンズに行って、Aちゃんがモダフィニールの粉を入れるプラスチック容器を物色しました。私は「おすすめ。おすすめ」と言って盛んにガラス乳鉢を指さしましたが、「それ高いジャン。やだよ。」と言って拒否されました。
ああああ私が架空の（笑）モダを粉にするときに貸してもらいたかったのにまたガラス瓶で薬包紙を叩《たた》く生活が始まるのですね…と泣きました。陶器は細かい粒子が目地に入ってしまうからガラスがいいんですよね。
たぁぁ誰かよこせっての。(おいおい)
その後は便せんコーナーに行って。文句は女２人揃《そろ》えばバンバン出てきます。
「薄っぺらいのに400円だとさ。暴利だね」
「ホホホこんな封筒が400円？　無印の買うわよ。ホホホホ」
「って言うかここの商品全部100円セールにしろ」
「手紙なんて中身があれば書く紙なんてどうでも良いのよ」等々。
その時点でまだ６時ちょっとだったので「茶しようぜネ

ーチャン」という私の言葉によって店探し。そのうち何か食べられるトコロもいいね、という話になって、たどり着けば、インド料理屋。
ココナッツジュースは甘くて、注文した料理は、からかった。
この一言に尽きます。私は食事を終えてプリクラを切り張りしながらも「辛かった辛かった」としつこく繰り返していました。精神的に繰り返さずにはいられないほど辛かったです。…インド料理としては一般的な辛さだと思いますけど。辛くても美味《おい》しかったし。インド、バリ、アジアの好きなAちゃんは店内の飾りに感動してアレはアアなのこうなのと説明してくれました。いつかAちゃんをナビにしてインドに行きたいです。そしてハッパを…(笑)

お店の下にはインドな雰囲気の雑貨屋さんがあって、Aちゃんは張り切って中に入りました。
…私は…指輪に惹《ひ》かれてしまいました！　指輪をじーっと見つめていたら店員のお姉さんがガラスケースを開けてくれました。ありがとう。物色しました。インドだけあって、色々な石の種類があって、きらびやかな世界に包まれてウットリ。気に入ったデザインで安い指輪はないモノか、見ていました。大体私の気に入る指輪は2000円台で…。Aちゃんの買い物が終わっても指輪をじっと見つめ、「まぁだ？」という台詞《せりふ》さえ引きずり出しました。まぁだです。
指もとのオシャレに目覚めてしまったワタクシ南条あや。指輪の貢《みつ》ぎ物大歓迎です。(笑) そして購入したのは。500円の青い石のついた指輪をAちゃんがお香を購入して貰《もら》った50円割引券を貰って買いました。だから500円弱です。消費税込みで。
小指にぴったりです。Aちゃん曰《いわ》く。「ソレは体重の変動を気を付けないと…取れなくなるね (黒笑)」
迂闊《うかつ》なり。私。いざ帰らんとなると、センター街を通る私。外人が出しているお店の指輪が見たインじゃっ！ と私がAちゃんを引きずりました。「えぇ!?」と明らかに不満げな声。無視。指輪を見て、うふふ惹かれるわ惹かれるわ〜で白いきれいな石のついた指輪を発見しました。塡《は》めてみたら。サイズゆるゆる。どの指も。そこで登場メリケンさん。(おいおい)
「Mmm…」と言って私の指に私の好みではない石のついた指輪を塡めていって、これどうだい？ ってカンジです。
あー私は白い石の指輪が欲しいんじゃということで、カタコトの英語。「アイライク　ホワイトストーン」と言ったら「チョト、ミテテクダサーイ」とお店を任されて外人、友人外人の元へ走っていって白い石のついた指輪何個か持ってきました。おうおう。一つ気に入った指輪があったので中指にぴったりのサイズだったので「ハウマッチ？」と言ったら「サンゼンィエン」。
ぐはっ！　私2000円しか持ってないよ。と言うわけで「えくすぺれんとぉ、ぷらいすだうんぷりーず」「２せんゴヒャクィエン」「おおのぉ。あいはぶ2000円おんりぃーにせんえんぷりーず」と言ったらそりゃ困るでお客さんオイラの生活がかかってるさかいそれ以上は安くできまへんで、というようなことを早口で言われて、「トモダチトモダチ」と言ってＡちゃんを指します。お金借りろって事ですね。（笑）Ａちゃんは呆《あき》れながらも500円貸してくれました。
ありがとう。明日必ず返す！　趣味の欄に指輪集めとでも追加しようか…（笑）
あかね様に「指輪は男の人に買ってもらうもの」と言われましたが、でも買っちゃうんですぇぇぇ（泣）。
門限は過ぎていますが連絡したので関係なし。ゆっくり道を歩いて駅まで行って「また明日ね！」と別れました。

父の店に着いた私。今日は携帯電話が到着する日です。もうそろそろ？　と思いましたが届いていませんでした。届くまで一時帰宅しようとしたらネギと苺《いちご》を持たされて裸のネギを握りしめて私は家まで歩きました。凄く恥ずかしかったです。今度の金曜日の医者では指輪買いすぎ症を話します。あと、Ａちゃんに恥ずかしくも鬱《うつ》状態の時に書いた自虐《じぎゃく》的文章（死ぬ死ぬ系）を見せたら、「これはちゃんと主治医の先生に見せた方が良いよ。治療の一環として」とアドバイスされました。そうします。
当たって砕けろリタリンアタック。手紙パワーでラストアタックかけてみます。金曜日という遠い日の話ですけど。
明日はAちゃんが病院に収監される日。ラストデイ。遊ぶことは当たり前のように決定しています。しかしAちゃんは退院も近いようで、自由に遊べる日々を楽しみにしています。
っていうか携帯電話、まだ届かないの？　くぅ。

●1月20日（水）　有価証券取締法違反

私が昨日眠り姫で日記が書けなかったのは…。後々書きます。
さて、昨日のAちゃんとの楽しい時間のことをお話しいたします。タイムリミットは3時50分。4時に某駅で親御様と待ち合わせらしいです。10時に待ち合わせして某アミューズメントパークに遊びに行きました。
昼飯時になって。金欠Aちゃん。同じく金欠南条あや。昼飯は安く済ませたいが、お腹《なか》はいっぱいにしたい。
…女の決心。吉野家《よしのや》へいざ突入です。並二つ。広い店内沢山のお客さんの中で女は二人だけ。浮いていました。
しかし牛丼《ぎゅうどん》は美味しく、そんなことは忘れてハグハグと食べました。そしてお決まりカラオケコース。その時点でリミットまであと3時間弱しかありませんでした。
二時間半、張り切って歌いました。モダフィニール吸っていましたから。Aちゃんがね。ひゃっひゃ。
私が「アンタが入院してしもうたら…ウチは悲しい…」とおどけて言えば「すぐ出所するけん。いつかお前に大阪の街、見せたるわ」とヤクザと情婦の様な会話をしていました。(笑) そして最後に喫茶店に入って会話をしました。私はアイスココア。Aちゃんはアイスコーヒー。
着席してしばらくして気付いたら、Aちゃんは私のアイスココアをココアだと気付かずに4分の1くらい飲み干していました。笑えました。「あ、時間無いから慌《あわ》ててるんだよハハハ…」と言っていました。そしてバイバイの時間。私は渋谷駅に行きたかったので行き方を教えてもらってサヨナラしました。その日の夜も電話があることですし。短い別れです (笑)
私は渋谷駅に出ました。
ここからのお話は、フィクションです。フィクションなんです。
みなさんわかりましたねー？

私は携帯電話をもうすぐ手にすることになります。(←ノンフィクション) そこで、Aちゃんに電話料金を気にしないで私の携帯電話に電話をかけてもらえるように、偽造テレカが欲しいと思ったのです…。
…センター街でうろちょろ。売人に声を掛けるのは勇気がいります。うろうろ。うろうろ。誰もテレホンカードを持っていないのです〜。誰に声を掛ければいいのか分からない〜。というわけでひたすらウロウロ。
若い男の人に声を掛けられて「学生？　社会人？」と聞かれたので「こ、高校生です」といったら何も言わずにすっと去られました。むかつきます。ですから「ばーか死ね」と言いました。これはノンフィクション。
さてまたフィクション。
ひたすらウロウロする私。そこで私は見ました。バラララ！　とトランプのようにテレフォンカードをてに持つイタリア人！　おそるおそる近づき、「て、テレフォンカード、ユウセーる？」と声を掛けました。陽気な国イタリア。陽気に「Yes！」と言って千円を私から受け取ると13枚カードをくれました。
…やったぁぁ！　と思って帰ろうとしたら「アナタ時間ある？」と英語で言われました。
「What? Doing?」と私が尋ねるとなんと…ナンパ。カラオケ行こうと誘われましたがもちろん怖いので断って帰りました。んで。緑色の電話でカードを試したら。
全部使えない！　うそ！　まじ！　私騙《だま》された!?
でも私も有価証券偽造の罪で捕まるから警察にも言えない！　うっきょぇぇぇぇ！　とひっくり返りそうになりま

した。
帰りのバスの中では荒《すさ》んだ気持ち。私の前に座るうるさくベトネチャいちゃつくカップルに腹が立って席蹴《け》りました。静かになりました。(鬼) 更にむかついていたので、女のコートのフードにゴミを投げ込みました。壊れてますね。壊れてました。家に帰ってAちゃんからの電話に出て、コトの顚末《てんまつ》を話してアウアウおうおうと泣き叫んで、慰めてもらってもう薬飲んで眠っちゃいなさいとの指示を受けて眠りました。だから、日記が書けなかったんです。眠り姫になっていたのです。リスミー4㎎、メレリル25㎎、エリミン、ハルシオンを飲んで眠りました。

朝起きて。目覚ましタンスの上から落下。電池はずれる。何となく放っておく。眠る。
起きたらあうがっ！　遅刻な時間。頑張って走りましたが結局遅刻してしまいました。今日は「□い頭が○くなる」という授業のあとにテディベアの歴史の授業でした。□い頭は眠くなり、熊《くま》にも興味がないので眠りっぱなしの学校でした。
最新式の電話に諦《あきら》め気味に偽造テレカを突っ込んだら…使えるじゃん、偽造テレカ！
今日は2時半からバイトの面接があって、その時間まで渋谷で友達とカラオケに行っていたのですが。渋谷に着いたらバイト先に電話をすると案内人がやってくるはずなのに、歩道橋の手すりに地図が束になってかかっているからソレを破って見てこい。と言われました。
歩道橋、手すり、かかっていません。友達のピッチでもう一度聞いたらかかっているはずだと言います。地理に詳しい友達に替わるのでもう一度説明いただけませんかと頼んだら「ソレは出来ません。三時から面接で急いでいただかないと困るんですよね」とか言われてよ。と腹が立ったので。「分かりました探してみます」と電話を切って「怪しいからやめた。対応ムカツクし」と言って友達と引き続き遊ぶ方を選択しました。判子持ってきて下さいというのも怪しいので。
献血したあとに、ライラライララ〜と友達とカラオケ。献血ルームでは映画の「レオン」を観《み》ながら献血してボロボロ泣きながら献血しました。(笑) この頃Aちゃんと遊ぶので門限破りっぱなしでいい加減やばいので門限通りに家に帰りました。
そのAちゃんから電話。

22日に外泊決定。私は電話口で狂喜乱舞叫びまくり、テレカが使えたことも伝えて喜びのあまりギャーヒー叫んでいたら「今薬の時間で…うるさいんだけど…」と失笑されました。2月の頭には、退院できるそうです。タイムテーブルは出来上がったそうです。

しかし私を鬱にさせる出来事が一つ。携帯電話、受け渡しは金曜の夜になりました。今週の月曜日に持ってきてくれるという約束が延びに延びて。怒り狂いました。
「ネェ、刺していい？　刺していい？」と電話口でHさんに尋ねましたよ。「刺しちゃダメだけど殴っても良いと思う…」とHさんの意見。(笑) 実際は殴れませんけど。私のタイムテーブルは狂いまくりです。明日も学校。面倒臭いです。眠っていたいです。

●1月21日（木）　到着！

ソレは今日の深夜のこと。枕元《まくらもと》に父の足が！
うぎえ！　布団《ふとん》を踏むなぁ！
と飛び起きて「何やってるの？」と聞いたら私の部屋の押し入れに入っているスノーボードを出しながら「スノーボードに行く」と言うのです。余りに突然な話で驚きました。ついに50代にしてボケが始まったのかと一瞬思いました。(笑) しかし本当に行くらしく、ちゃかちゃかと用意をしています。もちろん私は学校があるので連れて行かれません。
まぁー頑張ってきてや…ということで私は眠りにつきました。
目覚ましの鳴る7時10分。
…起きて…そう言えば親いないじゃん…と思った私はまたしても悪事。ずる休み。学校に電話して担任の先生に休むと伝えてもらいました。電話口に出た先生は私のハスキーな声を聞いて母親だと思っていたっぽいです。父母からの電話じゃないと休むのは認められませんから。でも友達と約束があるのは忘れていなかったので10時半に目覚ましを掛けてすやすや眠りました。昨晩のリスミーも少し残り気味で眠かったようです。

友達とは上手《うま》く携帯電話で連絡を取って、待ち合わせに成功しました。父は私がもちろん学校に行くモノだと思っていますから私は制服を着て出掛けました。がたがたぶるぶる寒い…というわけで公衆電話に入ってテレカで(どんなテレカかはご想像にお任せします)受験勉強中の友達と電話をして時間を潰《つぶ》していました。友達が到着して、取り敢《あ》えずはお昼ご飯を食べて映画を観ようという話になりました。

私の希望は…踊る大捜査線…２回目です。だって面白いんだモン…。上映時刻を観たら中途半端《はんぱ》に時間が余っていたので喫茶店ルノアールでダラダラとしていました。時間が来たので映画館に入って席に着いたらウチの学校の生徒さんが２名ほどいらっしゃって、目が合いました。…嫌いな人だったので無視しました。踊る大捜査線、２回目の観覧で何がじっくり観たかったかというと、「小泉今日子」。シリアルキラーぶりが最高で髪型を小泉今日子にして失敗したという悲しい過去もありますがそこら辺は置いておいて、彼女の台詞《せりふ》をカキカキ。笑い方もマスターしたと自負します。
2回目の観覧でも笑えるシーンは笑えて、とても面白かったです。パンフレットも買いましたし。そのあとはハンズに行って理科学用品コーナーを見て適当に買い物をして帰りました。
そして。家に帰って着替えてしばらくすると、父が帰ってきました。「あや！　雑巾《ぞうきん》とってくれ！」
自分でとってよ。と思いますけど学校サボったこともあるので渋々お掃除を手伝いました。（笑）その後、父は風呂《ふろ》に入り、私は猫とぐうたら眠っていたらAちゃんから電話があって「Aちゃん慰めたりして大活躍やねぇ（笑）」と笑っていました。外泊の日取りも確定して、私と遊ぶ予定もばりばり入れています。
その後、Hさんより携帯電話がお店に届いたとの知らせが。
ぎっひー！　と家を飛び出して携帯電話を取りに行きました。まずは友達に電話して、Aちゃんにも番号を伝えました。
喜ばしいには喜ばしいのですが…マニュアルが分厚くて少しうなだれそうになりますが、これから頑張りたいと思います。
関係者の方々にはメールにて番号をお知らせしたいと思います。「私は関係者の筈《はず》なのに電話番号教えてくれないの？」というようなことがあったらメール下さい

(笑)。(←でもナンパはだめよん！ by 南条あや担当編集者)
明日は病院です。ラストリタリンレインボースマッシュをM先生にキメてきたいと思います。
望みは、かなり、非常に、大変、薄いと思われますが…。
父はレンドルミン２週間分欲しいと言っているのでついでにユーロジンを頼んで横領したいと思っています。(笑)
今から。携帯のマニュアルを紐解《ひもと》きます。…疲れそうです…。

●1月22日（金） 死死死死死

丹精込めて書いた今日の日記がパソコンのフリーズによって消えました。
２回目を書く気力は、残っていません。吐血しそうです。
新しいパソコンが。欲しいなぁ。(泣)
読者の皆様、ごめんなさい。今日の日記は明日の日記とまとめて書きます。
明日はAちゃんとモダフィニールパーティーです。ははは… (泣)
何でフリーズするのさぁ…もぉ…。

●1月23日（土） あなたの胃は健康？

アダヂは昨日一生懸命日記を書いたのにフリーズして、

跡形もなく消えました。今夜はそのような事態が起こらないように祈りながら日記を書きます。(涙) このPCは貞子《さだこ》に呪《のろ》われているの？

さて昨日の医者にいった話から始めようと思います。
12時半の予約に間に合うように目覚ましを掛けておいたのですが、元来の眠りには貪欲《どんよく》な性格が災いしてあと5分タイマーを何回も押し続け、起きてみたら出発予定の時間でした。バカです。最近はタンスの上からの目覚まし落下という荒技も登場して、電池が外れて眠りこけることもしばしばです。
慌《あわ》てて朝食だけは食べてバスに飛び乗り、走って乗り換えをして、何とか時間までにはクリニックにたどり着くことが出来ました。走ったので汗をかいていました。
昨日は陽気で日射《ひざ》しが暑かったです。ねこぢるのトレーナーの上にロングコートを着て更にホッカイロまで持っていた私が馬鹿《ばか》です。だる…と待合室のイスに座ってから数分して、「南条さん」とM先生に呼ばれて診察室に入りました。
診察室の時計はいつも3分ほど早いです。何故《なぜ》でしょう何故なんだろう。色々深読みしてしまいます。診察は淡々と進みました。この頃は安定していることを伝えて、日がな何をしているかということが話題の中心になりました。何をしているって言っても…休みの時はダラダラと、学校の時はグウスカと…（笑）３時間で終わる授業のためにわざわざ朝早くから支度をしていくのは、はっきり言って辛《つら》いです。
だからいつも木曜日休んでしまうんだね。ダルダルと。（笑）
診察終了の時が段々近づいてきました。私はこの間の処《しょ》方箋《ほうせん》が９日分出さなければいけなかったのに１週間分になっていたと先生に伝えると、先生はカルテを見ながら「あ、すいません。失礼しました」と言いました。そしてつっこみが。
「足りなくなっていた分はどうしていましたか？　眠剤の方は特に…」
「父から余ったのをもらって飲んでいました」と私は言いました。本当のところは。ストックが沢山だから足りなくなるなんていうことはナイデース。（笑）
でもストックがあるなんて言うと眠剤を減らされそうなので言いません。墓穴を掘ることになりますワ。
そして父の処方箋を書く段階になって、「レンドルミンとユーロジンが欲しいと言っていました」と先生に伝えました。ほんのりピンクのウソ。父はレンドルミンは欲しがっていましたが（効かんのに…）ユーロジンは欲しがっていませんでした。私が計画的に横領するつもりで先生に言いました。てへ。げへ。
私の１週間分と父の２週間分のユーロジン、計３週間分のユーロジンゲット。イエーイです。ワーイです。
何か沢山お薬があると落ち着くのー♪　そして今世紀最後の予定の、ラストレインボーリタリンスマッシュを発動しました！
「先生、リタリンはどうしても処方してもらえないんでしょうか？」
ストレートすぎます。今振り返る我が身。もっと何かヒネレよ私。（泣）もちろん結果は玉砕です。もし処方されたら昨日の掲示板にでも華々しく書いていることでしょう。リタラーになれた、と。「うーん、南条さんは今の頓服《とんぷく》でどうにかなっているから、リタリンは出せませんねぇ。重度の鬱病《うつびょう》患者さんでどうにもならない人には処方したりしますが…」と言われました。
結果は…予知していたようなものです…。いつか…いつか成人したら、会えるかな！
ソレまで、待っていてね！　リタリン…（涙がキラリ）
沢山の薬が入っているビニール袋を手に提げ、家に帰った午後2時でした。寄り道したかったのですが、何か体調悪くて、家に帰った途端眠っていました。そして昨日スノーボードに行った父は疲れを引きずり、昨日もお店を休業。普段家にいない人がいると落ち着きませんわ。画面がちゃんと映るテレビを占領されてもののけ姫も見られなかったし。（映画館で一度見ていますが…）

さて。今日の私の行動ですが。学校行事のことを書くと身元がばれそうなのでヒ・ミ・ツ★です。学校行事のお陰で手が冷たく、ガチガチにかじかんだことだけをご報告いたします。家に帰ったあとは昨日から外泊のAちゃんと遊ぶのでした。
車で私の家まで迎えに来てと頼んだので、連絡して車がくるのを待ちます。携帯電話を握りしめて、やや眠りかけていました。携帯電話を持っていた手が、何かにつかまれて浮かんでいきました。これは夢か現実か定かではありません。ただ私がそう感じたのです。イヤーン幽体離脱でしょうか～。
電話が鳴ってAちゃんが車で自宅前までやって来てくれました。車に乗り込むと、Aちゃんが「(別冊宝島)おかしいネット社会」の私が載っているページを見せてくれました。感想は…なんか私格好良く書かれてる…うは嬉《うれ》しい…です。
ネットアイドルだなんて、被害妄想が入っていたら誉《ほ》め殺しだと思い込んでしまいますね。(笑)
ところで私の携帯電話はＰＣの近くに置いていて、電話がかかってきたら「ブヂヂヂ」とＰＣが拒否反応を起こしました。私はまたしてもここまで書いてきた日記が消えるかと頭も顔も真っ白になりましたが、急いでＰＣから遠ざかって話をしたら平気でした。
あ、焦《あせ》ったぁ。冷や汗です。

さて話を元に戻して、Aちゃんとはちゃんの自宅で遊びました。スクリーム2とパーフェクトブルーをレンタルビデオ屋で借りてきて、コンビニでジュースを買い、だらだらとスクリーム2を見ていました。
昼食はピザを頼んで。
お喋《しゃべ》りに夢中になってスクリーム2は登場人物がわけ分からなくなりました。はい。そのうち私はねこぢるを読み出すし、Aちゃんはすやすや眠り出すし、スクリーム2には可愛《かわい》そうなことをしました。(泣笑) 起きたAちゃんの第一声が「犯人誰だった?」ですもの。(笑) 私は「○○っていう人〜だったっぽい」ですし。
パーフェクトブルーは私のお薦め作品だったので二人して一生懸命観ていました。
「スクリーム2より面白い」とAちゃんの声。あんたスクリーム2観ていなかったがな! (笑) 主人公の女の子に「分裂病だ分裂病だメージャー飲ませなきゃダメだよぉ〜めじゃぁ〜」と一生懸命声を掛けていたお茶目なAちゃんです。夕食は「肉丼《にくどん》」というダイレクトな名前の店屋物をご馳走《ちそう》になって帰ってきました。
私が「明日は渋谷で明後日《あさつて》は自宅で明々後日《しあさつて》はどうする?」などと外泊中の予定をどんどん勝手に立てていたら「少し休みを入れようよ…」とAちゃんに呆《あき》れられました。
は、はい、その通りです。(汗) もうすぐ退院ですからそんなに焦ることもありません。私は焦り女です。
さて、私はもうソロソロ、今朝落として無くなった目覚まし時計の電池でも探す旅に出ます…。(涙)

●1月24日(日) 自傷防止装置

私の家では今大変なことが起こっています。しずしずと大変なことが起こっています。
私は、ディズニーランドの一日パスポート券が当たったというお知らせ兼引換券でもある葉書をなくしました。二枚当たっていて、一枚は交換済みなのですが、無いのです。もう一枚の葉書が。紛失というヤツです。私はよく物を無くすのですが、頑張って探せば大抵見つかります。でも、この葉書は昨日の夜ネットの回線を切ってからそこら中をひっくり返して探していますが見つけることが出来ません。
本当に、言葉の通りそこら中をひっくり返しているんですよ。本の中も机の下もタンスの中も引っかき回して。でも見つかりません。目の前が真っ暗になっています。リミットは2月10日。ソレまでに引き替えないと無効となってしまいます。5200円が泡となって消えます。必死に探しています。見つかりません。昨日は諦《あきら》めて眠りました。この日記を書き終わったらまた探すことでしょう。

昨日はブロムの粉と何か(忘れた)を飲んで眠りにつこ

うと頑張りましたが物を無くしているせいか落ち着かず、なかなか眠りにつくことが出来ませんで、結局デパス2㎎に入眠を手伝ってもらいました。(泣) Aちゃんとの待ち合わせの時間に間に合うように目覚まし時計は10時半に掛けておいたのですが、9時半に目が覚めてそれから眠れませんでした。久々の早朝覚醒《かくせい》です。
台所でストーブを付けて、ゆっくりゆっくり支度をしながら時間を引き延ばしていました。ところでウチのアパートの風呂はシャワーから漏水していて大変なことになっています。昨晩湯船に入れておいたシャワー。今朝お風呂を覗《のぞ》けば湯船あふれて入浴剤もキレイに流され、透き通った水になっていました…。こりゃぁ大変だということで、「父さん、風呂が、風呂がぁぁぁ」という書き置きを残して家を出ました。

渋谷には30分も早く到着してしまい、雨と風で凍えていました。それにしても今日のバスの運転手さんは怖かったです。一番前の運転手さんの後ろの席に座っていたのですが、「ちっ」とか「ったっく(怒)」とか「畜生…」とか言いながら運転しているんですよ。クラクションも鳴らしまくっていますし。こんな短気な人が運転手でいいのか、東急バスさん…。
待ち合わせの時間までの30分、私が何をしていたかというと友人の家に電話を掛けてお喋りの相手をしてもらっていました。
どんなにテレカが減っても私には怖くナイのよーん（笑）ほっほっほ。
Aちゃんが来そうな時間になって、屋根のあるところで立って待っていたら、「わっ!!」と驚かして私を振り向かせたAちゃんが現れました。…多少、心の準備はしてあったんです。驚かされるかな、と。だから、無言で振り向きました。「ぎゃっ」なんて驚いたら恥ずかしいじゃないですか。周囲の人に。それにAちゃんの目論見《もくろみ》通りになって悔しい…。（笑）
二人はチョボチョボとお買い物に出掛けました。雨で寒いのを必死に我慢しながら目的のお店に着くと、Aちゃんは私に「自傷防止装置」を買ってくれました。プレゼントだそうです。ぎゃっひー。手首にはめるリングです。手首を切りたくなったら、自傷行為をしたくなったらこれを見て思いとどまってね、というAちゃんの優しい大人の真心の品です。しかしこれが家に到着したあと私に泡を吹かせるほど大変な事態を引き起こします。
先に言ってしまうと、着替えたらその手首の腕輪が、無い。「へひっ？」と青ざめて腕輪を探す私。服の中を探してもそこら辺に落ちていないか探しても、ありません。「あは、ウソでしょう、ねぇ。冗談やめてよ…」と真っ白になりながら探しても無いので、口の中が泡泡してきました。本当に。茫然《ぼうぜん》自失になりました。Aちゃんの真心を無くすなんて。なんて私はバカでどうしようもないんだろう。…しばらく放心しつつ、鞄《かばん》の中をふと見たら発見しました。もう脳味噌《のうみそ》ぐらぐら煮立つようなわけの分からない状態で、私は腕輪を手首に付けると止めるところをセロテープで留めました。頑張って外さないと外れないように。
そして台所に走ってアクエリアスを引っ捕らえてメイラックスを2㎎、胃に放り込みました。
…今でも心臓がドキドキしています。見つからなかったら分裂しちゃっていたかも知れません。私の物を無くす、そそっかしいところを取り去る方法はありませんか。ほんとにもう。(涙)

Aちゃんとマクドナルドでお食事です。Aちゃんは「6ヶ月ぶりのマクドナルドだよ」と言っていました。早く退院できるといいですねぇ。っていうか今回の外泊のあと、退院はもう決定しています。そしてAちゃんの家に私が入り浸ることも…(笑)二人はコーラで食後薬を飲むという肝臓泣かせのオナゴどもです。
食事のあとはカラオケで4時間フィーバーしました。ありがとう様々なお薬タチ。(笑)私は高音の声でAちゃんの歌う歌にまでマイク割り込んでいたとも言います。喉《のど》ががらがら頭ガンガン身体《からだ》ヘロヘロになっていました。最後までマイクを離さない私からAちゃんはマイクを奪い取って会計に行きました。夕食を食べようか…ということになって素敵なレストランに行きました。安いところです。
未成年の飲酒。いけませんいけません。知ったこっちゃ無いですけど。(笑)
食事の途中にHさんから電話がかかってきました。内容は…
父がHさんに対して大変怒っていて不機嫌（原因は不明）なので、これ以上悪化させないために、私は絶対に門限までに帰ってきてね、というコトでした。
あぁ…またしても父の噴火です。なーにに怒っているんだか、よくあることなんですけど、毎回気が重くなります。父の噴火情報により私の気持ちはズブズブと地中に沈んでいくカンジでした。Aちゃんは慰めてくれました。ありがとうです。お酒で顔が赤くなった私の酔いさましに最後に喫茶店に行ってホットミルクを飲んでいましたが、家に帰るのに気が重くてウガァフガァうなっていた私です。
しかし家に帰ると父もHさんも家にいません。もめているとばかり思っていましたが…お店に帰ったと電話すると、問題は解決したそうです。ワーイばんざーい嬉しいよ〜と思いきやその後腕輪を無くして泡を吹く間抜けな私でした。
…問題はまだ解決していません。ディズニーランドの葉

書…がくっ…。(泣)
明日も面倒臭いけど学校行くぞーーー！　オーーー！
そして眠るぞーー！　オーーー！

●1月25日（月）　父こそ本物の○○○○○○○…？
昨晩はメレリル25mg、デパス2mg、リスミー4mg、ハルシオン1錠を飲んで10時頃に眠りました。
何だか短期作用型のデパスが大変私には快眠につながり、デパス同好会に入りたい気持ちになります。メンタル友達の中に沢山のデパスを愛する人達がいるのも理解できます。
しかしメレリルが長く効きすぎたのかどうかは定かではありませんが、目覚ましのスイッチを切って、起きてみたら7時半。
うげぇぇ。急いで支度しないと間に合わない。走らないと絶対に遅刻。キェェということで台所で朝御飯を食べる暇もなく家を飛び出しました。しかしヨーグルトだけは食べていたりして。(笑)
コンビニに月曜発売のフロムAが沢山積み上げられているのが見えます。買っていきたいけど暇がありません。
外はとても寒いです。持ってきたホッカイロも手じゃなくって足先にあてたいんだよぉ、でもそんなこと恥ずかしくって駅で出来るかってなもんでかじかんでいました。
そんな今日のような日に限って、ババシャツは洗濯に出して着られないしセーターはクリーニングに出すのをついつい、2ヶ月ほど忘れて（忘れすぎ）着ていないので学校に着く頃には半分凍っていました。
1時間目のHRは眠って過ごし、半解凍したまま2、3時間目の世紀末についての授業に出ました。私はこの教科を選択したのはただ単に眠っていても手紙を書いていても怒らない先生だからという理由で、今日もグウスカすぴょろろ眠るか、と思っていたのですが寒くて寒くて眠ることが出来ませんでした。ただタオルを敷いた机に上半身をもたせかけて、がたがた震えていました。何の為《ため》に学校に来ているのかさっぱり分かりません。
授業が終わり、一緒に帰る友達に「おかしいネット社会」の私が載っている部分を見せました。ホレホレ、どう？　というカンジで。
「わーすごいね。っていうかコイツのどこが普通に見えるんだ？」と私を見ながら感想を言っていました。静脈切断や瀉血《しやけつ》の話になると「読んでると痛いからもうイイ」と言って1ページ半くらいで読むのをやめてしまったのが残念でした。
でも彼女にしてはよく読んでくれた方です。ハイ。
帰りは本屋に寄って何か面白そうな漫画はないかと探しましたがありません。ま、お小遣いを無駄にしないので良いことでもありますけど。しかし今日のように寒くて、こんなに一生懸命になって「家に帰った」のは初めてです。雪の日だってこんなに頑張ったことはありません。
ホッカイロも役立たず。手が温まって何になる。という
心境になりました。
家に帰ってストーブをつけてホットカーペットで温めた
布団《ふとん》に潜り込むと、完全解凍しました私。

しかし久々にやってきたある出来事で、再び寒空に放置
されるより遥《はる》かに固く凍らせられました。
そのある出来事とは。アングリーパパン。
普通に起きて普通の機嫌だと思ったら、いきなり怒りだ
したのです。
「もうバイトやる気なんて無いんだろう！」と怒ってド
ライヤーを手にしています。ドライヤー終了後に更に痛
い言葉が。
「今学期の学校の月謝は払ってねぇからな」だ、そうで
す。
その後、命かけて育ててきただの、私にとっては謎《なぞ》の言
葉を発する「キカイ」と化していた父です。
ドーシテ、月謝をわざと払わないの？　私は卒業させて
欲しいってあんなに言ったじゃない。ウチは貧乏なのは、
分かるけど。
ドーシテ、ウチは貧乏なのに、あなたの入れ墨はまた入
れ始めたの？
入れ墨ってお金かかるって言ってたよね？

ドーシテ、ナンデ、怒ってるの？

…泣きはしませんでしたけれど、しばらく私の部屋の棚が大きく伸び縮みして、天井がくるくると回り始めたのが見えて、必死に布団の中で笑いをこらえていた私がいました。日記を書くために父の言ったことを思い出そうとすると、頭痛が来ます。
ナニカ、そんなに凄《すご》いことを言われたのでしょうか？
私自身がメモリーにパスワードを付けて保護しているように思えます。
その後、５時頃までふて寝。ふて寝でもしなければやっていられない心境だったのかも知れません。
夕食はドーナッツ。お風呂《ふろ》に入って父が出掛けてしまうのを待ちました。
話したくない。顔を見たくない、です。
漏水していたお風呂の水はガス屋さんが来て直してくれたようです。
父が出掛けた音がして、風呂を上がった私は
「バイトする気あるモン！　あんたと一緒の時を過ごさないで済むバイトがあるなら応募してやる！」
と近所のビデオ屋のバイト募集広告の電話番号に電話しました。18時から１時、男女問わず急募！　と書いてあったのです。
んが。「遅番のバイトは男性だけになってしまうんです

よ、すいません。」と言われました。
あうおえ？　男女問わず急募って書いてあるやんけ…としばらく放心していました。
どういうことだしょ。アウオエ。父に電話してこのことを告げると、「今から焦《あせ》ってバイトすることはない」と言われました。
バイトする気がないのに月謝はどうなるの？
私、ソレが心配の一心で、自分でも少しは払えるかな、と思って応募しようとしたのに。
父の言葉は私を混乱に至らしめるだけです。頭痛もしてきたので、今夜は9時には色々飲んで眠りにつこうと思います。
明日は沢山Aちゃんに慰めてもらう予定です。（勝手に計画）

●1月26日（火）　猫の猛攻

昨晩、私はレキソタン5㎎、エリミン、ハルシオン、ホリゾン、デパス1㎎、リスミー2㎎、ユーロジン4㎎を飲んで眠りました。10時頃でしょうか。起床予定時間は10時だったので、父に目覚ましのスイッチをオンにして机の上に置いておいて下さいなと伝言メッセージを残しておきました。これで私は12時間の快眠が得られるはずだったのですが、致命的なミスがありました。
猫の、餌《えさ》の、タイマーセットを、忘れていた。

朝、8時半。猫が鳴きますうなります。ニャーンニャーン。
「うっせー…」と思いながらも起きてやらない意地の悪い飼い主がここにいます。ニャーンニャーンと鳴きながらあっちをウロウロこっちをウロウロ。更にイエローカードの行動がでてきました。押し入れの上の段に登ってから、私の顔の横に着地。これは怖いし驚きます。髪の毛も踏まれて痛いですし。イエローカードを猫が提示した時点でやっと起きて猫に餌を与えました。
さて、猫のレッドカードとは。
高い棚の上から、私のお腹《なか》の上に着地。5.25kgが天井から降ってきて、みぞおちに着地なんぞされた日には痛くて声も出ません。猫はそんなことをしたら怒られるのが分かっているので着地した瞬間とっとと逃げます。少しでもタイミングが遅れれば、私に尻尾《しっぽ》をつかまれて「起こしてくれてどうもあ・り・が・と・う・!!」のお礼が待っているからです。利口な猫です。
猫に起こされて中途覚醒ですわ。眠れなくなりましたわ。朝御飯代わりのパンを食べて何もすることなく、ウゴウゴしていました。11時近くまでひたすらウゴウゴしていました。メールでも書きたいところですがタイピングの音で父が目覚めて「頭が痛い」などと言い出されたら大変なので何にも出来ません。今日着ていく服は昨日の夜に決めてしまったし、顔も洗って準備万端で…時間だけが余っています。はぁ。
それでも何とか時間まで耐えて渋谷に向かいました。バスでGOです。
バスの中で携帯電話が鳴りました。
だ、誰？　と思ったらAちゃんでした。
「バーちゃんのメシ用意しなくちゃいけなくてさぁ、15分くらい遅れるんだ、ごめん」とのことでした。大分早くに着くように家を出てきたのでハギャーなお知らせでしたが、携帯電話を持っていると大変便利だなぁと痛感した最初の一例です。
モアイの前で鉄パイプに腰掛けながらAちゃんを待っていると、後ろから「ワぁッ!!」と驚かしてきたAちゃん。
…昨日に引き続き今日もアンタこの手で来るか…と少々あ・き・れ・ま・し・た（笑）私は内心驚きました。外見は驚いていません。
「ねぇ、驚いたでしょ、驚いたでしょ」とAちゃんは私に言ってきます。「あー驚いた驚いた」と私は答えました。(笑)
Aちゃんは私の貸したねこぢるの本を三冊持ってきて面白かったと返却してくれました。Aちゃんはインドにも行ったことがあるので「インドの話面白かった。でもアレよりもっと不潔だよ」と教えてくれました。い、インド、行きたいけど不潔は怖い…。
まず最初にお昼ご飯をテイクアウトの出来るところで買

いました。そしてカラオケへ…泥沼のような4時間。歌い、踊り狂う二人。叫びがなる二人。4時間が過ぎたあとには精根尽き果てた婦女子の魂の抜け殻がソコに転がっていました。踊り狂ったAちゃんは筋肉が痛い痛いと言って泣いていました。
「ゆ、夕食、食べよおか…」「う、うん…」とどちらからともなく言いだして適当に入ったお店での食事は美味《おい》しかったです。
そこではもちろんAちゃんと雑談するのですが、端から聞いている分には大変おもしろおかしい病院内のお話を聞かせてもらいました。
私が退院したあとに入院してきた、分裂病で、躁《そう》の人と病名不詳の人が、通常の5倍くらいの大声でホールで喋《しゃべ》っており、大変うるさいそうです。更に会話の内容も分裂しているらしく、「1999年の春に、テポドンが西日本を襲うんです！」とか「私は、14年前に精神分裂病という病名を診断さ・れ・ま・し・た・!!」と大声で喋っているそうです。
そしてこの仲良しなんだかよく分からない二人はテレビのチャンネル争いもします。片方は国会中継、片方は相撲の最初から最後までを見たがるそうです。「○○さん、国会中継見ましょう!!」と通常の5倍の声で争っているそうです。Aちゃんはソレがうるさくてホールにもあまりでないそうです。もうすぐ退院なんだからがんばりな…と慰めました。
そして続報。拒食症のSさんは、退院したと思ったらまた戻ってきて、お腹が痛くて食事が食べられなくなり、また点滴を開始したそうです。あれあれまぁまぁ。
以前のようにわけが分からなくなってヒョーヒョー泣き出したりすることはなくなったそうなのですが、いきなりバタン！　と倒れてしまうことがあるそうです。うーん、大変ですなぁ。他にも拒食症の女の子が2人いるそうなのですが、Sさんとあわせてン。(笑)
Aちゃんはもうすぐ6ヶ月の入院になりますが、部屋では一番入院期間が短いそうです。恐るべし、同室の方々。
「もぉもぉもぉ退院したいんだよーーーあーーーー」とAちゃんはうなっています。
6ヶ月近くも入院していられる家庭の経済状況が羨《うらや》ましかったりする私です…。私は2ヶ月強の入院で学費が吹っ飛びましたから。ハイ。でもまぁ、学費吹っ飛んで良かったかな、とも思います。何故《なぜ》って、私は勉強大嫌いだから。(笑)
明日は学校の帰りにまた渋谷で遊びます。気合いを込めて沢山の行列の出来ているリング2と死国を見に行ってきます。本当に、気合いを込めないと見られません。
また、魂の抜け殻になるのでしょうか…。
私が乗るバスが来るまで一緒に並んでお喋りに付き合ってくれたAちゃんなのですが、私が「NO STEPBUS」

を「ノンストップバスだってーアハハハハハ～」と笑っていたら「バスがノンストップでどうするの！」とつっこみを入れてくれました。Aちゃんがいなかったら私は本当にノンステップバスをノンストップバスだと思い続けていたことと思われます。リング2と死国を見たら、絶対に私はプログラムを購入します。そして踊る大捜査線の小泉今日子に影響されたようにまた何かしら影響されるだろうというのがAちゃんの予想です。当たりそうで、イヤです。(笑)

●1月27日（水）　真っ暗モードになったワケ

今日は。朝から最悪デー。電車の中で、痴漢に遭いました。
いくら私がお尻《しり》を引っ込めても、手がお尻にくっついてくるのです。余りにしつこいので鞄《かばん》を後ろに回したらその鞄の隙間《すきま》に手を。
…「痴漢でーす!!」と叫びたいところですが、世の中の人間そうそう優しい人が乗り合わせているわけじゃない。しかも今は出勤ラッシュであり、みんな急いでいるのです。だーれも、助けてくれなさそな。
この怒りをどこへ持っていけばいいの！　ふんぎゃーー！
ということで電車を降り際《ぎわ》に三回、思い切りそいつの足を蹴《け》っ飛ばしておきました。ガスガスガスッと。痴漢は私と同世代の学生、丸刈りでした。彼女作れ！　ったく。
それでも怒りはおさまりません。学校に到着しても私は真っ暗モードに入ってユーランふーらんしていました。
食後薬のついでにレキソタン５㎎とホリゾンを飲みました。これで落ち着いた。というか落ち着かなければなりません。
カッターが…カッターが視界に入って…「ザックリすっぱりといきたいっすねぇ、監督(謎)」状態でドナドナが私の頭の中を駆け巡っていました。しかし、ザックリすっぱりやったら、Ａちゃんに申し訳ない。私の日記を読んで心配して下さっている方々に申し訳ない。
ホリゾンとレキソタンは効いているのよぉぉ！　と言い聞かせて、寝逃げ。(笑)
それにしても、どうして学校は寒いのでしょう。足先が凍ったようになっていました。因《ちな》みに私の上履きには「園村」と名前が書いてあります。もちろん本名じゃありません。「あやさん何で園村なの？」とクラスメイトに聞かれますが「フフノフ～」と質問から逃げています。
私の正確な解答は学校での面倒臭い行事、勉強は「園村」に任せてあるつもりなのです。ひゃっひゃっひゃ。
他にも「ユキコ」ちゃんや「瞭子《りようこ》」さん、「忍」がいますけど最近はお世話になっていませんね。
寒いためにツマラナイ授業でも眠ることが出来ません。
がたがたと震えるのみです。暖房入っていますけど、全然駄目です。眠るために学校に来ているというのに…(笑) それでも何とか授業を終えて、Ａちゃんとの約束にＧＯです。
今回だけは私の向いている方向が悪かったのか、Ａちゃんは「わっ!!」などと驚かしてきませんでした。ヨイコヨイコ。今日の予定は「リング２」と「死国」を観《み》る予定です。
取り敢《あ》えずお昼ご飯代わりに吉野家に突撃！　並二つ。もさもさと食べる女子高生と美女。浮いています浮いています。(笑) 食べ終わって、映画の上映時間を見たら大分時間が余りそうなので喫茶店に入ることにしました。私はミルクセーキを、Ａちゃんは「アップルティーが飲みたーい」と言いながらリンゴジュースを飲んでいました。(笑)
喫茶店での会話はひたすらに「病院へ戻りたくないよーー」というＡちゃんのお喋りでした。とにかくホールがうるさいんだそうです。分裂病で躁状態の人は手が付けられないそうです。
更に保護室では「ここから出して下さい」と何度も何度も言い続けるおじさん、足の臭いおばさん、様々な人がいらっしゃるようです。あーこんなコトを言うとＡちゃんに叱《しか》られそうですが、その現場に行ってみたい…つまりは入院してみたい…と思ってしまう私でした。しかしＡちゃんのように６ヶ月近くいると、生き地獄だそうで。

複雑です。
私が入院していたころは、ヒョーヒョー泣くSさんくらいしか困った人はいませんでした。つまり、大変心地の良い環境だったようです。あ、でも入院日記の最後の方に書いてあるのですが、一個年上の馬好きだから「馬場」と仮称を付けた分裂病の男は大変いけ好かないヤローでありました。今でもダイッキライです。人の読んでいる雑誌を横取りしてぽいっと投げちゃう。年上だから先輩だと言い張る。私がいとこの「まーちゃん」という人に似ているらしくしつこく「まーちゃん」と呼ぶ。足で私をつつく。(←これが最低)
主治医のO先生は「入院したばかりで今はあんな状態だけど、薬が効いてくればおとなしくなるから」と私に説明しました。
しかしぃ！
Aちゃん情報によると今でも病棟内をせわしなく徘徊《はいかい》して、時々「わぁ！」と叫んでいるそうです。…O先生の嘘《うそ》つき…。しかしこの馬場のお陰で退院したいという気持ちが湧《わ》いてきました。
でもお礼なんか死んでも言わないもんねー!!　ダイッキライじゃ。
余談をすると、コイツはNさんという分裂病の30歳の細くて美しい女性にストレート顔面パンチを4発加えたそうですよ。私の退院後の話なんですが。理由は…Nさんも悪いところが見受けられるのですが…馬場の見ていた競馬中継のチャンネルを変えようとして馬場に襲いかかったそうで、反撃した馬場が顔面ストレートパンチ４発…。Ｎさんは顔に痣痣《あざあざ》。いかなる理由においても男性が女性にグーで殴りかかるなんて最低です。たとえ分裂病でも私は認めません。はい。というわけで退院後も更に馬場が嫌いになった私でした。

リング２と死国は。私の感性から言わせてもらうと。
死国はつまんなーい。へー。そういうこと。だから何？的なラストでした。
そしてリング２ですが。リングの方が怖いです。それにらせんの続きだと思ってみると混乱します。あくまでも、「リング」の続きです。
松嶋《まつしま》菜々子は生きているし、真田広之《さなだひろゆき》は死んだままで、中谷美紀は貞子に乗っ取られていません。高野舞の役柄としてきちんと登場です。プログラムを買おうと思っていましたけど、やめました。観たい人はビデオが出るのを待つように。ワタクシからの忠告です。しかしＡちゃんは怖かったーと感想を漏らしていました。私は怖いという感覚が麻痺《まひ》しているのかも知れません。
だってー、静脈から血がぴゅわーぁぴゅわぁ出ているの見ちゃってるしー、これが血管かな？　ツンツン。あ、血管だぁ。脂肪の層って本当にトウモロコシみたい〜な

状況を目《ま》の当たりにしていますから。自慢できませんけど。(笑)
只今《ただいま》Aちゃんから電話がかかってきました。エヴァが好きなのでいつも電話を取るときは私がアニメのキャラになって電話を取ります。お茶目なAちゃんはそんな私に付き合ってくれます。Aちゃんはミサトさんを静かにしたようなカンジなんだと主張しています。
「やめてよー書かないでよーー」と電話口で叫んでいます。そして「もぉ…」とため息。
Aちゃんは明日収監なので本当に本当に落ち込んでいます。
がんばってAちゃん。退院の道は近い。一緒に豊島園《としまえん》へ行こう!

●1月30日(土)　体内時計修理中

「おいっ」と、私の身体《からだ》を揺さぶる誰か。「う?」と答える私。「薬飲みすぎてるんじゃねーか」との声。父です。「薬飲んでないよー」(ウソ・リスミー4mg、デパス2mg、メレリル25mg、レキソタン5mg、ホリゾン5mg、飲んでました。)と私は答えました。薬飲んでいると答えたら、取り上げられそうで、イヤ。ヒルナミンなんかは自殺できそうなくらい貯《た》まってますから。それにしてもヒルナミン25mgを考えた人って誰でしょうネェ。否《いな》、作った人か。あんなの軽く100錠は飲めますよ。粒が小さいから。

そして放っておけば心停止で死んでしまいますよ。考えれば考えるほどスゴカ薬ですたい。
さて、私を起こす声の正体が父だと分かった時点で、金曜日の医者から帰ってきた時点で「ちょっとの間、眠ろう」と思ってオリジナル処方で眠ったことを思い出しました。
…家に父がいる。
…ああああああああああかね様に日記メール送るの忘れたぁぁ！
しかも予告無しにーーー！　とフンがーと思いました。
父が「今何時だと思う」と言うので、お店から帰ってきたんだろうから夜中の１時くらいかな…と思って「１時くらい？」と言ったら。
「７時半だよ。朝の」
！！！！！！！？？？？？？　アゲヒ？　うぴ。
７時半！　こんな時間まで眠っていたの!?　ウソだわ信じられないなんて私！
と思いながらも、あーまだ眠い。もうちょっと眠ろう。父さん怒るかも知れないけど…と思って再び布団《ふとん》に身を沈めてみたら、何かが心に引っかかりました。
…今日は土曜日…土曜日…。７時半…。学校じゃん！
アギャーーーーーとしたくを開始する私に向かって父の酷《ひど》い言葉。
「あ、７時半じゃなくて40分だ」

ウグオオオオオオオオオオ。朝の10分は昼間の１時間なのよアンタ！
ってなワケで猛スピードで支度しました。半泣きでしたね。30分ならもう少し余裕が持てましたけど40分じゃ…。
しかし何でこんなにも、12時間以上眠ってしまったのかは謎《なぞ》です。
日記の更新を楽しみにしていて下さった皆様、申し訳ありません。二晩続けて更新しないなんて自己嫌悪《けんお》ー私サイテー。あうあう（泣）と、いうわけで、昨日の医者の診察時のお話まで時をさかのぼって、日記に書かさせていただきます。

昨日は10時半に目覚ましを掛けておきました。この時間に起きれば、余裕を持って医者に向かうことが出来ます。
でも起きたのは何故か11時過ぎ…私の知らない誰かが目覚ましをオフにし・ちゃ・っ・た★（爆）
この時点で、次の予約は遅い時間にしてもらおうと心に決めながら支度をしていました。家を出て、バスに乗り込みます。このバスがやっかいなもので、早いときは30分ほどで渋谷に着いてしまいますが遅いときは50分くらいでやっと渋谷に着きます。私はいつもこの時間の曖昧《あいまい》さに翻弄《ほんろう》されて友人との待ち合わせに早く到着しすぎて時間が余って寒いよぉぉと友人に電話をしていたりします。

今日は30分で着いてくれ…と祈りを込めながら、イスに座って…眠っていました。（爆）バスが渋谷に到着して、携帯電話を見ました。腕時計が壊れていて、私に時間を教えてくれるものは電話しかありません。

12：29

あ、29分か、大丈夫だ。と一瞬考えました。あ…？ 29分って…予約は30分じゃぁぁぁダメやんけぇぇぇと蒼白《そうはく》になりました。何か時間の感覚が狂っていたようです。

走って電車に飛び乗って走ってクリニックに着きました。エレベーターなんて使っていられません。三階までの階段を一段抜かしで駆け登って受付のお姉さんに予約表を渡しました。もちろんもう30分は過ぎています。おそるおそる、M先生の部屋を覗《のぞ》くと、M先生は「あ、南条さん、どうぞ」と声をかけて下さってホッとしました。まぁ患者が遅刻して激怒するような先生だったら私も通いませんし信頼しませんけどね…。

「遅れてすいません」と謝って席について、診察が始まりました。またしても最近は落ち着いていることなどを伝えました。私とアナフラ、ランドセンの相性は良いみたいです。…勝手に一気に２回分飲んじゃったりしていますが…（笑）一日しっかり三食食べていないし食べる気力もないので２回分薬を飲んじゃったりします。

この頃は先生との雑談の中に笑いも混じるようになりました。初診時からは考えられない進歩です。初診時の私は大変暗く、体力もなく、気力もなく、先生からの質問にも「はぁ」とか「そうです」とか「ソレは違います」とかしか言わない消極的な患者でしたから。今では私の方から言葉を発したり出来るようになりました。進歩です。
そして、処方箋《しよほうせん》が変わることになりました。ほんの少し。
きっかけは、先々週、薬が足りなくて父の物をもらって飲んでいたというウソから派生した話題からで、「お父さんのお薬でしっかり眠れましたか？」「眠りにくかったけど、まぁなんとか…」「では全然眠れなかったというわけではないんですね？」との会話が続き…「就眠時のお薬が多いですから…何か削れるものはありませんか？」ときたもんだ！
私もそういつまでも薬に頼っていては…という考えはあれどもでもやっぱりお薬ラブなので、「リスミーを削ってもらって、デパスを一日２㎎にして欲しいです」と答えました。タダでは転んで起きない南条あや。
そして作戦は成功しました。デパス就眠時に２㎎化！
もちろんデパスは通常時の時にも流用する予定ですけどね…ホホホホ…。
次回の診察、２回分、金曜日ですが、12時半の予約を４時に変更していただきました。
これなら、遅刻せずに診察に行けるはずです。

んで。会計時に、1000円ほど得をしました。先生が１月６日に、父は処方箋だけなのにカウンセリングにもチェックをつけてしまって、1640円になっていたのですが、ソレを訂正して精算。1050円、私の懐《ふところ》に舞い戻ってきました。
わーい。戻るべき懐は…本当は父なんですけどね（笑）
薬局に行ったら気分が悪くなりました。何故《なぜ》？　わかりません。取り敢えず他にお客さんもいなかったので躊《ちゅう》躇《ちょ》無く長椅子に横になりました。薬の用意が出来て「南条さん」と呼ばれて、フラフラしながら薬を受け取ったら「大丈夫ですか？」と薬剤師の方に声を掛けていただいて、「う…ちょっと気分悪いです…」と答えたら「じゃあそこでよろしければ横になって休んでいらして下さい」とおっしゃったので遠慮なくゴロリ。
どうして気持ち悪くなるんでしょう…謎です…いつまでも横になっているわけには参りませんので10分ほどで薬局を出ましたが、フーラフラ。これは、次回の診察時に話した方が良いのでしょうか…？
そして私は家に帰って眠っていたら朝の７時40分だった、というわけです。さて、学校でのお話に時を進めましょう。
遅刻かな？　遅刻だよな？　と半泣きで家を出発しましたが到着してみたらまだ３人しかクラスに来ていません。…空回りの焦《あせ》りでした。朝のお薬は勿論《もちろん》飲み忘れていますし。(泣) 1時間目の漢字検定に向けての勉強という講習は眠って過ごしました。だってー、ワタシってー、もう2級持ってるしぃー、やってらんないってカンジぃ？　です。寒いし。先生に起こされましたけど眠っていました。
2、3時間目が楽しみでした。音楽の講習で、生徒が持ってきたCDをかけてくれるので、CoccoのCDを持って来たのですが。忌引きで担当の音楽の先生休み。CDかからない。死。
中学時代からの友達と、最近仲良くなった女の子とストーブの前でお喋《しゃべ》りをしていました。最近仲良くなった女の子、日記に書いたかどうか忘れてしまいましたが、軽い不安神経症らしくて、レスミットとコンスタンを内科で処方されて持っています。急に気持ちが悪くなったりするそうです。あと、最近は頭痛などもおこるらしく、私に「心を診てもらえる精神科とかに行った方が良いのかなぁ？　そういうのはやっぱりお父さんに言ってから行った方が良いのかなぁ？」と相談を持ちかけられました。
私は両方ともイエスと答えておきました。彼女もお父さんの理解が無くて苦しんでいるようです。頭痛は試験前だからだ。お前は神経質になりすぎだ。などと言われるそうです。かわいそうです。どうしてこう父親に理解がないのでしょう。私にも母がいたら薬に頼る生活を送っていなかったのでしょうか？
３時間目の点呼をとりに先生がやってきました。先生は「私はもうここには来ません。帰って良いとは言いませんが…」と言ってそれとない、「帰っても良い」というメッセージを残して職員室に帰ってしまいました。
…帰るしかないでしょう。こう言われたら。ということで帰って自宅でまた眠りにつきました。
お昼に眠いんですよー。M先生リタリン出してー（まだ諦《あきら》めていない）。
さて、今日は土曜日の夜ですからモダフィニールでも飲んでネットに精を出しますか。

●１月31日（日） ふわふわふるる。

昨晩は、１時頃にヒルナミンを50mg飲んで眠ったんですね。そして12時間後の午後１時頃に、携帯電話に電話がかかってきて、私があんまりにも眠そうなので、一時間後に電話するということで電話は切られました。
私はその一時間の間、目が覚めるように起きあがって、近所のコンビニに買い物に行って、ご飯を食べて電話を待ちました。
電話では30分ほど話して、切りました。そして私はまた、布団《ふとん》に潜り込んでしまったのです。
…６時に目が覚めました。父が呆《あき》れて私を見ています。私はもうそんなことはどうでも良くて、眠いです。このメールも、結構気力を振り絞って書いています。
まさに今日は眠って起きて食って眠る…という言葉を体現しています。
ここまで書いて、もう限界です。これ以上書くことが無く、果てしなく眠いです。
最後に何か言い残すとしたら…
ヒルナミンは25mgにして、おこう…（ガクッ）。

●2月1日（月）　パジャマでお出かけ

1月31日。その日はヒルナミン50mgによってひたすら眠りの世界に誘われ、抜け出そうともがき、でも結局底なし沼にはまるように眠りの世界に溺《おぼ》れ殆《ほとん》ど一日中眠っていました。
午後11時10分。何とか目が覚めた私はモカを2錠飲んでヒルナミンを相殺《そうさい》しようと頑張ります。ネットにつなげて掲示板を徘徊《はいかい》したり…。モカは効いているのか効いていないのかさっぱり分からず。何となくまだ脳味噌《のうみそ》が眠い状態が続いていました。日付が変わって1日。ようやく人語を解する程度までにだるい状態は取り去られ、ネットの世界に沈殿していました…。
ヤフージャパンにて。ページャーなる物を何となくインストールしてみたりしました。…使い方がよく分かりません。風のうわさに聞くとコレを使用してチャットのようなことが出来るそうですが…わ・か・ら・な・い・

(泣) 取り敢《あ》えず使用法を尋ねるメールを友達に出して、4時15分、また眠りにつきました。
昨日は一日中眠っていたようなものですから。当然早く目が覚めました。10時半です。ＰＣを立ち上げてメールでも書きたいところですが、タイピングの音で父を目覚めさせるとあとが大変なのででっきましぇん。他にも行動の選択肢はいくつかあります。が。私がもそごそしているだけで、なんだかんだ、結局父は目覚めてしまうのです。アパート、非常に狭いですから。部屋の仕切り、カーテンだし。(泣)
だから、出掛けてみました。お外へ。
パジャマの上にロングコートを羽織って靴下を履いただけの飛んでもない格好で。携帯の電源をつけると、Ａちゃんからメッセージが二件入っていました。もうすぐ退院なので興奮している様子です。郵便局へとぼとぼ歩いて、通帳記入をしました。
残高は…一体どうなるんだろう、私の人生。ってカンジです。
何だか卒業すれば私は社会人になるらしく（伝聞形がミソ・死)、月のお小遣いという物がなくなるらしいのです。父によれば。
私にしてみれば「き、聞いてないっすよ！　そんな話！」なんですけど…
どうやって私、生きて行くんでしょぅ…父の店を手伝って、その収入だけで遊ぶ金、携帯電話料金、その他諸々《もろもろ》を切り盛りして行かなくてはならないようで、…大人になるって大変…と今更ながら思う冬の空…。
書いていて不安になってきちゃったんでホリゾン10㎎とレキソタン10㎎飲んだり…（こういう不安に対して有効なのか不明・笑）
Aちゃんからの伝言によると、11時に電話を掛けてくると言うので、家には帰らず近所の公園でボーっとしながら11時を待ちました。家で話すと父を起こさないように、内容を聞かれないように、と色々気を遣うから近所の公園です。ブランコぶらぶら～…はいい年なのでやめました。ベンチに座ってボー。横では老人達がゲートボールをやっています。滅茶苦茶《めちゃくちゃ》に乱打しているようでいて、一応順番みたいなものがあるようです。謎老人達。
老人達から目を外して地面を見ると、地面が波打っていました。困っちゃうな。あーしかし楽しいな…（笑）最近処方通りにお薬を飲んでいないからこんなコトになっているのかしら…と考えていたらAちゃんから電話がかかってきました。院外外出三時間が許されていて、外の電話からかけてきてくれて、テレカが切れるまで話しました。
退院おめでとう。退院したら、沢山遊ぼうね、と。
公園を去るとき、妄想が私の頭の中を駆け巡ります。
Dear 老人達。私が恐怖の大魔王だ。呑気《のんき》にゲートボールやっていられるのも今のうちだよ。うふふふ。…と。メジャー飲んでおけ。メジャー。(汗) というわけで現在ＰＺＣ３錠とメレリル25mgと何故かプロザックとチロシンなどをゴボガボ飲みました。眠らないようにモカも一錠…。

近所の公園を出た後は、とっておきテレカ (笑) で友人に電話を掛けまくっていました。１時くらいにならないと父は起きません。父が寝ている家に帰っても何もすることがないのです。出来ないのです。友人ととっておきテレカが切れるまでお喋《しゃべ》りして、友人２と10分ほどお喋りしていました。

友人２は今日、試験の日だそうです。割とのほほんとして、諦めモードに入ってだらだらとお喋りしました。

その次はネット友達…留守のようです…。次は、いとこ…留守のようです…あかね様に電話して打ち合わせに付いてきて…お姉さまコールしました。付いてきていただけるそうでホッと一安心。一人は怖いのです…ふががが。

電話のあとに、コンビニによってジャンプを立ち読みしました。私の好きな冨《と》樫《がし》義《よし》博《ひろ》の「ＨＵＮＴＥＲ×ＨＵＮＴＥＲ」、載っていません。…セーラームーン描いていた人と結婚して休養期間に入っているようです。

家に帰ってパンを食べて、お昼から日記を書いている次第です。ただちょっとお薬飲み過ぎですわ。さっきと併せてメレリル100mg飲んでしまいました。てへっ。

幻聴幻覚大歓迎。またしばらくしたら、日記書き続けましょう。はい。

…薬を飲んでからメールをひたすら書いていたのですが何か変です。不安です。息が苦しいです。寝転がっていても何が何やらドーシテいいのか分かりません。やっぱりメレリル100㎎はやばかったのかなぁ。それとも他の薬のせいなのかなぁ。
はぁはぁ。心臓がドキドキいっています。無難にメイラックス２㎎投入です。安定してくれー。わぁぁーーー(泣)

●２月３日（水）　名刺作らなきゃ。
う。あ。やってしまった。…。
２月２日の日記は、ありません。何故かというと。２日の午後８時頃に、「仮眠ちょっとしてからメール書こう。あー布団が暖かい。ぬくぬく」なんて言って眠って起きてみれば朝の８時でした。
…眠剤無しでなんでここまで眠れるんだぁぁぁ…
眠剤があっても眠れなくて悩むときがあるのにどうしてどうしてどうしてイギャーーーー!!　です。
つまるところ、２月２日の日記は書き忘れました。はい。
みなさんどうも申し訳ありませんでした。と、言うよりあかね様のお仕事が忙しくて更新されていなかったので気付かない人も、私がこのように書かなければいるとは思いますが、書いてしまいました。
はっはっは。正直者です。馬鹿《ばか》を見ますか？
あかね様はちょうど、今日（３日）あたり、原稿締切が終わって、ぐったりげんなりなさっていると思うのでみなさんで労《いたわ》りましょう。

２月２日を振り返って日記を書き始めます。
起床、10時半。友達との約束がある。いざ渋谷へいかん。っていうか、私の行動範囲は渋谷くらいしかないんですね。これが。新宿は奇々怪々、池袋？　何それ？　状態です。ソレはともかく、大分早めに渋谷に到着してしまったので友人に電話して時間を潰《つぶ》していました。二人の友人が私の会話に付き合ってくれました。ダラダラと下らないことを話して、笑って、こんな風に電話をするのも高校生活が終わったらなくなっちゃうのかな、なんてセンチメンタルな気分に浸ったりはしてませんよ！
深く狭くが私の友人関係ですから。(理由になっていないような…)
…友達は約束の時間になっても来ません。遅れるなら、私の携帯電話に電話をくれればいいはずなのですが…。
約束の時間から10分が過ぎて、その友達の携帯に電話すると「ごめん、都合が悪くなった、一時間くらい遅れる…」とおっしゃりました。

…あとから聞けば体調が悪かったとのことで、しょうがない、と思うのですが、それならば、何故待ち合わせの時間、12時に自分から「遅れる」と、私の携帯電話に電話してくれなかったのか、謎《なぞ》でもあり、正直怒ってます。
そして私は渋谷でただ、凍えながら電話で友達と電話をして時間を潰し、渋谷の風を浴びて帰りました。
…バス代、父の汗水420円が泡になって消えました。
ま、その事はもうイイのです。2月は楽しいこと盛り沢山なので。
因《ちな》みに父は「黄色い薬がない、黄色い薬が…」とピーピー言っています。黄色い薬とはエバミールのことです。錠剤は白いのですが、包装が黄色いので「黄色い薬」と父は呼んでいます。レンドルミンを覚えられるならエバミールを覚えてもいいのに…。えーと、「ほかの薬も試してみる？」と言ってメジャーのメレリル25㎎錠を一錠あげたのですが、ある日「飲んだ？」と聞くと「無くした」とのこと。…無くし物が得意な親子です。

渋谷から帰って、メールを書いたりグータラしていました。
父は家にいる私を見て、「あれ？　遊ぶんじゃなかったのか？」と言いました。
「相手の子が都合悪くなっちゃったんだってサー」と答えました。フト気付くと、部屋の何かが違います。

何が変わったんだろう…と思ったらタンスが本収納ケースの上にのっかって、
模様替えしているーーー！　です。びっくらこきました。
いつやったのか、全然分かりませんでした。
そして、またグウタラ。私の部屋は汚いです。掃除でもすればいいのに。と思います。
けど気力がないので出来ません。M先生ぇ…リタリン…（執念深い）携帯電話に電話がかかってきます。Aちゃんからです。退院した喜びで頭の線が何本か切れたカンジの調子でした。祝、退院で私も頭の線を何本か切って会話しました。
おめでとうおめでとう。明日、遊ぶ約束を取り付けてバイバイしました。
そしてまたゴロゴロしていたのですね。父が出勤して、そして仮眠のつもりが朝８時。驚きましたね。仰天でしたね。眠剤無しでこれだけ眠れるのか、と。でもきちんと眠ろうとすると眠れないのでやっぱり私は軽い睡眠障害なんでしょうなぁ。

２月３日。今日です。９時にAちゃんと新宿東口交番前で待ち合わせです。私はまたしても「早く着いちゃった…」と時計を見ながら思いましたが、駅構内でまたしても迷ったのと、Aちゃんも早く来ていたのでちょうど良かったようです（笑）。しかしいったい新宿駅の構造はどうなっているのでしょう。私には何度来ても理解できません。一度改札を通した切符を持っていなければいけなかったり、東口のクセして歌舞伎町《かぶきちよう》方面出口と途中で名前を変えやがる看板はあるし。あと何年経《た》ったら、分かるようになるでしょうか。
ようやくなんとなく分かったところで色々な工事が終了。また錯乱、という予知を出します。
Aちゃんの家に着いて、ダランだらんしました。お昼ご飯はコンビニで購入して、甘い飲み物をがぶがぶ飲んでテレビを見ていました。もーダイエットのことなどしていません。大台に乗らない程度に好き勝手食べます。ハイ。

だらだらしているのも飽きたので、TSUTAYAでラブ&ポップとアンドロメディアを借りてきて観ました。…Aちゃんアンドロメディア上映中にまたしてもバクスイ。布団でスピョロロロと寝息をたてて本眠りしています。
起きてから、「どうなった？」ですって。(笑) 一時間眠っていたアナタにどうストーリーの展開を説明しろと言うのでしょう。次のラブ&ポップは二人でキャーヒー言いながら怖いモノ見たさで観《み》ていました。私は観るの、2回目でしたけど、大変面白かったです。援助交際のお話ですが、援助交際の怖さも表現されていました。庵野《あんの》監督のカメラアングルはえろっちいというのが二人の意見です。
それから私は夕食をご馳走《ちそう》になり、Aちゃんの車で父のお店まで行きました。門限過ぎていました。(汗)
24日にスノーボードに強制連行されることは前にも書きましたが、Aちゃんを誘ったら一緒に行ってくれると言うので私は大喜びでスノボに参加することにしました。
滑り疲れたらレストランでお喋りしていればいいのです。
ワーイワーイ。コレで車酔いも吹っ飛ぶ…かな…？　一応薬は飲みます…。明日も私はAちゃんの家に遊びに行きます。今日でAちゃんの家までの行き方、電車、道をマスターした（させられたとも言う）ので、一人で張り切っていきます。何時に来ても良いそうです。…何時でもね…フッフッフ。
で。
家に帰ってから気が付いたのですが、父の部屋がまた模様替えしてるーーー!!
テレビの位置が違うぅぅです。なんたる早業。

あぁ。私は携帯電話を手に入れたのだから、しっかり名刺を作らなくてはイケナイ、と思います。女子高生は3月10日で終わりです。どの様な肩書きにしましょう。そして、この部屋は「現役女子高生」の部屋ではなくなります。新しいネーミング、考えなくてはいけません。

…個人的に…「あやの座敷牢《ざしきろう》」っつーのがお気に入りなんですが…どうでしょ、あかね様？

●2月5日（金）無　　念

えっと。昨日の話から。昨日は帰宅後、身体的疲労により、バッタンキューでした。そして日記をサボってしまいました。ごめんなさい。
昨日、何があったかというと。
ここからのお話はふぃ・く・しょ・ん・！
Aちゃんと遊んだのですね。Aちゃんのお家《うち》で。何時に来てもいいよ、と言うので私は早朝覚醒《かくせい》を利用して6時半に家を出発。新宿で迷いながら電車を乗り継いで、携帯電話で「いま君の家の最寄りの駅だ」と連絡して突入しました。朝の8時前のことでした。Aちゃんはまだパジャマでコンタクトも入れていないし歯も磨いていないという有様でした。
でも、何時に来てもいいと言ったAちゃんの責任です。(笑)
まあ何とか一段落着いて、素敵なものを食べさせてもらいました。キノコです。キノコ。ただのキノコとは違います、マジックマッシュルームと呼ばれるものです。
砕いて砕いて砕いて粉状にしたものをお湯に浸して10分。
アチチと言いながら飲みました。シロシビン特有の香りがします。そして私は違う世界にとんだのです。ラヒ〜。

Ａちゃんは旅先案内人として素面《しらふ》の状態です。
まず、音がくすぐったい。声を掛けられるととにかくくすぐったいのです。体中が。そして目を閉じれば極彩色の遊園地。かけているＣＤの音が頭の中に侵入してきます。面白いです。身体《からだ》の感覚が無くなって、「私の手はどこへ行っちゃったノー？　キヒヒヒーーー！」と大笑いしていました。ベッドの上で飛び跳ねる、地図に向かって話しかける、頭の中の誰かと交信し始める…Ａちゃんが見た限りではそんな様子だそうです。
私は、とにかくもう面白くてくすぐったくて楽しかったことを記憶しています。はっきり言って、はまりました。
Coccoのビデオを観ながら合唱しました。それから、止めどなく涙があふれてきて「コレは、涙？　私、泣いてるの…？」とエヴァ調で喋ってました。鼻水は冷静にちーん、とかんでいたようです。飛んでても、乙女の恥じらいは忘れていなかったようで、安心。(笑)
頭を触っても頭がどこかへ行っちゃって触れない。ベッドに溶けそうになる。壁ととろける。一人笑い。とにかく、非常に楽しかったです。
飛ぶのがおさまったので、コンビニで、はんぺんとお粥《かゆ》を買ってきて食べました。美味《おい》しかったです。
しかし肉体的疲労が頂点に達し、家に帰るなり眠ってしまったという次第です…。

まぁ。それにしても。何か人生観が変わりましたね。お手軽にほいほい変わっているように思われそうですが、実際、人生観変わってしまったんです。はい。

そして、今日の通院日記です。ここから、ノンフィクション。
予約は４時！　だけど12時に起床！（眠りすぎ）だけどそんな行為にも理由がちゃんとあるのです。
献血ルームへ行って来よう！　です。朝御飯代わりに小さなパンを食べて出発しました。しかし私の頭の中では献血ルームにあるドーナッツで本格的朝御飯を摂《と》ろうと計画していたのです。が！
献血ルームに行って、コートをハンガーに掛けてちらりとドーナッツケースを見ると。「本日は終了しました」という表示。ケースは空。
…午前中の献血者が食べやがったようです。
…ああああああうああああぎぇぇぇぇぇ！　ですよ。本当に。落胆しながらもディズニーランドのパスポートが当たったという葉書をなくしたことを受付のお姉さんに言って、とぼとぼと問診を受けました。
毎度問診で言われることなのですが、私、脈が速いようです。頻脈。いつも「あら、ドキドキしちゃってるみたいねー」と言われます。それでも何とか献血できるのでいいんですけどね。今日の献血は両腕に針を刺されるタイプの献血でした。血小板の数が素晴らしい、アミカスでお願い、とナースに言われましたが意味不明です(笑)。
ビデオを観ることが出来るので、今更ながらもののけ姫を選んで、それを見ながら献血していました。
そして終了後には「一度もアラームがならなかったわ。通りが良かったのねぇ」と更に誉《ほ》められました。受付へ戻ると、アクエリアスを自販機で選んで、空のドーナッツケースを見ながらため息をもらしました。(泣)
「南条あやさん」と呼ばれ、「はい」と答えると受付のお姉さんが献血10回目の記念品を持ってきてくれて、更にディズニーランドのパスポートも何とかなったようです。一筆、受け取りました、と紙に書いてパスポートをもらうことが出来ました。
万歳。しかしドーナッツ…(泣)
クッキーなども置かれていますが、アクエリアスだけ飲んでルームから立ち去りました。それは…4時まで時間が迫っていたからです(笑)。居心地がいいのですぐ長居してしまうんですよね。
医者にチョトだけ息せき切って到着しました。運動不足なんでしょうか、走ると頭痛がして気分が悪くなります。信号を渡る邪魔な自転車に体当たりなどをかましてみました。
時間には5分ほど余裕を持って到着できたのでイスで休

んでいたら軽《ママ》。でも頭痛いし散々です。
今日の受診は、まぁ身の回りに関することが中心でした。家で暇を持て余して何をやっていますかと聞かれて「ボーっとしているかゴロゴロしているかメールを書いています」とそのままに答えました。だらけ生活まっしぐら。

先生に、ネットで日記を連載しているとだけ告白しました。内容はどの様なものなのかと聞かれて、
「精神科通院、服薬、医者の騙《だま》し方日記っす」と正直に答えるわけありません。「私の日々の思想を書いています」と答えました。ウソじゃないっしょ。ウソじゃ。(笑)
そしていよいよ処方箋《しょほうせん》を書くときがやって参りました。
この瞬間に熱くたぎらせた想《おも》いをぶつけます。
「父が、エバミールを欲しがっていました。あと、ハルシオンを飲ませたら気に入ったみたいで、クセになって私にせびります」と発言。ハルシオンをせびるなんてウソ。父さん半錠飲んで「何ともならなかった」と言っていました。父が欲しいのはエバミールだけです。そう。コレは私の日記を読んでいれば分かるとおり、異常にハルシオンに執着を持つ私の計画的横領計画！
渋々、先生は「ハルシオンもこの頃うるさく言われますからネェ」と言って父の処方箋に2週間分のハルシオンとエバミールを書いてくれました。心はリンボーダンス

をする小人達の太鼓の音色でピンク色。狂女の様に笑いたかったです。
そういえばこの頃、受付に私が「話したい君」と名付けた男の人が居ます。何かとにかく看護婦さんと話したいらしくて、診察前も診察後も看護婦さんにべっとりくっついてお話の相手をしてもらっています。とにかく何か話していたいようなので「話したい君」と名付けました。
話したい君がいるならさしずめ私は「薬局の長椅子《ながいす》で横になりたいちゃん」ですわ。(笑)

あ、それから。新薬をゲット。「ブルフェンで頭痛がおさまりません。セデスGとかボルタレンが欲しいです」と高望みの願いを言ったら、M先生はきき受けてくれました。ボルタレン、一日一錠。毎日頭が痛くなるわけではないので余りますね。ソレは頭痛持ちの父の方へ流れていきます。
今日も頭痛がすると言っていたので「コレが効かなければアナタに効く頭痛薬はモルヒネだけだ」と言って飲ませたら、無事に出勤していきました。偉いです。ボルタレン。

今日はハッピーデーでした。ドーナッツを除けば。(泣笑)

●2月6日（土）　大人の世界じゃ

最近睡眠時間が滅茶苦茶《めちゃくちゃ》です。
と友人に指摘されて初めて気付きました。夜更《よふ》けまで起きていたり午後8時には就眠するという滅茶苦茶な生活で、
「この頃いつも電話掛けても眠っているんだもん！」と友人に泣きつかれました。
あー確かにその通りですね。グースカ眠剤無しで眠ったり眠剤を飲んで死んだように眠ったりしています。だけど。
私は眠ることも趣味だから好きにさせて。(笑)
そんな私、今日は12時に起きて身支度を整えていました。
今日は大人の世界、打ち合わせというモノに行くのです。
某駅にある某出版社にて打ち合わせをしました。
因《ちな》みに案の定私は方向音痴で迷って正反対の方へ歩いて行って、間違いに気付いて、あかね様に電話をしてなんとか某出版社にたどり着けました。あかね様が居なければ、あのまま一時間くらいはたどり着けなかったモノと思われます。

そんなこんなで、打ち合わせの始まりです。
メンバーは知る人ぞしる、T氏とI氏です。そして私とあかね様と出版社の方で、計五人です。
まぁ、このメンバーでどの様な内容の本が作られるとい

うのが分かってしまわないでもないような気がします(笑)
いよいよ、私にも「原稿を書く」という一大事業が回ってきそうです。ドキドキです。
云々《うんぬん》について書け！　と言われると身構えてしまうので更にドキドキです。学校の小論文のテストも大の苦手です。
伊豆での一泊旅行の感想文を書けと言われたときは、「みんなが元気に歩いているのに列から脱落して、頭が痛くて息も切れて、（貧血のため）それでも自然は綺麗《きれい》だった」とかなんとか、感想文とは言えないようなことを長々と書いていました。
「南条さんの作文はいい味だしてるけど、学年のお知らせに掲載するにはちょっと趣旨が違う作文よね」とも言われました。その通りです。いままで6年間、一度も学年のお知らせに掲載されたことはありません。掲載されても何がもらえるワケじゃないからいいんですけどね。(強欲)
打ち合わせは談笑を交えながらの3時間半。とても楽しかったです。そんなに怖《おそ》れることはないと安心できました。そして銀行に口座を持っていない私に、手渡しで前回の報酬を戴《いただ》きました。
…泡吹いて喜びます。
貯金します。無駄遣いしません。多分。

そのあと、朝から何も食べていないあかね様とホテルのレストランでお食事しました。
私はイタリア風ハンバーグステーキとライスを注文しました。そしたら。
ライスに髪の毛が入っているのを発見。
…ウオーイ、ソコの姉ちゃん、髪の毛入ってるぞおりゃーってことで訴えると
「新しいのをお持ちします。大変申し訳ございません」って
…あの、もうハンバーグ食べ終わる頃で今更ライス持ってこられても…ああ姉ちゃん…というわけで新しいライスが運ばれてきましたが、食えないっちゅーの。(泣)
ライスは殆《ほとん》ど残して、ケーキを頼みました。チーズケーキです。モコモコと食べ終わると食後の薬タイムです。
ランドセン、アナフラニール、鉄剤を飲みました。ランドセンは本当は一回一錠ですが面倒臭いので三錠飲んでます。更にアナフラニールも一錠ですが二錠飲んでます。
反則ですか？　だって朝昼夕、規則正しく食べる生活なんて出来ませんもの。はい。自己正当化。でも私の肝臓ですから。(笑)
朝はそれなりに暖かかったので、薄着で来たのに夜になると、ソレこそあかね様と二人口をそろえて「クソサミー」です。

凍えました。
明日は友達の家に遊びに行くことになっています。「何時に来てもいい」とAちゃんと同じ様なことを口にした友達を後悔させるような時間に行こうとしたら「やっぱり8時頃に来て」と言われてしまってアウウです。ちっ。(笑)

●2月7日（日）　ド・方向音痴

昨晩は9時頃に眠剤ナシで眠ろうとしていました。無謀にも程があります。一時間して眠れないので（当たり前）早起きしたかった私は長期型眠剤は飲まず、デパス3㎎とハルシオンにメレリル25㎎を飲んで11時頃に眠りにつけました。
この頃さっぱりネットをやっていません。ああ勿体《もつたい》ないです。
テレホに入っているんだから、夜活発にならないと。
朝早く起きたので私の日記のあかね様のコメントを見ると…
「コーヒーが不味《まず》い！」とでっかいフォントで書いてあったので笑いました。
確かにあかね様が昨日飲んでいたコーヒーは、薄くて薄くて、私は見せられたとき、「紅茶？」と思ったほどの色の薄さでした。
あかね様の燃え上がるコーヒー魂がうかがえるコメント

でした。(笑)

さて。友人と遊ぶ約束があったりして外に出るというのは健康的で良いことだとも思いまする。今日はお出かけしてきました。しかしたどり着くまでの道が、迷ったりするのです。
何度も行ったことのある道、電車のホームなのに、どうしてか間違えます。
「ここを出て、こっちに曲がると階段があるはず…って？　何で？　こんな地下通路見たことないぞ」というようなことが度々です。
結局駅から外に出て、わかりやすいけど、非常に遠回りな道を健康的に歩行してやっと駅に着くことが出来ました。乗り込んだ電車の中はとても空《す》いています。
…私は横になりたいちゃんです。…非常に横になりたかったです。一両の列車に３人くらいしか乗っていないんですもの。人の目を気にする必要がないんですもの。で、横になろうかと考えていたらどこかに集団で何かをしに行く男子学生が20人くらい乗車してきたので横にならなくて良かったと思う冬の朝…。
ああ、そういえば無駄使いの報告をいたします。懺悔《ざんげ》です。口紅、買いました。3000円もするやつ。うぎゃん。口紅って高いですよね。食べられる絵の具のクセして。それともブランドが高くしているのでしょうか。オナゴ

らしい明るすぎないピンクです。ソロソロお化粧を覚えなければならない時期になって参りました。(いいわけ)

友人の家に遊びに行って、外食。シャブ打ち放題…じゃなくて、しゃぶしゃぶ食べ放題を食べてきました。
サラダバーというバイキング形式のものもあったのでそれも注文しました。メニューにはあでやかにメロンやその他のフルーツが載っています。サラダバー用のお皿が来て、メロンメロン！　とサラダバーに向かえば。
メロンナッシング。
…ジャロに訴えましょうか？　店で暴れましょうか？　と、悶々《もんもん》と考えつつもライチがあったのでソレを10個くらいお皿にとって食べ始めました。肉も元を取れ元を取れで三皿おかわりしました。ゴマだれ、ポン酢、エスニックと色々なたれがあって美味《おい》しかったです。あとはきしめんと、サラダバーのオレンジを皿に山盛りに持ってきてむしゃぶりついていました。美味しかったけど、メロンがなかったのは悔しかったです。
その上。
公園で遊んで、友達の家に戻ると…消化不良で胃もたれ…(泣)友達が「胃腸薬飲む？」と聞くので「飲みたいかも知れない…うぐぐ…」と言ったらセイロガンしかなかったようで、「これでいい？」と聞かれて首をぶんぶん振りました。まあしばらく座椅子にもたれてゲームをやっていたら落ち着いてきましたけど。メロンがなかったのは季節のせいとして諦《あきら》めました。
私はモダフィニールをスニッフしてテト猿になっていました。
「テト猿（てとざる）」とは何か。テトリスにはまっていて、上手《うま》い人のことをこう称すそうです。まー私はテトリス上手いですよ。対戦するときも凄《すご》いハンデをつけますしね。んー。
でも「猿」ってなんかイヤ。(泣)
昔から腕白で木登り大好きで友達から猿のようだと言われて更に申年《さるどし》であることも重なって猿猿言われるのはチョイとピリピリ来ます。はい。私がものすごい美少女だったら誰も猿だなんて言わないだろうに。ああ畜生。神様の不公平。とか思ったりするモノです。
テトリスをしていたら某人から「オフ会やってるよ～盛り上がってるよ～」という電話が携帯にかかってきました。薬事○違反の宴《うたげ》と化しているらしく、「来たら何でも手に入ったのに～」という話を聞いて涙目になりました。何でも…何でも…。
明日も健康的に迷い歩行しながら友人の家へお出かけします。(泣)
そういえば、Aちゃんが今度の医者で不眠時用のハルシオンをぎょうさんもらってこれると言います。そして、くれる、といいます。

薬事法違反はダメだよ。でもね、私はそんなこと知らないってカンジかな。てへっ（死）

●2月8日（月）　酔いどれデパス

今日もまた、友人と遊びました。こんなにも暇でよいものかと考えます。
金はないけど時間はある。金があっても時間がない。うーん、どっちもイヤですねー。
朝6時半、ネコがミャーぎゃーと叫び、餌《えさ》をよこせと命令します。
ちょっと待ってよ、私は12時にデパスを3㎎飲んだんどすえ。身体《からだ》がフラフラしまんがな。ネコに餌をあげて出発です。
通り道の新宿駅。スポットライトを浴びるようにしてうずくまっている浮浪者の人がいました。この前も見ましたよ。真ん中に座っているのは何かこだわりがあるんでしょうか？　ソレはともかく、友人宅に着いた私はテキトーに時を過ごしました。
ゲームやって、ぼーー。本を読んで、何か飲んでぼえーん。飯食べたりしてみて、ぼー。
帰り際《ぎわ》になって困ったことになりました。
食後薬でもっとぼーーっとしたかった私はデパスを1㎎飲んでいたのですね。そうしたら帰り際に効果がグミョーン。正座から立ったら、立ちくらみを起こして脳貧血かと思いました。後悔先に立たず。
今現在、この日記を書いている今もボミャーっとしていて、眠いです。
今日の教訓：デパスは就眠時に飲め！

そういや明日は学校の登校日ですよ。週に一度のね。面倒です。登校時間が異常に遅くて、出欠をとって連絡事項を伝えたら終わりです。…その為《ため》だけに学校に行くのは大変面倒臭いです。とはいっても、授業があったらあったでイヤなんですけどね。
詰まるところワガママですわ。人間だらけた生活を送っているとそのだらけた生活になじんでしまって再起不能状態になります。
私は卒業後にしっかり父の店を手伝えるのか非常に不安になってきました。
…デパス効いてるんでしょうが。不安になるなってーの。(泣)

あーところで私事で恐縮なのですが（にっきの全《すべ》ては私事でしょうが）ページャー友達募集中です。
一人しかいなくて非常に淋《さび》しいです。ホントに。
私宛《あて》にメッセージを出すのは「nannjou」なので、どうか誰か相手してやって下さい。

そういえばＭＤでCoccoの歌を最大音量でヘッドバンキングしながら聴いていたら友達に「落ち着け、あや！」と言われてしまいました。(笑) その上あっという間に電池がなくなりました。(泣)

風呂《ふろ》に入らなくちゃー…眠いよー…明日の朝に入ることにします…デパスで溺死《できし》は洒落《しやれ》になりませんからね。ちょっと仮眠をとりたいと思いきや充電中の電池が二つもあって目が離せない状態で…ああああああああああ…。
そういえば、私の大好きなカホリであるクレゾール液のスプレーを友人宅に持っていったら「ぐはぁクセエ！」と大変嫌がられました。私は激ラブなんですけどねー。
アルバイトしたいですネー。お金が欲しいから。
なかなかいいのがないんだよと友人に訴えたら「アンタは選り好みしすぎだからだよ！」と反撃されました。この友人とは20日に開かれるマックワールドエキスポに一緒に行くことになっています。私は制服姿で行くので、南条あやらしき人物を発見したら握手を求めるのも良いし（いないって）貢《みつ》ぎ物、薬などを差し出すと仲良くなれると占いに出ています（笑）
ではー、今から仮眠ですー。すぴょろろろ。

●2月9日（火） 眠り姫と呼ばれる所以《ゆえん》は…

今日は、学校の登校日でした。

私が7時半くらいまで眠っていたら父が「おい、もう学校いかねぇんだろ（怒）」と話しかけてきました。というか勝手に一人で怒っていました。あ〜やだやだまた被害妄想炸裂《さくれつ》だ〜困っちゃうねぇばぁーか、と思いながら「今日の登校時間は10時25分です」と言ったら「あ、そうか」と急速にしなびていった父です。ぶぁーかぶぁーか。
9時半に起きて、制服を着用して、パンとヨーグルトを食べて学校へ出発しました。
道中喉《のど》が渇いてどうしようもなかったので自動販売機で「ナントカの雫《しずく》」というジュースを買ってゴキュゴキュ飲んでいましたけど最初の一口二口でもう喉の渇きは潤《うるお》い、邪魔くさアイテムと化したジュースはしょうがなく学校に持っていきました。
学校は久しぶりです。特に仲の良い子もいないので（淋しくないっす）一人で呆然《ぼうぜん》と自分の席に座っていました。今日は何となくお薬セットを持ってきませんでした。途中で頭の中がザワザワする〜になって大変薬を持ってこなかったことを後悔しました。そして今日は連絡事項だけで帰れると思っていたら大掃除をさせられるそうです。…来るんじゃなかった…。
私の担当は、ほうきとモップで床を綺麗《きれい》にすることでした。やりたくないので携帯電話を持って屋上へトンズラしようと思いつつも4人しか担当がいないので私がいなかったらサボっているのが大バレ。屋上なんて行けません。まぁ。それなりに掃除して、それなりに綺麗にして、面倒臭いゴミ捨てにも行って、掃除は終わったのでした。
う〜ん、社会に適応しているね。私。どうしたんでしょう。
下校中には久しぶりにイトーヨーカドーに行って肌着などを購入しました。
コレは我が家の経費で落ちるのかどうか大変心配です。(笑)
電車に乗ろうと道を歩いていたら野菜が入っていたと思われるダンボールが食堂の前に置いてあり、「東京軟弱野菜」というロゴがうってありました。手書きじゃなくて、活字で。軟弱な野菜でいいんでしょうか。何なのでしょうか。謎《なぞ》です。
帰宅後。特にやることもないのでハルシオン6錠、メレリル25mg、ホリゾン10mgを飲んで眠りました。
眠り続け眠り続け…。かかってきている電話も無視して。眠り続け。ようやく9時頃にかかってきた電話を匍匐《ほふく》前進で取るとAちゃんからで、何を飲んで眠っていたかと私が言うと「それ多すぎだよ。オーバードーズだって」と呆《あき》れられました。
確かに飲みすぎのような…。
でもまぁそのAちゃんからの電話によって目覚めて、このように日記を書くことが出来ました。感謝です。

今日はモカでも飲んで元気にテレホタイムを楽しもうかと思っています。
こんな風に遊べるのも、社会に出ていない、今のうち…。
そういえば私は門限9時に延びたのですけれども、8時には家に帰っているという状態が続いています。イイコちゃんです。
卒業したら門限消滅。
今までの門限拘束を後悔させてやるように華麗に夜を楽しんでしまいますぜ！　ラヒヒヒ。

●2月10日（水）　睡眠時間、大混乱。

朝。9時に早朝覚醒《かくせい》です。
ったくもう。と思いながらデパス2㎎、メレリル25㎎、ユーロジン2㎎を飲みました。全く効果が現れません。
…仕方がないので父に頼まれたヘアクリームを買いに薬局までとぼとぼと出掛けました。
私の格好は、パジャマの上にロングコート。凄《すさ》まじい格好です。ヘアクリームを買って帰ってきてから、ヒルナミンやデパスを適当に付け足しました。以後。
10時間眠りっぱなし。
電話がかかってこようが父が帰ってこようがずっと眠っていたようです。
恐るべしヒルナミン。面白いので友人にあげてみよ。(笑)

起きようと思っているけど、これからまた仮眠してしまうんだろうな
…意志の弱い私のことですから。はぁ〜。(泣)
今日の日記、短くてすいません。

●2月12日（金） 覚醒失敗

さてさてさて。まず最初に。昨日は大変申し訳ありませんでした！
日記を書くの、忘れました。忘れたという言い方は正しくないのですが。順を追って説明いたしますと。一昨日《おととい》、友人宅から凍えつつ帰宅いたしました。雪が降っていましたね。今日の日記には雪の日の思い出なんかを書くぞぉ…と思っていました。父に電話で帰ったと連絡して。そこで日記を書けば良かったものを。私は眠くなってしまったのでした。何にもお薬飲んでいませんよ。素の状態ですよ。これは無視したら勿体ないということで、9時に目覚ましを掛けて眠ったのです。9時になって起きたら日記を書くぞぉと思って。
…気が付いたら翌朝、12日の8時でした。…これは、眠りすぎやで。ホンマに。
と一人ボケ突っ込みを致したかったです。ハイ。詰まるところ私は寝ていました。
目覚まし時計を自らの手で止めて、覚醒失敗しました。
掲示板を見ればファイナルファンタジーⅧをやっている

との憶測がありましたが、違います。ゲームを取りに行ったのは8時に起きてからしばらくしてであり、ゲームにはまって日記を書かなかったなどということはありません。
試験勉強だって放り出して貧血の時だって死ぬ思いで日記を書いているアタイがゲームの一つや二つで日記をサボるわけございません。ここのところ、ご了承下さい♪
(しかし眠いとサボってしまうという矛盾は残る)

今日は8時に起床。医者の日です。コンビニでファイナルファンタジーⅧを購入してきて（父の金）プレーしていたら5.25kgの肉塊（猫とも言う）が私のあぐらの中央に座ってきたのでお、重い…とうなりつつもゲームをプレーしていましたが、ゲームの難しさにも耐えかねて10時頃、また眠りにつきました。浅い眠りの中をフラフラ。
医者に行くついでに渋谷で何かしようかと計画を立てます。明後日《あさって》のバレンタインなる毛唐の行事のための植物油脂とカカオのグチャ混ぜ菓子を購入しようと考えました。薄着で出てきて大いなる後悔。(泣)
グチャ混ぜ菓子（苦いバージョン）はあっさり駅の近くのビルで発見してしまいました。
…。この物品の購入予定時間に1時間半ほど時間を割いていたのですが…。
どうしましょう。ということでそのビルの中を探索しました。本屋とＣＤショップをぐりぐり見ました。
ああ、ブーゲンビリア欲しいです。節約人生送らなくてはいけない私には買えないです。(泣)
ビルから出ても、まだ時間はありました。よし、ハンズに行くか、と思いました。
よそから「アンタはガラス乳鉢を買うからダメ。節約人生でしょう」という声が聞こえてきて諦めました。本当、ハンズに行くと色々買ってしまいますから。それに仲良くなった偽造テレカ密売人ボブに「ヘイあや！」と声を掛けられかねません。(笑)
しょうがなく医者までの切符を買って電車に乗って最寄りの駅まで到着しましたけど、まだまだ１時間以上時間があったのでファーストキッチンでコーラを頼んで禁煙席まで登って行くと、誰もお客さんがいませんでした。貸し切り状態でした。折角なので薬を広げて並べて整頓《せいとん》していました。こげなこと、人がおったらできんし。(笑)
ＭＤでブーゲンビリアを聴いていました。ボーっと30分くらい、そこで時間を潰《つぶ》しました。まだまだ時間があったのですがお店を出て、医者に行きました。
今日の医者は大変空《す》いていて、待合室はがらーんとしていました。ちっ。つまんねーの。(笑) イスに座って呆然とＭＤを聴いていましたら電池がなくなってシットゥ！　でございますことよ。しかも予約時間の４時になってもM先生診察が長引いてまだ他の患者さんと話しこけております。目の前のコンタクトのポスターを見ながら私もコンタクトをしたいなぁと考えました。色つきのコンタクトを片目だけに装着して街を闊歩《かつぽ》したいんです。要するに目立ちたがりや、一歩間違えるとアレ、です。スイスに白いコンタクトがあると聞きます。ホシーです。
4時8分頃にようやく診察が終わったみたいで、私の名が呼ばれました。うーん。
この頃安定しているから今ひとつ話題に欠けます。(笑)
日常生活のことを話して、状態を聞かれて。そんなカンジで終わりですもの。まぁ先生はこのような状態の方が診察楽でお金が取れていいんでしょうけど、読者の皆様はもっと荒廃した私の精神状態を期待なさってる方もいらっしゃるんじゃないかと思います。
やーん、また静脈切断ぶっしゅー、とかエヘへ、援助交際始めて理想の父親像を探しに来ます、とか
トラックに突っ込んでみました♪　とか。思っていませんか？　微塵《みじん》も？　ハハン。
ま、最近の自傷行為といえば手を噛《か》んで歯形のかさぶたが付いていた、これくらいです。
診察の話に戻ります。処方薬は変わらず。24日にスノーボードに行くのですが、その時は酔い止めを処方して下さるそうで安心安心。あんまり飲まないであまり気味のヒルナす。(鬼)

帰宅して、お風呂入って、日記書いて、薬を整頓して、お休み。
平和な毎日です…。

●2月13日（土） 服薬の友

今日は朝6時に起きてAちゃんの家に遊びに行ってきました。前日は眠剤無しで眠れるか試してみましたが眠れなかったのでハルシオンを2錠飲んで眠りにつきました。
昨日、つまり金曜日は私もAちゃんも医者で、Aちゃんは私に「ハルシオンを頓服《とんぷく》で沢山もらってくるからソレあげ（自主規制）」と言ってくれていたのでとても私は楽しみにしていました。
朝起きたら5時10分でした。…早朝覚醒？　分からないけど起きておこう。二度寝は辛《つら》い。んなわけでゆっくり支度をしながら朝御飯を食べていました。パンですけど。
外に出たら非常に寒かったです。スカートをはいてきたことを後悔しました。
大いに。
最初に乗る電車の駅には話したがりやのジジイがキヨスクのおばさんに話しかけまくっていました。
「社長に今日警備手伝ってくれって頼まれてヨォ、忙しいんだ」とか愚痴を言っています。なんか自慢まじりの愚痴を…。私がキヨスクのおばさんだったら無視するんですけど、そのキヨスクのおばさんは「そうなんですか

～」とか「へぇ～」と上手《うま》く相づちをうって相手をしてあげていました。…偉い…。
無事Aちゃんの家に到着しました。駅で切符を買うときに10円玉でマニキュアが少しはがれたのは悲しい出来事でした。
道のりは寒く、険しかったです。Aちゃんに「ハルシオンおうあぅぇ～」と尋ねると「あ、ハルシオン止められちゃった」との返答。凍りました。固まりました。この日をどれだけ（自主規制）。何でもAちゃんの主治医は薬に対して慎重らしくて、ハルシオンはこの頃遊びに使われちゃうから出さなくなったというのです。そのうちリタリンのような扱いになるかもよ、とAちゃんが言っていました。
…また、アップジョンとか青玉とか呼ばれて高値がつく時代がやってくるのでしょうか…。
私はM先生が出し渋るようになったら駄々こねてでもハルシオンをゲットしたいです。何でしょう。このハルシオンへの執着心。
朝早くからオナゴが二人で何をしていたかというと、Aちゃんはチャットをやって私はテトリス猿になっていました。お昼になって、Aちゃんが久しぶりにリタリンをスニッフしました。
久しぶりのスニッフです。粘膜の耐性が取れていたのか、Aちゃんは飛んでいました。羨《うらや》ましいくらいに飛んでいました。うるさいくらいに飛んでいました。怖かったです。
コンビニにお昼ご飯を買いに行くときも前から歩いてくる老人を見て「あ、弟？」とか勘違いなさってらっしゃいました。そして地球のことについて語ったりし始めました。側で見ていて大変面白かったです。
リタリンスニッフしているAちゃんを一人にして私はベッドを借りて眠りました。一時間ほど。その間にAちゃんは落ち着きを取り戻したらしく、マリオで死にまくる音が聞こえ、テトリスでも死に、最後にかまいたちの夜をプレーしていました。私が「ここの選択肢を選んでチョ」と言って私の好きなエンディングを見て、一人涙しました。(泣)
夕御飯はきのこソバをご馳走《ちそう》になりました。Aちゃんは「肉丼《にくどん》」(笑)。二人で食後薬を飲む、のほほんとした風景がソコにはあります。えーと、私はAちゃんからデパスを（自主規制）した。わーいです。
私も一日2㎎まで出ていますけど、量があった方が嬉《うれ》しいでしょう？　ネェ、皆様。酔いどれデパス祭りに参加できますね。

ところで掲示板の「FF Ⅷ」という単語の意味が分からないとのことですが、「ファイナルファンタジーⅧ」というプレイステーションから出てきているゲームソフトの名前です。略して「えふえふえいと」などと発音します。折角買ったのですがちぃっとシステムが奇々怪々。遅々として進んでいません。時代の波に乗り遅れています。

Ａちゃんとの話に戻りますが、今日は「人、一人の命が地球より重いっていうのはウソだね」という結論にまとまりました（笑）。
帰りにＡちゃんは私の家に来てくれてチャットソフトをインストールしてくれました。マック使いなのにウィンで悪戦苦闘しながらインストールしてくれた彼女に、感謝感謝。

●２月22日（月）　ナゼナゼドオシテ
Ｈｅｙ！
しばらく日記を休載していた南条あや、再び登場です。
日記を休載していた理由？　それは、あかね様の大人のお仕事の事情。大変なんです。ライターって。あかね様と話しているとつくづくそう思います。
まぁわたしも少しの間お休みを戴《いただ》いたようなカンジで滅茶苦茶《めちゃくちゃ》な生活リズムを楽しんでいました。気が向いたときに眠剤で眠って、起きて、ぼーーーっとしたり公園に行ったり友達と遊んだりファイナルファンタジーⅧを楽しんだりと。Ａちゃんには「アンタは睡眠障害じゃねー。

ただ生活のリズム狂ってるだけじゃ！」と言われたりです。
あー。私睡眠障害じゃないの？　ぢゃー睡眠薬いらないねぇ。ふんがー。ってカンジなんですがどんなモンでしょう。確かに学校がないから凄まじい時間に寝たり起きたりですが、薬がソバにあるから安心して眠れている面もあるのよ～です。
さて、めでたく横領してまで貯《た》めていたハルシオン貯蓄が100錠を越えました。
歓喜の歌です。祭りです。嬉しくて舞い上がります。何でこんなにハルシオンに執着するのか分からない面もありますがこれからもよろしくね、ハルシオン。です。
あの包装シート、楕円形《だえんけい》のカタチ、美しい青色、副作用の健忘、全《すべ》てに惚《ほ》れています。私のメールアドレスもハルシオンを頭にくっつけたかったのですが誰かがもう既に使用しているということでレキソタンになりました。誰が使用しているんでしょう。畜生です。

さて、みなさんに朗報です。いや、訃報《ふほう》かもね。
私の病状が悪化しています～♪
どんな風に悪化しているかって？　あのですねぇ、頭の中に人がいるような気がします。てへ。
これを先週の金曜日の診察でM先生に言ったら慌《あわ》てて方向転換でこのことについて聞かれました（笑）どの程度

のレベルなのか等。ハズカチーので詳細は秘密です。6人もいるんですよ。(爆) 更に「リタリンはそういう症状を悪化させる恐れがある」とますます処方箋《しよほうせん》から遠退《とおの》かせてしまいました。墓穴です。(泣)
処方薬は変わりませんでした。「そういう症状がひどくなってきたら言って下さい」と先生には言われました。今週の診察でひどくなったと言ったら処方が変わるのでしょうかねぇ。分裂系だからいよいよメジャー祭りになるのでしょうか。それに備えて試験管をまた買ったりして…(実話)
その他の症状としては、人混みの中にいると頭痛がする。結構ひどいです。クリニック最寄りの駅に着くまでの電車は結構混雑しているので人当たりを起こしてクリニックに着く頃には頭痛ガンガンヒョロロロふらりんになっていたりします。いわゆるぐったりです。
こんな私は明後日24日、スノーボードに行きます。父のお店のお客さん達と。グエェェ…です。はい。親しい人が一人いるのでなんとか大丈夫だとは思いますが。
車の酔い止めは来週処方しますって先生言っていたけど…間に合わないじゃないですか。とんだ計算違いです。あああ。
ところでみなさん。ウチの父さんは常日頃「店が暇だ」「金がない」等々、私の心理的負担になる言葉をぼそぼそと発していますが、そんな父さんは4台目の車を買い

ましたー♪（死死死死死死死死死）
どこにそんなお金がアルのボンジョルノ。えーっと、何《な》故《ぜ》そのお金が私の専門学校の学費に流れなかったのナゼナゼドオシテと疑問がいっぱいです。でもそんな野暮なことを聞いたりしません。私は父さん（矛盾の固まり・結晶）の娘ですから。はっはっは。
あー今日はここらで止めとかないとストップできません。
それでは皆様お休みなさい。

●2月23日（火） ネーブル
今日は朝早く起床して友人宅へ遊びに行って参りました。
この友人とは明日一緒にスノーボードに行きます。友人は何も分からない初心者なので「荷物何持っていけばいいの」とか「いくらくらいかかるの」とか色々質問してきますが、私は上の空でテトリスをやって「はふ～」とか答えていました。
そういえばスノーボードの行き帰りの酔い止めを日にちの勘違いでM先生に処方し忘れられました（爆）オーマイガッです。しかし先生は現在日中に処方している薬でも酔わないとは思います…と言っていたのでその言葉を胸に秘めて酔わないように頑張ります。
酔う人は三半規管が弱いとよく言われていますが、ソレは間違いで、三半規管が動物並に鋭いので酔いやすいのだそうです。…動物並、ね…。ははは…。取り敢《あ》えず軽くデパスでも飲んで緊張をほぐしておこうと思っています。
友人宅で、私はネーブル（オレンジのようなもの）を5つガバガバ食べてひんしゅくをかいました。食べ過ぎだと。柑橘《かんきつ》系好きなんです。いくらでも腹に入ってしまいます。
柑橘系はともかくとして、明日の日記はスノボでくたくたのためにお休みさせていただきたいと思っております。
その前にスノボで転んで後頭部打って死亡しないことを願ってやみません。
学校へ行く朝は7時過ぎでも眠いのに、友人の家に行く日は6時に起きてもお目目パッチリです。謎《なぞ》です。
明日は早起きしないといけないので短いですが日記はここらへんで。とかいってテレホタイムに掲示板に書き込んだりするのが私です…。

●2月25日（木）　無くし物親子

えっとぉ。昨日は私の大嫌いなスノーボードに行きました。はい。スノーボード大嫌いです。上手く滑れないしね。でも友人がいたので何とか何とか行くことが出来ました。友人がいなかったら行かない、もしくは無理矢理連れて行かれても車の中でグースカ寝ていたと思われます。
んで。車の中では酔い止めを飲まなかったけど酔いませんでした。眠っていたのが功を奏しました。
友人はスノーボード初めてなんですね。そして私が教えることになっていたのです。友人はスノーボードウェアの着方も分からない人でございました。私が着替えながら着替えを手伝う有様です。靴の履き方も分からない人でした。はい。手伝いました。はぁはぁ。そして初心者用のなだらかな地形のトコロに行ってさぁ滑りましょう教えましょう、ってカンジで私は教えていたつもりなのですが、「あやちゃん『こうやってこうして…』とか言って滑って行っちゃうんだもん」と言われてしまいました。教えていたつもりだったんですけどねぇ（泣）
なだらかなところを滑り降りたところで「休みたい」と友人が言うので自販機でジュースを買って飲んだのですが、自販機が置いてあるところがくぼんでいるんですね。友人は片足にスノーボードくっつけてソウケンビチャの缶を持ってつるつる滑ってあり地獄のようになって出られなくなっていました。私はけらけら笑っていました。バカにしていました。
しかし。バカは私だったのです。
ボードに飽きた私は誰も滑らない超急斜面にざくざく登って、そこから体ごとグルグル転げ落ちるという遊びをしていました。友人曰《いわ》く「野人のよう」だったそうです。一息ついて、イスのあるところに行って一休みして、ポケットを探ってみたのです。

…ないのです。
ポケットに入れておいたはずの携帯電話と薬ケースが…。チャック開いているし…。蒼白《そうはく》になりました。蒼《あお》くもなりました。白くもなりました。まだらにもなったと思います。「携帯電話と薬ケースがない…」と友人に呟《つぶや》いてハイィィっ！　とさっき転げ落ちて遊んでいたところに戻って探しました。
携帯電話、無くしたなんて言ったら…父さん…ソレを考えただけで…。
とにもかくにもケェタイデンワ!!　探しに戻ったら、薬ケースの中に入っていたデパス４錠のシート発見。その上の方にポツポツ、ボルタレンやブルフェン、ランドセンを入れた試験管が落ちているではありませんか。はぁはぁ。必死にかき集めて、残りの物も発見。そして携帯電話も発見。
ふがふが。90パーセント発見しました。
残りは。モダフィニールの粉を入れた試験管。…。
目を凝らしてくまなく探しました。馬鹿《ばか》な私に友人も付き合ってくれて一緒に探してくれました。
しかし白銀の世界で透明な試験管を発見することは、無理でございました。(泣)
友人は「携帯と薬の大半が見つかっただけで良かったじゃない。不幸中の幸いだよ」と言って慰めてくれました。
不幸中の幸い…うふふ…ははははは…。それでも私は沈み込んでいました。
今日の教訓は「スキー場でゴロゴロ転がるな」だね。と友人に言われました。はい。その通りでござんす。(泣)
その後、お昼ご飯を食べて帰りました。ご飯はカニ雑炊《ぞうすい》で大変美味《おい》しかったです。
ああ、そして遺伝子ですね。父も無くし物をして大騒ぎしていました。私や友人を含めて16人をすったもんださせました。
５万円くらい残っているハイウェイカードが無い！
一眼レフの高級なカメラがない！
遺伝子だ。遺伝子だ。無くし物をする遺伝子だ。と思いましたね。一時は車上あらしだぁぁぁと大騒ぎしましたです。結局両方とも車内にあったんですよ。はい。親子揃《そろ》って…。はははは…。
帰宅した私はすぐに布団《ふとん》に入って眠りました。車中でも眠っていたのですけどね。
11時に起きてチャットを少々。そして眠って。

今日、25日は友人の家に行って豊島園に行って来ました。
私はジェットコースター等の怖いといわれる乗り物には強いので悲鳴一つあげませんでした。ただ、写真を撮ってくれるサービスがあって、見てみたら凄《すご》いアホ面《づら》だったので泣けました。
もちろんアホ面写真は買いません。ゲームコーナーで卓上ホッケー（正式名称分からず）で友人に負けました。
始めて卓上ホッケーで友人に負けました。非常に非常に悔しかったです。
そのあとにカラオケに行って2時間半歌ったのですが、とてもハイテンションになりました。も、モスコミュールでお顔が真っ赤。すぐ顔が赤くなるのも父とそっくりです。ハイテンションなため、帰り道、手当たり次第に携帯でネット関係者や学校の友達に電話をかけました。
迷惑した皆様、ごめんなさい。（笑）ハイテンションになると勇気リンリン。始めての人に電話をかけるのはいつもなら非常に緊張してかけられないのですが…ガシガシかけました。べらべら喋《しやべ》りました。
友人の家に戻って、友人の家の電話でもネット関係者にガシガシかけました。某人、良かったですね。おめでとうございます。（笑）
帰るのが遅れそうだと父に連絡しようとお店に電話を掛けたら…料金払ってなくて通じないの。（爆死）
携帯電話にもかけてみました。留守番電話でやんの。（泣）
そしてお店に一緒にいるであろうHさんの携帯電話に一縷《いちる》の望みを掛けて電話したら。
…私の家…。父、頭痛でお店お休み。（死）私の考えていたとおりになったぁぁぁぁぁ私は超能力者？
ほーほほほほ。いつものパターンです。この父の動向。

家に帰って薬は何を飲んだか聞くと「セデス…」。
んななまっちろいモン飲まないでボルタレン飲めやーーー!
で飲ませたら、今現在効いているようです。
因《ちな》みに私も頭痛があったのでボルタレンを飲みました。
軽快軽快。凄いよボルタレン。
さ。明日は医者です。どうせいつもと変わらない診察、処方ですね。規則正しく眠る必要性がなくなったので眠剤全然飲んでいないので余りまくりです。医者に行く前に友人パート2と遊びます。
受験が終わったので遊べるようになったのですね。
久々です。楽しみです。

読者の皆様へ…
日記の感想などをメール送って下さってありがとうございます。とっても感謝しています。ですが、ワタクシ、返事書くの遅いんです。非常に。ごめんなさい。頑張って書きますから。ちょっと待っててください。ホンマにごめんなさい。無視しているわけじゃ、ないんです。ご了承下さい。

●2月28日(日) コンクリートの屋上

う。ふ、二日間も予告無しに日記を休んでしまってごめんなさい。こんなに休む気はなかったんです。ついつい…。話せば長くなりますよ。話しますよ。

金曜日。いつものように午後に起きてたらたらと医者に行く支度をします。窓を開けて外に手を出して気候の確認。それなりに冬でしたのでロングコートを羽織って友達の家に遊びに行きました。やっと大学や専門の試験が終わってくれて遊べるようになった友人です。手土産に父のレストランのドレッシングと貸す予定のねこぢるの本６冊を抱えて必死になってたどり着きました。汗だく…。
友人とはパズルゲームやダンスゲームをやったあとにファイナルファンタジーⅧのプレーの仕方を教えました。「そこにジャンクション！　アビリティ指定！」「セイレーンドロー！　ソコ回復！」と私の情熱指導が続きます。そんなこんなでバイバイして。
バスで渋谷に出ました。折角渋谷に出るのですから何かしよう、と思ってそこら辺をフラフラして、献血ルームに「あや」の偽名で献血しに行ったら、ヘモグロビンの数値は基準以上なんだけど比重が大分軽いので献血できませんという判断を下されてクソッ。うぉりゃアクエリアス２杯ただ飲みクッキーモシャ食いして医者に向かいました。
医者にて。イスに座りＭＤで音楽を聴きながらふと左腕を見ると…腕輪がない。腕輪がない腕輪がない腕輪がない。Aちゃんが買ってくれた腕輪がない。はひーーー！　と思って鞄《かばん》の中をくまなく探しましたがありません。嘘《うそ》でしょう落とした覚えなんかないわ…どこにあるのと焦《あせ》っているウチに、やってしまいました自傷行為。鞄のサイドポケットに入っていた使い捨てメスで、ブスブスブスブス。手首の肉を刺してえぐって、ブチンと肉を切り裂きながらメスを抜きます。
待合室の廊下に私の血が滴《したた》りました。数分後、看護婦さんがものすごい形相で「ああ！　気付かなくてごめんなさいっ！」と私の座っているところまで走ってきて処置室に運ばれました。診察前や診察途中に処置室に運ばれるのって何回目でしょう…。切りすぎて象のような皮膚になった私の腕には消毒液もしみません。痛くないけど看護婦さん謝ってくれちゃってこちらも恐縮です。血だらけの私の手を丁寧に濡《ぬ》らしたガーゼで拭《ふ》いてくれて優しい言葉をかけてくれます。
うがぁっ！　M先生が来たぁ！　うげぇっっ何か縫う縫わないとか話してるよ!!　縫うことになったらまたタクシーで他の病院に連れて行かれるんでしょ!?　自業自得《じごうじとく》ですけどお金かかるのイヤです!!　と内心青白くなっていたら何だか縫わなくてすむ方向に話が向かっているのでホッとしました。丁寧に包帯で圧迫止血をされて、診察になりました。
M先生に「うーん、切る前に受付の看護婦さんに相談して下さい」と言われてしまいました。看護婦さん、受付で患者さんからの人生相談みたいな電話に応じてて忙しそうだったので悪いかな…と思ってしまったのです。でも結果的によけい迷惑を掛けてしまったので今度からそうすることにします。更にお昼に切りたくなったりしたら電話してもよろしいんだそうで。ビックリしました。ソコまで面倒見てくれるのかと。私はもっとお医者さんにシナシナと頼ってもよろしいそうなのです。ぢゃー今度からもっとシナシナしてみます…というわけで診察が終わって、処方箋《しょほうせん》がほんの少し変わりました。
頓服薬《とんぷくやく》のホリゾンがコンスタンに変わりました。どっちが強いのか知りません。でも新種のお薬歓迎。うふ。
帰宅後にカクテル缶を二本買いに行ってハルシオン三錠をつまみにヨッピャラッテ友人に電話を掛けて大笑いしていました。この、金曜日に私がお酒を飲まなかったら、土曜日にあんな修羅場が待ち受けていなかったのでしょうか。
振り返っても後の祭り。

土曜日。昼の10時。起きてみたら。
ぎゃぁぁぁぁドタマがガンガンするぅ！　痛すぎる何じゃこれぇぇ!!　と衝撃を受けました。始めての二日酔い体験だったみたいで。頭が痛すぎてからだが動かせません。ボルタレンを素直に飲めばいいのに１時くらいまでもしかしたら良くなるかも…と思って布団で一人うなっていました。起きた父に「まだ寝てるのか」と言われて「頭が痛いの…」と答えたら「薬飲まないのか」と言われて「…エアロビクスとってきて…じゃなくてポカリスエットぉ」と言ってアクエリアスを取ってきてもらい、ボルタレンを飲みました。
一時軽快して、外にお買い物に行って好きなパンを買ってきたりもしたのですが、また5時頃に激しい頭痛に見まわれ布団でうなっていました。
6時半になって、父が出勤しません。頭をおさえているので「頭痛いの？」と声をかけたらシカトされました。眠っているんだろうな、と明るく解釈して、7時に起きあがった父にもう一度「頭痛いの？」と声をかけました。
返事は「痛くなんかねーよ」
…何だろう、この返事。不吉な予感がする…。すごく、いきなり。
「こんだけ好き勝手生きていりゃ満足だろう」と言われました。は？　いきなり何でしょう。
「もう学校に全部金も払ってあるから卒業できる。」と続けて言われました。
「…私何かした？　一日中寝転がってるの、いけなかった？」と父に聞き返すと「そんなことをいってんじゃねーんだよ」と言われてしまいました。何か凄《すご》く怒っているみたいです。イヤダ。ヤダヨ。機嫌、なおして、普通の父さんに戻ってよ、私悪いところがあったら直すから…。
気がつくと私は泣いていて震える声で父に何かを問いかけていました。そして「もう、好き勝手に生きろ」と言われてしまったのです。Hさんから店を開けないのかと電話がかかってきてその電話も父は怒って切っています。電話で私のことを「気狂《きちが》い」と表現していたのを、私は忘れません。
私は大泣きしていました。おえつが止まらなくて、しゃくり上げていました。父は「なに泣いているんだ」と聞いてきます。電話がひっきりなしにかかってきます。父、受話器を取って、すぐにガチャン。私の頭の中では「勝手に生きろ」という言葉がグルグル回っていました。友人からかかってきた電話も「ごめん、今取り込み中だから」と涙声で言って切っていました。考えは内側に回り込んで、周囲の状況も何も考えられない思考状態になっていました。

好き勝手に生きて、いいんだね。
私じゃ父の心を癒《いや》してあげられないんだね。
じゃあ私の存在価値って、何なんだろう。
ああ、M先生に電話したい。でも、もう診察終了時間だ。
父が理解できない。努力したけど。
もう、生きていても意味がないのかな？

何の取り柄もない。
気狂い。
親からそう言われてしまうくらいの気狂い。
きっと本当だよ。
私は、いてもいなくてもオンナジなんだよ。
いない方が、いいんじゃない？
気狂いなんだし。

なら、消えてしまえ。

気がつくと私は涙を拭くタオルと携帯電話を持ってパジャマに裸足《はだし》で外に出ていました。
行き先は、屋上。
頭の中には死ぬことしか考えていませんでした。エレベーターで六階まで上がって階段を見上げると、高い柵《さく》がかかっていて鍵《かぎ》がついていました。「〜!!」とうめきながら拳《こぶし》で鍵を叩《たた》いても外れてくれるわけがありません。高い柵を乗り越えようと本気で考えて必死に飛び跳ねてみました。ダメでした。
幼い頃年上のお姉さんと遊んだ近所のコンビニの屋上のことを思い出しました。あそこは鍵もかかってなくて柵の下を通ればすぐ屋上です。私は泣きながら階段を下りてそのビルへと向かいました。ピンクのチェックのパジャマで裸足の私が泣きながら道を走る様はどんなに滑稽《こっけい》だったことでしょう。風は本当に冷たかった。
コンビニの屋上は昔見たとおりの管理が手薄な屋上でした。七階から下を見下ろすと、電線やビルの看板が見えました。
「電線に引っかからないように、ちょっと勢いをつけないとダメだね」
最期《さいご》に、友達に電話を掛けよう。あかねさんや他の人にもかけたいけど、未練があるって思われたくない。一人だけにしよう。あーあ。タンスの中、ぐちゃぐちゃ。
押し入れの中も満足に整頓していないのに。
死んだら何にも関係ないけどね。
そんなことを考えながら段の上に乗り上げて携帯電話をピポピポいじっていたら。
あぎゃ。
捕まりました。Hさんに。泣きながらビルに走る私を目撃して父と一緒に屋上に来たようです。捕まった私は「放せ放せ放せ!!」と泣きわめき暴れまくりましたが父に取り押さえられてあえなく御用。捕まっても「好き勝手に生きろって言ったじゃねーか放せぇぇぇぇぎゃぁぁぁぁぁ！！！！」とわめき狂いました。あんなにわめき狂ったのは何年ぶりでしょう。はっはっは。この後家に戻って話し合いとなったのですが、本当に話が長くなっちまって、テレホタイムなので一度ここでブッタぎって日記にして送ります。

続きは、明日。

注

2月28日の日記に関して、事実に反する部分があります。私（父）は、娘を「気狂い」などとは言ってはおりません。その後の屋上のくだりは本当にあったことですが、あんなに激しい言い争いではなく、実際はもっと穏やかな話し合いでした。「一番好きな人に勝手にしろと言われたら、死ぬしかないでしょう」と言われた、というのが本当のところです。

おそらく、日記の読者を意識し、面白くするために色々と脚色したのだろうと思います。

他にも、事実と反する箇所はあるのですが、それも含めての娘の日記だと思っております。ただ、この記述に関してだけは、私と娘の名誉のために、こうした事実がなかったことを一言お断りしておきたいと思います。(父)

●3月2日（火） ボ ケ。

あ。医者での出来事で書き忘れがありました。診察室を出るときに立ちくらみがして思いっきりばったーんと倒れたら「来週採血検査しましょう」と言われてしまいました。いや、献血しちゃってるくらい健康ですよ。まぁ、採血好きだから、いいけど。ふふ。

さて、屋上で泣きわめき狂った私。家でもちょっとプッチン来ていて「好き勝手に生きろって言ったじゃねーか何で止めるんだよ」とわぁわぁ泣いていたらぼそり。
「俺が死にたいよ」と父。
ぢゃーテメーが死ねーうぎゃー！
と叫びたい気持ちを抑えました。それを言ったら、もうどうなるか、最後の一線です。言ってはいけない台詞《せりふ》です。抑えました。ぐぐっと。こらえ性プラス10。（自己評価）
何だか話を聞いていれば、Hさんともめて不機嫌になったとばっちりが私の方へ飛んできたようなのです。なんて迷惑。でも良くあることだったりして。「好きに生きろっていうのは、死ぬのと違うよー」とHさんが言いますけど人生を好きにしていいと言われたから、私はあの時死を選びたかったんです。一応これでも父と慕っている人に放り出されたら、どんな気持ちになるか。父は分かっていません。
Hさんは更に「本当はパパはそんなこと思ってないんだよ、勢いで言っちゃったんだよ」と父を擁護。
勢いでも何でもそのようなことを軽々しく口に出していただきたくないですね。こちらは本気に受け止めるんです。

何しろ父から生まれた生粋の気狂いですもの。被害妄想の申し子ですもの。勢いで言ったかなんて判断できません。
父は私が薬を飲んでいることに関して気に入らないようです。昔の、プールに遊びに行くような元気な私に戻って欲しいそうです。
って誰のせいで薬を飲み始めたのか根本を探れよボケ。とか思いましたが口には出しません。はぁはぁ。
それにアンタだって睡眠薬飲んでいるじゃないかボケ。なんて口に出しません。はぁはぁ。
しばらく喧嘩腰《けんかごし》の会話を続けて今まで吐き出したかった父への言葉をほんの少し、父にぶつけました。
勢いでも好き勝手生きろとか言うな、放り出されたと思うだろう、とか。
そしたら。父は今の私の年齢じゃ親の苦労なんてわからない、どんなに苦労して育てたか等を涙ながらに語り始めました。毎回のことなんですけどね。今の私の年齢じゃ分からないって…、じゃーどうせ分からないんですから話さないで下さいよ。
ったく。
しばらくもめてなんとか一段落して、残りはHさんと父の話し合いになりました。私は布団《ふとん》に潜り込む前に父に「ごめんなさい。4月からランチちゃんとやります」と言って眠りました。Hさんと父のモメモメは長らく続きました。話を聞いていれば完全に父の被害妄想から来る理不尽な怒りで「Hさんも大変やネェ…」と思いながら布団の中でゴロゴロしていました。Hさんは父の性格を分かっているのでひたすら謝りモードです。よくもソコまで理不尽な言いがかりに頑張って謝れるなぁ…と思うほど謝っています。謝りの達人です。
眠りたかったのですが父とHさんとのもめ事がまだ収まりません。家は狭いです。うるさいです。モロに聞こえてきます。頭痛再開。そして天井が素敵にびよんびよんグニョグニョしていて、布団がうねうねしている幻覚を見ました。
小一時間経《た》って。
ようやく事態は収まりました。いつものパターンです。
それから私は日記を書く時間もないなぁと思って眠ってしまいました。グーグーガーガーと眠ってしまいました。
翌日、朝起きて父に注射器を買ってきてくれと頼まれて、渋谷の東急ハンズに行きました。ストレスが…ストレスが…というカンジだったので友人に電話して「今から渋谷出てこない？　ンで、私とカラオケしようよ。っつーか出てこい」と強引に渋谷に来させて4時間歌いました。
さすがに4時間歌うと喉《のど》ががらがらです。
ヘロヘロになりながらゲームセンターに行ってダンスダンスレボリューション（ＤＤＲ）をプレーしたいと駄々をこねましたが、結局私がギャラリーにビビって違うゲームをやって帰ってきました。私はまだまだＤＤＲが下手くそなのであんな大勢のギャラリーの前でプレーできないんです。はい。恥かくだけですから。

そして月曜日は学校に行って参りました。久しぶり。お友達のＹちゃんはいつも登校日に学校に来ていないので「ずる休みだわ」と勝手に思っていたら肺炎を患《わずら》って40度の熱を出し生死の境を彷徨《さまよ》っていたようです。あああ。日頃の登校態度がこのようなところで誤解を招かせます。
学校では卒業式の予行練習として校歌や国歌、ほたるの光などの歌の練習をさせられました。あまりにもお喋《しやべ》りしている生徒が多いのでキレた先生が「口を閉じろー!!お前達の卒業式だろう!!」と叫んで一瞬静かになりましたが「別に卒業式なんかやって欲しいって頼んでないよ」と思った生徒は私を含めてさて何パーセント。
練習のあとに風紀検査があるということで、爪《つめ》を切りたかったのですがナイ。じゃあハサミでイイヤ。ナイ。ぢゃーカッター！　ナイ。（泣）というわけで、自力で爪を折っていました。ベキリバキリと。折れたので口で嚙《か》んで力任せに引きちぎったら、肉片がついていました。ああ。指先を見たら流血。イタタタタ（泣）このような痛みには掛け値無しに弱い私です。担任の先生は流血している私の指先を見て「またなんかつついたりしたの!?」とおお慌《あわ》てしていました。ごめんなさい。自傷行為娘は毎回心配かけます。
そして、帰宅。テレホタイムに起きて遊ぼうと適当に眠剤を飲んで。
起床したら翌朝8時。うがぁ。

●3月4日（木）　動悸《どうき》、眩暈《めまい》には市販薬より医者。
火曜日は友達と遊びました。八時に家に行くと言ったのに、起きてみたら八時で…。電話がかかってきて「八時に来るって言ったじゃないかよー」と責められましたすいません。お久しぶりにベンザリンなんか飲んでしまったら、スコーンと眠気が来てテレホも通り越して眠り続けてしまいました。
そんなこんなで、10時過ぎに友人の家に到着してのんびりとテレビを見たりゲームをプレーして、コンビニでお昼ご飯を買ってきました。オムレツにビーフストロガノフがかかっていて大変美味《おい》しかったです。ババロアも買ったのですが、会計が消費税込みでちょうど777円。…心の底の私だけが喜んでいて、表面上は「…」です。こんなコトで一々喜んでいたらねぇ…。はははは…。
ババロアを食べていたら友人が「そのうちジジロアも出るよね、きっと。うっふふふふ。」と一人で笑い始めました。私はただ、「…ババロアが美味しい…」と呟《つぶや》いたら「シカトこいてんじゃねーよぉ！」と怒られました。ああああ。私の何が悪い？

うう。(泣)
その後もダラダラと時を過ごしていたら、友人が「ああ!!　銀行に行かないと！」と騒ぎ始めました。三時に銀行が閉まるからソレまでに行かないと、携帯電話が今日解約できないそうです。うおおおおう！　と私も急《せ》かされて慌てて服を着て電車に乗って銀行へ向かいました。銀行には間に合いました。はぁ。良かった。等と安堵《あんど》のため息をついている暇はありませんでした。携帯電話の解約！　というわけでドコモショップに行きました。非常に混んでいます。非常に混んでいるのはいいとして。携帯電話の受付をやっている人間が研修員です。…オドオドとろとろ。手際《てぎわ》が悪い。30分くらい待たされて呼ばれたので話をしたら見ているより更に手際の悪さが目立ちます。隣の席にいる先輩に「あのぉ…」とか話しかけていますわ。友人と共にいらいら。勢い余って机を蹴《け》りました。私。友人も同じくいらいらいらいらしています。電話番号を抜くのに3回も失敗して、結局預かりになりました。決め手のこの台詞で私たちは切れました。
「数日後に取りに来ていただけますでしょうか…」
なんだと!?　てめーーー！　電車賃かかってるんだぞ!?　更にその上時間までよこせってか!?　友人は引きつる感情を抑えながら「いや、家の方に送っていただけますか？」と言っていました。結局そういうことになったのでなんとか暴れずにドコモショップを出ることが出来ました。
さ、折角街に出たのだから遊んで帰ろうか、ということになってゲーセンでＤＤＲをプレーさせてもらいました。
友人は「あんなのプレーしてたら命がいくつあっても足らない」とか大仰なことを抜かして私の横で見守っていました。私はまだまだ下手くそです。ノーマルモードも満足にプレーできなくて。ゲームオーバー。死ぬほど恥ずかしかったです。
ドコモショップで大幅に時間をロスして畜生といったカンジでしたがカラオケに行って歌ってきました。カラオケ館のジョイサウンドではCoccoの歌が沢山入荷されていて悶《もだ》えうれし泣きしながら歌いました。
その後、友人の案内で美味しいラーメン屋さんに行ってきました。友人はラーメンにはうるさく、語ると止まりません。「あのＯＬ！　べちゃべちゃ喋ってちゅるちゅる食べて！　待っている人のことも考えろ！　そして具をあんなに載せるな！　味が混ざって本来の味が分からなくなるだろう！」と怒り心頭です。更に髪の毛をおさえながら食べる女性も気にくわないらしくて、私は「今日髪の毛結んできて良かった…」と手に汗しました。ソコのラーメン屋は本当に美味しくて、ギトギトとんこつであんなに美味しいのは初めてです。
更に。杏仁《あんにん》豆腐が絶品。私はとろけながら食べました。
またあのお店に行って食べたいと後日電話で駄々をこね

たら「他にも美味しいお店は沢山あるんだ。君はそのお店に行かなくてはならない。杏仁豆腐はテイクアウトにしなさい。」と言われてしまいました。ああ…うう…。本当にラーメンにうるさい人…いや、美味しいからいいんだけど…。

水曜日。この日は打ち合わせで下北沢に行きました。メンバーは、誰一人として約束の時間にはやって来ませんでした。ふふ…みんなお仕事している人達だからしょうがないけどね…30分も前に来ちゃった私って一体…と心の中を風が吹きすさびます。適当にその辺のゲームセンターに入ってＤＤＲをプレーしている人を見学していました。みんな上手《うま》い。とても私が横でプレーできるレベルじゃないわ…。と思いましたね。そして、金もない。働く気もない。ダメ人ですし。ははっ。(泣)
メンバーの３分の２が揃《そろ》ったところでケーキ屋に入りました。むぐむぐもごもごケーキを二つ食べて…打ち合わせの詳細は秘密デース。帰りはカラオケに行って歌って、ゲーセンでＤＤＲをプレーして帰りました。やはり下手くそなので非常に恥ずかしいです。隣の台の人が大変上手くて、ギャラリーがソコに注目してくれていたのが幸いでした。
家に帰って夜11時になってチャットをやっていました。何だかその頃から具合が悪くて、吐き気、心臓痛、咳《せき》、眩暈、動悸。さんざんな体調で、チャットは途中で中断させてもらいました。眠るのが一番の苦しみから逃れる方法だったのです。

木曜日。朝。と言うか昼。今日は一日だらだらして良い日ですが余りにだらだらしていると、父の怒りゲージが上がってまた爆発するので、父が帰って来たときにだらだらしていなかったように見せるため布団《ふとん》の上に本を置いてだらだらしていました。父が帰ってきたときにばばばっと体勢を整えて本に向かえば集中していたように見えるでしょう…。
…何だかぜぇはぁいいます。動悸が早くなっています。横になっていても苦しくてじっとしていられません。どうしたことでしょう。
しかし友達から電話がかかってきてアドバイスを受けられました。「薬飲め！　薬！」というわけでレキソタン10㎎とコンスタンを２錠飲みました。しばらくはふーはーぜーはー言って落ち着かないことこの上なかったのですが段々と落ち着いてきました。友人の分析曰《いわ》く、今私の周りでは色々なことが動き始めていて、その動揺が今のぜぇはぁになっているんだよ、と言われました。鋭いね。君は。
明日は医者なので、このような症状のこともしっかり話すように、とアドバイスされました。話します。そして採血検査です。貧血のせいでもしかしたらぜぇはぁいっているのかも知れないので、早く、早く、採血検査していただきたいです。(泣)

●3月5日（金）バタン。

今日は朝八時に猫アタックで目が覚めました。猫アタック。ソレは猫が高い本棚などから私の顔の真横に落下してきて「餌《えさ》をくれ。起きろ。」とアピールしてくる行為です。起きても面倒臭くて寝ているフリをすると父の方にターゲットが変わってニャンニャン父の周りを回りながら鳴き叫びます。そうすると…父が私を起こす→私が起きて餌をやる。このような図式になります。…私に対する猫アタックで起きて餌をやっても変わりはありませんね。意味無しですね。ははは。(泣) 時たま猫アタックには強烈な技が用意されていて、一番高いタンスの上からみぞおちに落下します。…地獄です。地獄ですが痛みと怒りで猫をとっ捕まえてむぎゅぅぅぅい！ というお仕置きをします。猫もソレが分かっているので逃げます。野獣の戦いです。
結局猫に起こされた私は餌をあげて再び眠りにつきました。11時に起床して、今日はお仕事の打ち合わせです。お仕事。高校生の私がお仕事。うっふっふっふ。打ち合わせ。甘美な響きです。いや、実際にやったら大変だろうというのは承知していますが。覚悟は出来ています。

ぎゃ、ギャラをもらって父に叩《たた》きつけるのじゃー!!　家に金を入れるのじゃーー!!　というのが当面の目標です。入院費とか、色々世話かけたのは事実ですから。打ち合わせの場所に行ったとき、スリッパを出してくれたお姉さんが異常に美しかったのを思い出します。なんて美人や…とため息でました。ホンマに。美しいお姉さんの話はともかく、私はギクシャクしながら、入試の面接を受けるように会社の方の質問に答えていました。あの時ホリゾンを飲んでいなかったらもっと上がっていたことと思われます。リストカットの傷を先方がご覧になりたいとおっしゃるのでウリャァと見せたら「も、もういいですもういいです」と。そんなに凄《すご》いでしょうか？　私の傷。(凄いよ！　と突っ込みが返ってきそうですね)
一時間ほど打ち合わせをして、私は医者なので、一緒に来ていただいていた方と電車に乗って医者のある駅まで行ってさようならしました。毎度、ご苦労様です。それから私は医者へと向かいます。
医者で、三階まで、短い階段を登ったら。クラリ。あ、この感覚は…貧血だわ。とか考えているウチにドターンとぶっ倒れたら「あああ南条さん!!」と受付の看護婦さんがやってきて、横になれる部屋に行って寝かせてくれました。その時の私の顔色はキョンシー色だったそうです。顔面全体真っ白。か、階段がそんなにいけなかったのかい？（汗）寝転がっていたらM先生がやってきてしばらくそこで横になりながら診察を受けて、回復してきたのでいつもの部屋に戻りました。そこで滔々《とうとう》とパジャマで裸足《はだし》。家飛び出して屋上へＧＯ！したことや悩みが発生して鬱《うつ》がひどくなって食事も満足に摂《と》っていないコトを報告しました。あと、二回続けて貧血気味でぶっ倒れているので、血圧を計られて「頻脈です。血圧も低いですね」と言われて採血検査するはずが点滴される結果となりました。
献血をする階に行って、ピンクと透明の比重の違う液体を点滴されました。何やら貧血の溶液だけでなく、栄養状態も悪いということでビタミンＣの溶液も入っているそうです。ワーイビタミンＣ。お肌も潤《うるお》うビタミンＣ。…栄養状態悪いのね私…。
ぐったり横になりたかったので勝手に点滴の落ちる速度を遅くしたり（笑）ピンクの液体が落ち終わったので点滴終了かと思ったら透明な液体が残っていました。ワーイ。点滴が終わってからまた診察にもどって、今の貧血の状態ではアナフラニールが心臓に負担をかけるので、毎食後に「ノバミン」という謎《なぞ》の薬を処方されました。家に帰って調べてみたら…ああああああああああううう？　これ、メジャートランキライザーじゃないですか。抗鬱剤じゃないじゃないですか。…謎の処方です。家に帰る前にフラフランの体でゲームセンターに行ってＤＤＲをプレーしている人達を見ていました。あああ。上手い。こんな人達のあとに私がプレーできるものか。っていうかフラフラだしね。ははは。というわけでおとなしく帰ってきました。食べる物を食べて下さいとの先生の指示が出たので父の店に寄ってイタリアンサラダか巨大焼き肉（ステーキ）を食べようと思ったら強制的に巨大焼き肉にされました。とても美味しかったです。「ヒレステーキ食わせろ」と駄々をこねたりもしましたけど。(笑)
父には「頻脈で貧血で栄養状態が悪くて風邪を引いているのでしばらく安静にしていて下さい」って言われたよと申告しました。半分嘘《うそ》です。しかしこれでしばらくだらだらしていても叱《しか》られないコトとなるでしょう。げへ。

ところで今日は先生の前で咳をしまくって「風邪を引きましたか？」と言われましたが風邪薬を処方してもらえませんでした。(泣) なんででしょう。既に処方している薬の量が多いからでしょうか。ああ、ダンリッチ(泣) 父から2000円をふんだくってパブロンを買いに行きました。これで治って下さい。明日はAちゃんと遊ぶ予定だったのですが、私が風邪でダウンしているために遊べません。Aちゃんは「今日はゆっくり眠りなさい」とおっしゃりましたのでそのように致します。だけど夜中に目覚めてネットやるかもしれんです。タハハ。

●3月8日（月） 流行性感冒？

今日の日記は熱でうかされているため、いつもと文体が違うかも知れませんがご了承下さい。

今日は風邪を引いて3日目。強烈な風邪です。ふと気がついたら熱が39度以上あって悪寒《おかん》、頭痛、咳、喉《のど》の痛み、ありとあらゆる症状が襲ってきました。非常に辛《つら》かったです。けれど。学校が休みで何もすることがない私のような立場の人間が風邪を引いても肉体的苦痛だけで、何一つ困ることはないな…とか思ってみたりもしました。市販の風邪薬が役立たず状態になっていました。金曜日に医者で点滴もうけたのにどうしてこんなひどい症状なんだろうぜぇはぁ…畜生めぇ…。っていうかどうして力ずくでも風邪薬を処方してもらって帰ってこなかったんだ私のバカめ…です。6日はトイレに行く、食べ物を食べる、必要最小限の動きしかできませんでした。あまり食欲はありませんでしたが、食べないと治らないと思って勧められる物は勧められるがままに口にしていました。ラーメンとか。父が私にラーメンを作ってくれて、私は正直「この世界は夢かしら」などと思ってしまいました。父の出勤後、高熱でかすむ視界の中で「そういえばボルタレンって解熱《げねつ》鎮痛剤だから風邪にも効く…？」と思い出しました。そこで早速ボルタレンを飲んだら見事に高熱が引いて調子が良くなりました。

7日。
本当はこの日、オフ会があったんです。ソレはもう、心から楽しみにしていたオフ会が。
起きてみたら、熱がまたぶり返してゴホゴホの世界でした。微《かす》かな自己治癒力の力に可能性をかけていた自分自身に薄笑いを浮かべ、布団で市販薬を飲んでおとなしく眠っていました。
本当にこの日のオフ会は行きたくて行きたくて。どうしてこんな大事な行事のある日に風邪なんかを引くのかと自分に憤《いきどお》りを感じました。そして「やっぱり健康って素晴らしいのね…」とも思いました。治ったらすぐ忘れちゃうんですけどね。(泣)

そして今日、8日。
治っている予定でした。熱も引いて喉も治って健康体になっている予定でした。勝手に計画していました。(バカ)
なのにーなぜー♪(泣)熱を計ってみれば7度5分で、喉もソレはひどい有様です。すごい声で、自分でも笑えます。明日、卒業式予行演習だよ？　明後日《あさって》、卒業式本番だよ？　それでもいいのかいな!?　と自分に問いかけたくなります。
ヨースルニ。

金曜の夜からこんな状態なので折角新しく処方されるようになったメジャーのノバミンも飲めなくて、効果をお伝えできなく、残念です。もしも９日、明日の卒業式予行演習で熱があったら医者に行くことになっています。いや、もう、熱っていうか、この喉をどうにかして欲しいね。うん。ってカンジです。扁桃腺《へんとうせん》腫《は》れています。
私は扁桃腺肥大で小学生の頃に扁桃腺を切る切らないで大暴れして、切らなくてすむまで暴れ通したという実績があります。
…切っていればこの喉も違ったのかしら…と思います。取り敢《あ》えず卒業式予行演習に出ておかないと「在校生起立」のかけ声で立ってしまったなんて漫画的出来事が発生しかねないので、学校に行くつもりです。っていうか、治れよ。マジで。(泣)

●３月９日（火）　あらやだ。イタズラ電話かしら♪
今日も風邪は治っていませんでした。朝、起きてくらくらしました。学校を休みたいと思いました。でも、卒業式予行演習に参加しないとダメダメ…なのではいつくばるような根性で学校に行きました。
何とか学校にたどり着きました。…やっぱしダメ…というわけで甘ったれな私は保健室に行きました。講堂での演習では歌の練習を主にやったそうです。校歌はともかく、仰げば尊し、間違えずに歌える人います？　「声が

小さい！」と何度もやり直しをさせられたそうです。私は、口パクだから、関係ないけどね（鬼）
それからまだまだ練習は続きます。私は保健室で眠っていたんですけどね。ははは。名前を呼ばれて卒業証書を受け取る練習、起立、着席の練習、答辞の場面で感動のあまりすすり泣く練習（うそ）、等々を9時から12時過ぎまで練習したそうです。
ご苦労様です。あんな寒いところで。もちろん私は保健室でぐったりしていました。
咳は出る。熱はある。声はがらがら。休んでも変わりはなかったじゃないのさ…と自分に突っ込みを入れました。
練習が終わったようなので教室に帰ると、卒業アルバムを配っていました。
デカイ！　オモイ！　受け取って、中を見ました。常に後悔する個人写真の写りは今回それほどひどい物ではなくホッとしました。…唇の色が他の人の写真と比べて白いです…。
悲しかったのは、グループの写真として撮影した私がガラス管でデパスを吸っている写真が一枚も載っていなかったことです。卒業写真委員がノッてくれて二枚も撮影してくれたのにー！　エーンです。
やっぱり道徳的にまずかったのでしょうね（当たり前）。私が微かにデパスと分かるシートを指先に持って写っている写真だけが掲載されていました。ふいー。

家に帰ってから、友人の強い勧めで病院に行くことにしました。私の凄《すさ》まじいがらがら声に驚いたようです。
病院の受付に行って「風邪で診察を受けたいんですけれども…」と発する声が人間として間違っている声になっています。プラスチックのカードを持たされて受付のイスに座って30分ほど待ちました。
やっぱり遅いですね。大学病院ほどではないけれど。
やっと「南条さん」と名前を呼ばれて診察室に入れたと思ったらまた10分くらい待たされますし。それで診察は3分ですからやりきれません。喉を診られて、聴診器。ドイツ語でさらさらとカルテを書いて、はい終了。
でも今日の先生はオヤジ臭くなくてモヤシのような先生だったので少し嬉《うれ》しかったりして。(笑)
オヤジみたいな人に聴診器当てられるのってやっぱりイヤですもの。診療行為でもね。
会計は990円。処方箋《しよほうせん》を持って近所の薬局に行きました。フロモックス、ロキソニン、セルベックスカプセル、PL顆粒《かりゆう》、イソジンを処方されました。
その薬局に行くのは初めてだったので薬歴管理のアンケートを書かされました。待ってましたとばかりに喜び勇んで書きました。

何故《なぜ》喜び勇むかは不明です。「今までどんなお薬を服用なされてましたか」という問いには「ベンゾジアゼピン系睡眠薬、抗不安剤、鉄剤、メジャートランキライザー、抗鬱剤《こううつざい》」と書いたら受付のお姉さんに気の毒そうな顔をされました（笑）
そして説明も詳しくしてくれました。
眠気が来るかも知れないから、そういうときは夜のお薬を飲まないで眠っても良いと思いますよとか。
んー。現在服用していますが全く眠気は来ませんね。（泣）
帰宅して、父にアルバムを見せようとしたところ「もう見た」との答え。ナヌーー!?　勝手に見るな！　勝手にぃ！（泣）
取り敢えず風邪を治したかった私は食べ物食べ物…と呟《つぶや》きながら台所に転がっていた大和いもの皮を剝《む》いてとろろにして食べました。そうしないと食後のお薬が飲めませんからね。
風邪を引いて一番辛かったことは…タイジュウガ、タイジュウガ　kgも増えましたーーーー!!（大泣）
風邪を治そうと躍起になってステーキやら何やらを食べたのが原因だと思われます。
普通風邪引いたら痩《や》せるやんかー！　私のバカーー！です。風邪治ったら、またダイエット開始です。たぶん。

Aちゃんから、携帯電話に電話がかかってきて私は「今家にいるから家の方にかけていいよ」と言いました。そして、電話がかかってきました。無言でした。私はまたしてもＡちゃんのお茶目なイタズラ心が現れたものだと解釈して、それに付き合おうとしました。
私とＡちゃんは日々そんな電話のやりとりをかわしているのです。
私はがらがらの声で必死に可愛《かわい》く「あらやだ。イタズラ電話かしら♪」と言いました。
Ａちゃんならばそのあとに荒い鼻息の真似《まね》とか「パンツ何色」とか聞いてくると思ったのですが。
ガチャン。
電話が切れました。「??」目が点になりました。無言で電話を切ってしまうなんて本格的なお遊びを始めたのかしら、Ａちゃんったら…と思っていたら、すぐあとに電話がかかってきて「Ａでーす！」と元気よくＡちゃん。
「電話しなかった？」と私が聞いたら「していないよ」との答えが返ってきました。
…本物のイタズラ電話だったーーーーーー！！！！
だぁぁぁ私「あらやだ。イタズラ電話かしら♪」なんて言っちゃったよぎゃぁぁぁぁ…恥ずかしい恥ずかしいイタズラ電話をしてくる人間の人間性より恥ずかしいぃぃぃ!!　ふぎゃー！　です。涙で締めくくられる一日。
12時間後くらいには「無職南条あや」の誕生です。祝わないで下さい。

●3月10日（水）　感情の欠落？

三月十日。今日は私の卒業式でした。あまり実感がありません。
というか、卒業式よりも体調の悪さと、テレビの取材のことで頭がいっぱいになっていて卒業式なんかそっちのけでげほげほいっていました。折角医者に行って体力の付く物を食べて薬もきちんと飲んでいるのに喉の痛みがなかなか取れません。まだまだ全然がらがら声です。
朝、私の住んでいるアパートの前にカメラマンさんである方がいらして、ドアをノックして「待ってますー」とおっしゃるので「またしてはイケナイイケナイ！」と焦《あせ》って外に出る支度をしました。
テレビの取材ということで、私はカメラマン！　プロデューサー！　照明！　記録係！　その他アシスタント！　等々、４人か５人くらいいらしているものなのかと前日から考えていました。実際は大はずれです。カメラマン兼、インタビュアーの方お一人がいらして、今日一日私のことを撮影なさるそうです。やや、腰、抜けました。なんて思い上がり女なんでしょう。私って。私一人の撮影に４人も５人も一日中付き合ってられるかってなもんです。
でも緊張が取れて良かったです。
このメールを書いている現在ー、カメラマンの方が横にいらっしゃいます。横に！

カメラが私をとらえています。き、緊張しますなぁ（大汗）
雑談をかわしながら私の学校まで一緒に行って、正門のところで一度お別れをしました。ウチの学校はテレビに出たりするのは禁止なので、カメラマンさんが卒業式に入ってこられるわけがありません。
さて、今日のメインイベントである卒業式なのですが…私と一緒に入場するのは、なんと隣のクラスの拒食症の女の子！　仮にKちゃんとしておきましょうか。私の担任の先生の薦めで同じ病院に通っている女の子です。学校で見掛けると「ン、治ってきたかな？」とか思うのですが夏休みとか冬休みとか、長期の休みのあとに見掛けると「病状酷《ひど》くなってるー！　あーー！」ってカンジの女の子です。私はちょっと心の病をもつ者同士、勝手に心寄せて親近感を湧《わ》かせているところがありまして、こうして喋《しやべ》られるチャンスなどが与えられると「グフフ」と思ってしまうのです。変態です。
左胸につけるバラの造花をもらいました。…私は「これは内職おばさんが一個１円もかからない値段でヒーヒー言いながらあかぎれだらけの手で一生懸命作ったんだろうな」と勝手に妄想を膨らまして一人暗くなってみました。
新体育館に集合して列を作って式の会場である講堂に向かいます。なんだか、Kちゃんとサクサク喋ることが出来るではありませんか！　Kちゃん珍しく積極的に私に話しかけてきてくれます！　私の思い過ごし!?　かどうかはもう不明。私たちは病院のことについて話し合いました。中でも私が興味津々《しんしん》だったのがKちゃんは薬を飲んでいるのかいないのかです。飲んでいたらいたで何を飲んでいるのか!?
思い切って「今病院で薬もらってる？」と聞きました。Kちゃんは「ううん。今はもらっていないよ」と答えてくれました。今!?　じゃあ昔はどうだったのさ!?　というわけで問いつめた（おいおい）ところ、昔は漢方薬をもらって飲んでいたそうです。「漢方って苦いでしょう？」と聞いたら「うーん、そうだけどまぁイイヤってカンジで飲んでた。」とのお答え。精神を安定させる漢方じゃなくて、きっと胃の方の漢方だと思います。Kちゃんは一度も学校で暴れたり奇行をしたりしたことはないですから。（奇行なら私はある・笑）
Kちゃんは未《いま》だに一目瞭然《いちもくりようぜん》で拒食症と分かる姿形をしていて、肌が白くて、中谷美紀にそっくりです。髪型が。（笑）隣にいるとドキドキしてしまうのは私が馬鹿《ばか》だから？　いやしかし、私みたいな二重顎《あご》の人間にはKちゃんの無駄な脂肪が一切削《そ》ぎ落とされたような顔の輪郭は羨《うらや》ましい限りです。私はKちゃんになりたいのかも。
本番の卒業式は「泣くかも知れないわ。だって私この学校に6年間も通ったんですもの」と思っていたら隣の学校から入学してきた３年間の女の子が送辞の時にすすり泣き始めて、「おおお」と思いました。
送辞のどこがそんなに悲しい!?
送辞も答辞も嘘《うそ》八百を並べ立てたような内容です。在校生はまるで卒業生全員に限りない愛と親切を受けたかのようなことを読み上げていますし、答辞は体育祭の合同創作ダンスのコトが中心に述べられていて、「…私体育祭、入院していて出なかったんだよね。はは」と心でせせら笑ってしまいました。鬼でしょうか。
答辞の場面になるとあちこちから鼻をすする音が聞こえてきて、「私は風邪で鼻ずるずるしているのにわざわざ泣いて鼻ずるずるさせることナイでしょうに」とかどんどん冷たい思考になっていって、泣くとはほど遠い次元に一人置き去られました。
蛍の光や仰げば尊し、校歌を歌いましたが私は喉がやられるので口パクしていました。退場するときにクラッカーが「パパパパン!!」となったのには驚きました。
一気に眠る保護者の方がいて私は更に更に泣くとは遠くの次元に置き去られました。ヒュルル。
折角泣いても良い場なんだから泣きたいのにな…（泣）
教室に戻って先生から卒業証書を受け取りました。袴《はかま》姿の担任は可愛いです。
私は担任に「とってもお世話になりました」というような内容の手紙を渡しました。口には出来ない気恥ずかしい台詞《せりふ》が沢山詰まっています。今頃読んでいるかと思うとすごく恥ずかしいです。担任は最後にみんなで岡村孝子《たかこ》の「夢をあきらめないで」をＣＤといっしょに歌いましょうと言いました。
おお。いいカンジだ。泣けるかもね。ぐぐっと来るかもね。
なんて思っていたら、この「夢をあきらめないで」は我孫子武丸《あびこたけまる》という小説家の書いた「殺戮《さつりく》にいたる病」という本の中で犯人が女性の首を絞めながらイヤホンで聴いていた曲だということを思い出してしまい、鬱血して舌の飛び出した女の人を思い浮かべてしまってますます泣けないモードに…。
運がない私。
やっと帰るということになって、一緒に帰る友人のトコロに行ったら、見事に目を真っ赤にして泣いてやんの!!
あああああああああああ畜生です。
泣いているのを見られたくない様子であっち向いたりこっち向いたりしていましたが、私だって別に泣いている顔を見たいわけじゃないんですけど…と突っ込みを入れたくなりました。
そして学校前で待っていて下さったカメラマンさんと合流しました。ソコにたどり着くまでには卒業アルバムにサインして責めに遭ったり、写真撮って責めにあったり大変困難な道でした。今日で20回くらい「はいチーズ」

と発声しました。その度に見事ながらがら声をみんなに聞かれて泣けました。
何で、泣けなかったんだろうな…。
そのご友人と食事をしてゲームセンターでＤＤＲをプレーして足をつりそうになりながら帰ってきました。そして、今カメラマンさんと私が部屋にいるのです。
やっと卒業できた。もう顔出してもオッケー！
ブッヒョッヒョってかんじです。今日はテレホタイムに遊びます。ふふ。

●３月11日（木） ここは暗くて怖い
昨日は完璧《かんぺき》なる健忘体験をしました。今までにも健忘を起こしたことは何回かあるのですが、「フト気付いてみると」忘れていたというレベルでした。昨日は違うのです！ フト気付いてみても、忘れていたということが全く分かりません。
テレビのカメラさんが帰ったあとに、「よし、今日は気合いを込めてインターネットをするぜ」と思って、今のうちに眠ってしまおうと思い、サイレース２㎎、デパス２㎎、メレリル25㎎を飲んで４時頃に眠ってしまいました。
!?
フト気付くと父の布団《ふとん》の中で眠っていました。驚いたのですが眠気に勝てずにそのまま父の布団の中でまた眠り

に入ったみたいです。しかし友達から電話がかかってきて、起きてみたら自分の布団の中にいました。ワーオ。
そして決め手は…電話に出ると、友人が、「さっきも電話した」と言うのです。
「…なんですと？」と思って話を聞けば、友人が７時頃に電話してみると、私は「今は駄目なのぉー!!」と雄叫《おたけ》んで電話をがちゃりと切ってしまったそうです。そんなこと、全く覚えていないぞ!?　ハツミミさ！
うおおお100パーセント健忘です。記念日です。
いやしかし実際に体験すると釈然としないものを感じますな（笑）

11日に日付が変わって、私は完全に高校とも完全に分離したような、そんな状況です。
分離してみたら…。怖いのです。何にもなれない自分が、情けなくて申し訳なくて五体満足の身体《からだ》を持て余していて、どうしようもない存在だということに気付いて存在価値が分からなくなりました。
今まで、卒業するという目標に向かってたらたらしながらも突っ走ってきたのが、目標を達成してしまうと、次に何をしていいのか分からなくなってしまいました。
働くのがいいのでしょう。おそらく。そんな気力もないのです。
所属する何かがないと、私はダメになってしまうようです。こんな自分を発見したのは初めてです。
いわゆる。燃え尽き症候群なのかも知れません。
ごたくを並べましたが、とにかく今日はそんなこんなで不安発作が起きて、一人でギャースカと悶々《もんもん》していました（意味不明）。
レキソタン10㎎とコンスタンを２錠飲んで落ち着きを取り戻しました。明日は医者なので相談します。
家にこもりがちになって、段々分裂病っぽくなっている未来の私が見えるような見えないような…。（不安）
私の足元は現在真っ暗。身体が震えます。クスリ、ないと、ダメです。４月まで仕事もないですからねぇ。デイケアとか行った方が良かったんでしょうか…。
いや、私は自分の時間を拘束されるのが大嫌いな野生少女。デイケア行ってもすぐに飽きるはず…。
うーんうーん…。（涙）
私は焦《あせ》っているのかも知れません。みんな４月になれば専門学校、短大、大学、就職、それぞれの道を歩んで行くのに、私だけ、一人取り残されたような。ソレも、自分の怠慢のせいで。なんか、精神状態が退院したときと同じ様な状態になっているような気がします…。（黒）

Ａちゃんから、卒業祝いにお花と電報がとどきました。とても綺麗《きれい》なお花です。現在、猫に齧《かじ》られることの無いよう、厳しい監視態勢のもとに置かれています（笑）。

夕方、帰ってきた父が洗濯中に水をこぼして台所がびしょびしょになりました。私がやったら激しく怒られるであろうこの行為をとがめる人は誰もいません。キキー！(怒)
バイトしようかなー…と考えています。考えるだけで終わりそうなのですが。(汗) 分裂病になりたくないし、もうお小遣いは終了したのでお金は欲しいし。ファミレスはダメです。お客さんと自分の失敗が怖いし、制服が半袖《はんそで》のトコロが多いですしね。とか何とか言って、結局は全《すべ》てのものに理由を付けて、バイトをする気なんか無いのです。
私は、社会不適合者。

●3月16日（火）　ハルシオン、ハルシオン。

…。
……。
ダメだぁぁぁ!!　もうタッパに入りきらないーーーー!!
あふれるぞ!!　みんな隠れろーーー!!

卒業を目前にして、寝て起きてパソコンいじって寝るという大変悠長《ゆうちよう》なナマケモノ的生活スケジュールを送っていたため、眠剤をちゃんと飲むという習慣を忘れ、医者で処方される眠剤、安定剤は貯《た》まるばかり。とうとうその栄華をほしいままにしていた私の巨大タッパーにも入り切らなくなるという状態になりました。イヤ、もう貯め込むのが習慣の一部というか…。
父に、この薬の量が見つかると念のため自殺しないようにと一部を、イヤ、大部分を持ち去られそうな雰囲気のため、みんな（薬）にはタンスの中に避難していただきます。今日も朝４時までチャットをして、12時に起きるという怠けものっぷりです。12時に起きたのも父に起こされたからで、放っておけば医者に間に合わなくなる時間までヘロヘロと眠っていたことでしょう。
これは金曜日のことでした。この後、私はまた大変な健忘を起こすのです。それはもう本人が聞いてびっくり。「私そんなの知りません！」と泣き叫びたくなるような内容です。
まず、被害者のＡちゃん、加害者が私です。Ａちゃんが夜、私の家に電話をしました。私はその時イロイロお薬を飲んで眠っていたようです。Ａちゃんは私を一緒に珈琲《コーヒー》などを飲みに喫茶店に行かないか誘ったそうです。私は「おめかしして待ってるわ～」とか言ってたそうです。（泣）その上私は「豆のスープが飲みたい」とも言っていたそうです。
なんじゃ、豆のスープって。
普段の、理性を持っている私なら夜に父に黙ってどこかに行くことなんて怒られてしまいます。だから絶対にオッケーするなんてコトはあり得ないのです。（力説）

そしてＡちゃんが私の家に来ると、私の家の鍵《かぎ》は開いていたそうです。
っああああぶねぇぇぇぇ！！！　危険！　誰か入ってきたらどうするの!!（汗）
まぁ、それはともかくＡちゃんが家の中に入ってきました。私はパジャマから普段着に着替えていたようです。
ああああああ怖いわ健忘って。じゃあ行こうか、というところで私はヘロヘロのほへほえで、台所の洗濯機の横で「ずだぁぁぁぁん!!」と転んだそうです。…全然覚えていません…。Ａちゃんは呆《あき》れて、やや怒りながら、「もうイイよ、寝てな。」と言ったそうで、私はそのまま自分の部屋に帰って、またパジャマに着替えて眠ったみたいです。パジャマに、着替えて。
翌日起きると座椅子《ざいす》の上に服が脱ぎ散らかしてあったので「なんだろう」と思っていたのですが、その後のＡちゃんとの電話によって私が健忘を起こしていたことが発覚しました。最初に聞かされたときは「うぇぇぇぇぇうっそでしょうぅぅ」状態でしたが物的証拠（服の脱ぎ散らかし）や、Ａちゃんがそんなウソをつくはずがないということで納得しました。
…健忘って怖いです。釈然としません。

そんな今日はＡちゃんの家に行ってゲームしてバドミントンをしてきました。太陽の眩《まぶ》しい公園で半袖になりながら華麗にスマッシュなどを決めたかったのですが、風が強くてそれどころではありませんでした。(大泣) むかついたのでそこら辺の木に登ってみたりしました。そのあとハーゲンダッツで二つもアイスクリームを食べた上に焼き芋まで食べて、甘夏も食べて(試食のミカンドカ食い)、帰宅後には父のお店でステーキまで食べました。何なんでしょう。この食欲は。
しかし4月からの自分でのHP立ち上げに向けて、勉強しなければならないことが沢山あります。書物が、てんこもり。それを見ているだけで、ず、頭痛が…。先が思いやられます。

ところでこの頃、記憶が滅茶苦茶《めちゃくちゃ》です。つい昨日まで金曜日だと思っていたのに、今日火曜日でやんの。何？　これは!?　おとうさんがスノーボードに行ったコトやら、ネットで何をしていたか、とても曖昧《あいまい》で、何にも思い出せません。
…ま、いいや。無理しなくて。(笑)

●3月17日（水）　レキソタン、レキソタン。

昨日、バドミントンなんかをしてしまった私なのですが、朝、起きてみたら筋肉痛でした。腕とか、肩だけでなく、お尻《しり》や腰まで酷《ひど》い筋肉痛に見舞われています。
まぁ、それはともかくとして、現在不安な発作に襲われてどうしていいのかどうしていいのか困ってます。過呼吸にならないように呼吸のコントロールは気をつけています。コントロールできるんだから発作じゃないでしょうとおっしゃりたい方もいらっしゃるとは思いますが、とにかく何だか不安でしょうがないんです。だーれーかータスケテ。
とりゃっ！　レキソタン20mgじゃ！
効いてくるまで不安不安。(泣)

〈解説〉

ダメ精神科医Kは、南条さんに言われた。
「もう一度だけ、顔を上げるように」。

香山リカ

表現したいことが次から次へとあふれて来ている！　南条さんの日記を読んでまず感じたのは、その病理性でもなければ恵まれない環境でもなく、抑えきれないほどの自己表現の欲求です。

クスリの話、自傷の話、精神科での面接の話など満載で、内容は決して明るいものとは言えない。しかも、これを書いた当事者である南条さんは、もうこの世にはいない。そういったことを知った上で読み出したにもかかわらず、私は何度も「これって、その後、活躍することになった作家の若かりし頃の日記？」と思っては「いや、そうではない。これは“栄光の記録”とは少し違うんだ」と自分に言い聞かせなければなりませんでした。それほど彼女の文章は明るく弾んでいて、そこにふりかけられたちょっぴりの毒の効果も抜群。友人が推薦でさっさと大学進学が決まったときに、「やったー！　これでカラオケ友達ができるーー！　…そういう視点でしか喜べないのかい（泣）」と自分で自分に入れるツッコミのキレの良さよ。この日記のあとに起きた“すべての事情”をわかってはいても、「ワハハ」と何度も笑わずにはいられませんでした。それはひとえに、南条さんという人が表現すべき“自分”を持ち、さらにはそれを人に伝達すべき“ワザ”を持っていたからです。

「いつでもどこでもリストカッター」で南条さんは、リストカットにより傷ついた自分を「見せつける」ことでしか立場を回復することができなかった、と書いていました。もしかしたら、そうでもして「見てもらう」ことがないかぎり、自分は空っぽだと感じていたのかもしれません。でも実は、この日記にほとばしり出ているような重量級の“自分”はきちんと存在していたんだと思います。それがあまりに個性的で、社会というシステムの中でとかく空回りしがちなため、自分ではその存在をしっかり自覚することができなかっただけで。

そんなわけで、私が「精神科医」としての自分を取り戻し、「少しお仕事的な視点でこの日記を眺めなければ！」と我に返ったのは、読み終わってしばらく時間がたってからのことなのです。そしてそういう視点で改めて眺めてみると、この日記の後ろからはまた別の風景が立ち上がってくるのを感じるのでした。ここでは、その風景について少し詳しく考えて、お話ししてみることにします。

それは、私にとってはなかなかつらい作業になりそうなのですが。

まず、私のこころの中に浮かんできたのは、これまで私的な友人として、あるいは精神科医になってから出会ったたくさんの若い人たちの顔です。その中には、はっきり言って何年も忘れていたような人もいました。そして、「あの人に私は何をしてあげられたんだろう？」「あの人も南条さんみたいに、クスリ減らしたとき私を恨んだかな？」と考えているうちに、診察のときには感じないような（というか、自分で必死に目を背けているのでしょう）なんとも言えないつらさや情けなさがこみ上げてきました。

——今ごろそんな泣きごと言ったって、ムダです。ハイ。

南条あやさんに聞かれたら、こんな風に言われて笑われるかもしれません。…でも、南条さんはもうこの世界にはいないのです。その事実が、私をさらに空《むな》しくやるせない気持ちにします。実際に南条さんとかかわりのあった人たち——家族、友人や恋人、教師や病院関係者——、ネットで南条さんの日記を読んでうなずいたり笑ったりいっしょに落ち込んだりしていた人たちが、彼女を失ったときに感じた悲しさ、虚脱感、「なぜ？」という際限のない問いの苦しさはどのくらいだったのでしょうか。想像するだけで胸が押しつぶされそうになります。これを別の角度から考えれば、南条さんというのは、書いた文章を読むだけでだれもが彼女をとても身近に感じて思い入れしたくなってしまうくらい、強烈な個性と魅力を持った女の子だった、ということにもなるのでしょう。

ここで、いたずらに感情におぼれることなく、医者としてのプライドを必死で立て直して考えてみることにしましょう。「もし、南条あやが私の診察室に現れたら、さあ、どうする。」もちろんこれは、架空のシミュレーションにしかすぎないのですが。

出会いは南条さんがパソコンを手に入れて、いろいろなＨＰや掲示板を見始めた頃としましょうか。その当時にして彼女は、すでにリストカット歴５年。手の甲に残った傷跡も相当のものでしょう。

「こんにちは。どうしましたか」という無難な私の問いに、南条さんはどう答えるでしょうか。きっと人間観察力にすぐれた彼女のことですから、すぐに私を「ひととおりの話は聞いてくれそうだけれど、肝心のときにはたよりにならない医者かも」と見抜いて、「えーっと、今はだいぶ落ち着いているんですが、実は」と私をひとまず安心させておいて、それからおもむろに病歴を語り始めるのではないでしょうか。手の傷にちらちらと目をやりながら、私はとりあえずの印象をこうカルテに記します。

「表情は豊かで疎通《そつう》性は良好。話にもまとまりはあり、奇異なところはない。言語化の能力は高い。自分をある程度、客観視することもできるようだ。」

そして、それを率直に相手にも伝えます。

「南条さんは自分のことをきちんと言葉で語れる人のようですね。理解力も高いみたいだし。では、これからあなたの話を手がかりに、いっしょにどこに問題があるかをさぐっていきましょう。ここでは思ったことをなんでも話してくださいね。」

しかし、この時点で私はすでにひとつ失敗をしています。南条さんは「相手が自分に何を期待しているか」をすばやく察知し、それに合わせて行動してしまうようなタイプです。私がこう告げたことにより、彼女は「理性的で話し上手な女の子」の役割をいやでも演じなければならなくなるのです。彼女が本当にそういう人だったら、リストカットなんか繰り返すわけはないのに。いや、そもそも精神科の診察室にやって来る必要もないはずなのに。

この日記を読んでいても、南条さんの文章はあまりに明るくテンポも快調なので、読む方はつい彼女の苦しさや痛みの方は見過ごしてしまいそうになります。たとえば、病院の待合室で自傷行為に及んでしまうときの次のような文章。

「やってしまいました自傷行為。鞄《かばん》のサイドポケットに入っていた使い捨てメスで、ブスブスブスブス。手首の肉を刺してえぐって、ブチンと肉を切り裂きながらメスを抜きます。」

ここだけ抜き出してその場面を想像してみると事の重大さもわかるのですが、「はひー」だの「うがぁっ」だのといった擬音語の中に埋もれていると、読む方としてはマンガの１シーンでも見ている気分になったり、そんな状況でもユーモアのセンスを失っていないんだからだいじょうぶさ（なにしろ、主治医の「うーん、切る前に受付の看護婦さんに相談して下さい」なんていうズレた発言までしっかりチェックしているんですから）、と安心したりしてしまいます。でも、それではやっぱり「彼女のことを少しもわかってない」のでしょう。

でもきっと、私の診察室を訪れたらたぶんそうしたはずの「きちんと自分を語れる人」という姿や、日記での「いつもボケとツッコミを忘れず、自分や世界を冷静に観察する眼を持っている人」という姿にすっかり目がくらみ、彼女の苦しさやいつも感じていた生きにくさを見落としてしまう、なんていうボケをかますのは、私くらいのものなのだと思います（もしかしたら実際に彼女のまわりにいた大人たち――学校の先生や病院のスタッフなど――の中にも、私みたいな人がいたかもしれませんが）。少なくとも、インターネットで南条さんの日記をリアルタイムで読んでいた人たち、あるいは彼女がこの世からいなくなってからＨＰ『南条あやの保護室』を読んでいた人たちは、「三つ子宣言」までして献血に通おうとする彼女の姿から、ちゃんと痛みやつらさを汲《く》み取ってあげていたはずです。きっちり笑ってあげながら。

そこで私は、二種類のショックを受けることになるのです。まずひとつは、「私は南条さんや、これまで診察室に来たたくさんの若い人の孤独を絶望を、わかってあげていなかったのではないか？」というショック。それからもうひとつは、たぶん日記の愛読者だった人たちと同じショック――「HPを通して、彼女の気持ちをわかってあげているはずの人がこんなにいたのに、どうしてこの世界から消えてしまうしかなかったの？」というものです。とても鬱陶《うつとう》しい言い方かもしれませんが、私は二重の意味で南条あやさん（やその後ろにいるたくさんの人たち）を理解できず、救えなかった、ということになるのです。

…といった個人の泣き言はこれくらいにして、ここで(今さらムダだよ、と言われそうですが）少しだけ医者の顔になってお話ししてみたいと思います。南条さんのように、客観的に見れば「頭の回転ははやいし、文才はあるし、もう前途洋々じゃない」という人が、どうしてここまでつらく苦しい毎日を送らなければならないのでしょうか。みんなにチヤホヤされながら、大学進学だデートだショッピングだ、と楽しい生活を満喫してもいいはずの人が。そのこととおそらく関係すると思うのですが、ある精神科医が次のようなことを書いていたのがとても印象に残っています。

「彼らは、不安や抑うつを心に抱きながら、そういう自己を自ら慰め励ます能力に乏しい。いわば心という容器が小さく、かつ容器の壁が薄い。不安や抑うつは恐ろしい空虚感や孤独感を伴うパニックとして体験される。」

ここで「彼ら」というのは、精神医学で境界性人格と呼ばれている人たちなのですが、ここでは医学的診断などはどうでもいいのです。私が引っかかったのは、いれものとしての「心」があまりに繊細で華奢《きやしや》なために、感情（とくにマイナスの）がすぐにそこからあふれ出してしまい、そんな自分をおだてたり慰めてごまかしたりするのが苦手な人、というのが存在するのだということです。自分で自分を抱っこして、「よしよし」と頭をなでてあげられない。つまり、「自分甘やかしベタ」の人たち。その精神科医はこう続けています（ことばの使い方がエラそうに見えるかもしれませんが、学術論文のしきたりなのでお許しを）。

「彼らは、自己の不安や抑うつを自己にかわって抱え処理してくれる人、苦痛な体験をしている自己を自己にかわって慰め支えてくれる人を必要とする。そういう対象が得られないと、彼らは強烈な見捨てられ感情を持つ。これは自己の外の対象から見捨てられるというだけでなく、自己と不可分の対象すなわち自己の一部が喪失するような破滅体験である。」

長く引用してしまいましたが、ここで注目すべきはふたつ。まず、この「自分甘やかしベタ」の人たちは、そういう自分を「よしよし」と抱っこしてくれる人を必要としていること。これはだれにでも想像がつくところです。それから、もうひとつ。もし、そういう人が見つからないときには、「もうだれからも見捨てられてしまった」と思うだけではなく、「自分が自分を見捨てたんだ」とまで感じてしまう、ということ。これはとても“痛い”体験です。もう少しだけ引用しましょう。

「薬物依存、性的逸脱行動、家族に対する暴力、自傷行為や自殺企図、その他の自己破壊的行動などは、この破滅的な見捨てられ感から生じるものであり、同時にそれを回避しようとする試みでもある。」

破滅的な見捨てられ感。

これは「だれか他人に見捨てられた」というレベルのものではありません。すべての人たちが、それどころかこの自分までが、自分を見捨てているのです。クスリを大量に飲むとか自傷行為をすることを指して「そんなに自分を粗末にするな」と言う人がいますが、それは大きなカン違い。そんなことをするずっと前から、その人はもう、とことん粗末にされ破壊されている。クスリや自傷は、むしろ破壊された自分をギリギリのところで取り戻すための試みなのです。

安易な想像は危険ですが、南条さんの場合もこの考え方で理解できないでしょうか。「お父さんが悪い」「学校が悪い」といった問題ではなく、自分で自分を甘やかしたりおだてたりできない彼女は、とっくの昔に自分からさえも見捨てられ破壊されていた。そこで他人が「南条さんにはほかの人にはないものがたくさんあるじゃない」と言ったりするのは、よけいに彼女を見捨てる結果となった。自分で自分を抱っこできない彼女が自分で自分にしてあげられる最後のことが、それ以上の破滅から自分を救うためのクスリや自傷だったのかもしれません。

では、まわりにいる人はいったいどうしてあげればよかったのでしょう。先の精神科医の説から考えられる「教科書的解答」としては、「彼女を丸ごと抱えてその苦痛を自分のものとして引き受け、慰めてあげられる人」というのがあげられると思います。しかし、南条さんのような人は、相当に“手ごわい”。つまり、知的な能力や感受性、人間観察力などがすぐれている分、その不安や抑うつも並大抵のものではないはずなのです。だから、現実的にはそんな彼女を「丸ごと抱っこしてあげられる人」なんて、まずは期待できません。いくら彼女を愛している肉親や恋人でも、ベテランのカウンセラーでも、ひとりでその役を果たすのはムリと言えるでしょう。

でも、たくさんの人で彼女を抱えてあげることは、できなかったのでしょうか？　たとえば、彼女の日記を心待ちにしていたたくさんの読者たち。この人たちの南条さんを思うこころで、その底知れぬ苦しみや見捨てられ感を薄めてあげることはできなかったのでしょうか。これはただの想像ですが、おそらく相当のところまで南条さんはこの日記により自分を励まし、慰めてあげることができていたはずです。

でも、やっぱり何と言ってもこれは南条さんが「みんなのために」と書く日記。本文の中でも何度も、「短くてごめん」とか「寝ちゃって書けなくてごめん」と、心待ちにしている姿なき読者へのメッセージが出てきます。そこでも彼女は「私を助けて」の顔を全面的には出すことはできず、逆に「私が救ってあげるよ」という顔にときどき変わっていました。そうすることで「読者に求められている。みんなが私を待っている」という喜びを感じるのと同時に、「やっぱりだれも私を救ってはくれないんだ」という絶望も深くなっていったのかもしれません。

それにしてもなぜ、彼女のように自分や世界をきちんと見つめることのできる人、まわりに流されることのない人、自分をごまかさない人が、こんなに「生きにくい」と思いながら生きていかなければならなかったのでしょうか。いったい何がどう変われば、彼女みたいな人たちが存分に自分のよさを誇り、肩の力を抜きながら楽しく生きていくことができるようになるのでしょう。家庭？　学校？　社会？　…きっと、どれも正解でどれもはずれです。どれかひとつを悪者にして、「許せない」と言って解決する問題ではありません。

でも、だからといって、「南条さんがこういう生き方しかできなかったのは、あっという間に人生を駆け抜けて行ったのは、仕方のないことだったのだ」で終わらせてしまうのは、あまりに悔しい。私もこれからは、南条さんのことを思い出しながら、目の前に現れる若い人たちと接するときは「ああ、きちんとお話もできるし、問題は軽い」などと決して思わないようにする。私ができること、親やまわりの大人にしてもらえることを、もっともっと一生懸命、考えていきたいと思います。

だから、「私も南条さんの気持ちがよくわかる」「この日記は自分のことみたいだった」という人も、「どうせだれもわかってくれない」とあきらめずにもっともっと話してみてほしい。もちろん、すぐに「あなたのこと、わかったよ」という人が現れるとはかぎらないけれど、その「自分甘やかしベタ」の華奢なこころをそっと支えて「よしよし」と言ってくれる人は、必ずいるはずだから。それには、「私はこう思う。わかってほしい」「もう一度言って。よくわからない」と何度も何度も繰り返すしか、方法はないのではないでしょうか。

気が遠くなるほどかったるい作業だけれど。…そんなこと、今ごろ気づいたとは。でも、永遠に眠るその前に、もう一回だけ、がんばってやってみるように。

南条さんは、ダメ精神科医・カヤマにそう言ってくれるのではないか。私はどうしてもそう信じたいのです。

おそらくこの日記を読んだ人たちはだれもが、南条さんから何かを語りかけられ、私と同じように「もう一回、信じてみよう」「もう少し歩いてみよう」と思い、一度は伏せた顔をまた上げてみたくなるのではないでしょうか。

（かやま　りか・精神科医）

南条あや略歴

1980年８月13日～1999年３月30日

1980年８月13日
　南条あや誕生。両親は東京都内でカラオケスナックを経営していた。

1983年（３歳）
　両親が離婚。父に引き取られる。

1984年（４歳）
　父がレストランを開業。母は名古屋で再婚し、あやも義父と暮らす。

1985年（５歳）
　再び父に引き取られ、東京へ戻る。

1990年（小学４年）
　生後数ヶ月の捨て猫を拾ってきて、アパートで飼い始める。

1992年（小学６年）
　いじめをきっかけに２学期から不登校。

1993年３月
　私立の女子校を受験し、合格。

1993年4月（中学1年）

中学ではアニメ部に在籍、コミックマーケットにも参加していた。漢字検定を取るなど勉強にも熱心だった。

反抗期はなかったが、この頃からクスリに対する興味が膨らみ、リストカット癖も始まった。最初はシラフで手首を切ることができず、酒でグデングデンに酔ってから切っていたという。

1996年4月（高校1年）

中高一貫制のためエスカレーターで高校入学。

1998年1月（高校2年）

父親にねだってパソコンを購入。月額固定料金のプロバイダとテレホーダイに契約し、夜11時から朝8時まではインターネットが使い放題の環境になる。あやは本名の「ＪＵＮ」というハンドルネームで、精神病やクスリを扱ったホームページへ頻繁にアクセス、掲示板への書き込みでリストカット癖をカミングアウトしていた。

4月（高校3年）

担任教師の勧めで精神科に通い始める。

5月28日

フリーライターの町田あかね氏が主催するホームペー

ジで募集中だった「精神病と向精神薬に関する体験談」にメールを送る。彼女の文才をかった町田氏は、すぐにホームページ上で日記を連載しないかと持ちかけ、自分のページ内に「現役女子高生・南条あやの部屋」を制作。それ以後あやはほぼ毎日、町田氏に日記メールを送っていた。「南条あや」というハンドルネームは、名前を町田氏が、名字を彼女自身が命名したもの。

7月2日
　リストカットをして大量に出血。あやは、レストランで働いていた父親に「パパごめん、救急車呼んでいい？」と泣きながら電話した。

7月27日
　貧血の治療のため、東京都内の大学付属病院精神科閉鎖病棟に入院。インターネット上で知り合った友人がよくお見舞いにきて、あやはいつも楽しそうにしていたという。

8月13日
　閉鎖病棟で18歳の誕生日を迎える。

10月2日
　病院を退院。あやは直前に、病棟のトイレで持ち込んでいた腕時計を破壊した。

11月5日
　インターネット上で南条あやファンクラブが結成される。あやはときどき会報メールを送っていた。

11月17日
　雑誌『GON！』に「精神科に通う現役女子高生あや　通院編」掲載。

1999年1月
　別冊宝島『おかしいネット社会』に南条あやのインタビュー記事掲載。

3月10日
　高校卒業。インターネットアイドルの一人としてテレビ番組の取材を受ける。

3月17日
　ホームページ「現役女子高生・南条あやの部屋」に最後の日記メールを送信。雑誌『GON！』に「精神科に通う現役女子高生あや　入院編」掲載。

3月18日

恋人だった男性とディズニーランドに行く。あやが20歳になったら結婚する約束だった。あやは彼への手紙に「これからは、和やかに時間が流れるように生きたい。結婚まであと一年数ヶ月。たのしくてうれしくて愛《いと》おしくて分裂病になりそうです」と書いている。

3月19日

婚約者と渋谷で小さな石のついた指輪を購入。

3月20日

卒業を機に「南条あやの日記」を町田氏のページから独立することになり、婚約者とともにオフィシャルページの制作を始める。「南条あやの保護室」というホームページのタイトルは彼女自身が決めたものだった。

3月22日

別冊宝島『自殺したい人びと』掲載用の原稿「いつでもどこでもリストカッター」を電子メールで送信。

3月28日

あやの卒業を祝って友人たちがカラオケ大会を開き、あやは思いっきり歌って帰ったという。このとき、2日後に使用される膨大なクスリの束は、既に彼女のカバンの中にあった。

3月29日

深夜、婚約者に「これをホームページに載せてほしい」と書き添え、4編の詩を電子メールで送信。その後、あやはパソコンの中のデータをすべて消去している。

3月30日

南条あや、向精神薬による中毒で死去。享年《きようねん》18歳。

昼12時、あやは親友のYさんに携帯電話で「これから死にに行く」と言った。必死で止めようとするYさんに、あやは居場所さえ言わず、押し問答は30分くらい続いた。

「じゃあ、自殺に失敗したらメールするね」

と最後に言い残すと電話を切った。

Yさんと婚約者と父親は懸命にあやの居場所を探したが見つからず、午後3時、国立病院東京医療センターに収容されていたことがわかる。

南条あやは、通っていた女子校の近所にあるカラオケボックスに一人で入店していた。飲み物を2度頼み、粉末にした向精神薬を大量服用。3時間のうちに意識の喪失、心停止を迎えた。

翌日、司法解剖が行われた。向精神薬だけでは数時間で心停止が起こるとは考えにくく、何らかの毒物を使用した疑いがあったからだ。

司法解剖の結果判明した死因は、意外なものだった。あやの心臓は肥大しており、弁にも穴が開いていた。そのため、3時間で心停止が起こったのだった。リストカットや瀉血《しやけつ》による貧血で心臓が弱っていたことは、あや自身も知らないことだった。

彼女は最期《さいご》まで携帯電話の電源を切っていなかった。おそらくは大量のクスリを飲む最中も、目の前で携帯電話の着信音が鳴り続けていたことだろう。

4月3日

インターネット上に追悼掲示板が設置され、連日書き込みが続く。

4月18日

オフィシャルホームページ「南条あやの保護室」が婚約者と有志の手によって公開。

5月

別冊宝島『自殺したい人びと』に遺稿「いつでもどこでもリストカッター」掲載。

8月11日

オフィシャルホームページ「南条あやの保護室」がオープンから4ヶ月でアクセス件数が5万ヒットを記録。

現在は、移転して新しいＵＲＬ（http://nanjouaya.com/hogoshitsu/memory/index.html）になっている 。

８月31日

フジテレビの番組『火曜ファイル「インターネットな女たち」』にて南条あや取材ＶＴＲ放送。（３月10日に取材されたもの）

（取材・構成　中村茂樹）

タイトルの「卒業式まで死にません」はあや自身の言葉で、そう親友に約束していたという。また、今回収録出来なかった日記の中でも、同じような内容の記述が何度か現れている。

用語解説

向精神薬

アナフラニール　三環系抗うつ剤。代表的な抗うつ剤で、うつ病治療のファースト・チョイスとして使われることも多い。即効性を狙《ねら》って点滴で用いられることもある。強迫神経症にも有効であることが知られている。三環系抗うつ剤全般には、口の乾き、立ちくらみなどの抗コリン作用と呼ばれる副作用が起きることもある。

アビリット　もともとは胃《い》潰瘍《かいよう》の治療薬として開発されたが、抗うつ作用などさまざまな向精神作用があることがわかり、神経科ではいろいろな疾患に幅広く使われている。まれに食欲増進が起きることがある。

アモキサン　三環系抗うつ剤。うつ症状の中でも、抑うつ悲哀感情より、意欲の低下により効果的といわれている。

エバミール　ベンゾジアゼピン系の睡眠導入剤。短時間型（半減期が短い）なので、主に入眠障害に用いられる。あやはハルシオンを入手する前に服用していた。

サイレース　ベンゾジアゼピン系の睡眠導入剤。長時間型なので、主に熟眠障害に用いられる。

長時間型の導入剤は身体・精神依存が起きにくいので、ハルシオンなどの超短時間型の導入剤中毒からの離脱にも用いる。

ソラナックス　ベンゾジアゼピン系の抗不安剤。一般の神経症のほか、最近、パニック性障害の予防にも有効ということがわかって注目を集めている。あやがよく飲んでいた抗不安剤。

テトラミド　四環系抗うつ剤。うつ病の一般的な症状に広く用いられるが、三環系に比べて抗コリン作用が起きづらく、老人などにも使いやすいといわれる。

デパス　チエノジアゼピン系の抗不安剤。緊張緩和作用が比較的、強いので、睡眠導入剤として使われることもある。

ハルシオン　ベンゾジアゼピン系の睡眠導入剤。超短時間型で、素早く効果が現れて翌朝の持ち越しが少ないため、内科などでもよく使われる。時差ボケ予防にも有効。しかし、誤った使い方をすることにより健忘や興奮が起きたり、それを目的としたいわゆる“ハルシオン遊び”が若者の間で流行したため、社会問題となったこともあった。

ヒルナミン　フェノチアジン系抗精神病薬。沈静作用が強いため、抗不安の目的で神経症に用いたり、熟眠を促す目的で睡眠前薬として処方されることも少なくない。

プロザック　セロトニン再取り込み阻害という作用機序に基づいた新しい抗うつ薬。三・四環系とはまったく異なるメカニズムで抑うつ症状を改善するため、アメリカではいわゆる内因性のうつ病ではないケースにも気分上昇の目的で使われ、大きな話題となった。副作用などの問題も少なくないので、日本では未発売。

ベタナミン　精神刺激薬と呼ばれるもののひとつ。日本では、精神賦活《ふかつ》・覚醒《かくせい》が必要な抑うつ神経症など、ごくまれなケースを除いてほとんど投与されない。あやはこの薬をお守りのように4錠だけ持っていた。

ホリゾン　ベンゾジアゼピン系抗不安剤として最もよく知られたものであり、神経症の治療のほかにも、降圧剤、麻酔前投薬などとしてさまざまな科で幅広く使われている。あやはレキソタンと一緒に服用していた。

メイラックス　ベンゾジアゼピン系抗不安剤。抗不安作用より身体症状改善の効果が比較的、高いといわれ、心療内科領域でもよく使われる。

メレリル　フェノチアジン系抗精神病薬のひとつだが、ヒルナミン同様、神経症やうつ病のときも不安焦燥感改善の目的でしばしば使用される。あやがよく服用していた。

リスミー　ベンゾジアゼピン系睡眠導入剤。比較的、短時間型で、脱力感などが残ることも少ないので、身体疾患を持ったケースや老人にもよく使われる。

リタリン　精神刺激薬。精神の賦活・覚醒効果があり、まれに神経症のうつ症状などに投与されていたが、依存性などが問題となり、現在ではほとんど使われない。

レキソタン　ベンゾジアゼピン系抗不安剤。比較的、強力な抗不安作用、筋緊張緩和作用があることが知られているが、少容量の錠剤もあるため、外来で広く使われている。あやにはリストカットをしたくなったときの頓服剤《とんぷくざい》だった。

レスリン　新しい作用機序に基づく抗うつ剤。比較的、新しく開発された薬剤で、副作用が少ないといわれる。摂食障害や神経症などに対する効果も知られている。

レンドルミン　チエノジアゼピン系の睡眠導入剤。短時間型で主に入眠障害に用いられる。

インターネット関連

テレホーダイ 選んだ電話番号への通話料金が夜11時から翌朝8時まで、いくらかけても定額になるＮＴＴのサービス。ＡＤＳＬや光サービスのような常時接続環境が整備される前、ヘビーユーザーの間で主流だったインターネットへの接続方法。

この作品は平成十二年八月新潮社より刊行された。

卒業式《そつぎようしき》まで死《し》にません
―女子高生南条あやの日記―

新潮文庫　な－48－1

平成十六年三月一日発行
令和七年五月三十日十四刷

著者　南《なん》条《じよう》あや
発行者　佐藤隆信
発行所　株式会社　新潮社
郵便番号　一六二―八七一一
東京都新宿区矢来町七一
電話　編集部(〇三)三二六六―五四四〇
　　　読者係(〇三)三二六六―五一一一
https://www.shinchosha.co.jp

価格はカバーに表示してあります。

乱丁・落丁本は、ご面倒ですが小社読者係宛ご送付ください。送料小社負担にてお取替えいたします。

印刷・錦明印刷株式会社　製本・錦明印刷株式会社

ISBN978-4-10-142021-9 C0136